AVANT-PROPOS

> *« Il tenait toute révolution pour inséparable d'une volonté éthique, d'une volonté de justice. »*
>
> André Malraux

« Allons vers l'autre flamme. »

Ainsi s'achève – et s'ouvre – cette « Confession pour vaincus », véritable catharsis antique sur fond de tragédie moderne. Une tragédie intense à laquelle nous participons tout au long du témoignage de Panaït Istrati. Un témoignage chargé de passions et de révoltes, de répulsion, et de dérision et qui devait résonner, lors de sa parution, le 15 octobre 1929, comme une terrible pétarade.

Cet éclat, sans précédent à l'époque – les témoignages de Gide, Koestler, Soljenitsyne entre autres, ne vinrent que bien après – avait de quoi désarçonner tous ceux qui avaient oublié « qu'Adrien Zograffi avait toujours été moins un conteur, qu'un révolté ». En fait, ajoute Istrati, « on ne l'oubliait pas : on voulait que sa révolte fût disciplinée ».

C'est ainsi que l'écrivain explique sa séparation d'avec « ses plus grands amis » à son retour d'U.R.S.S., après qu'il eut décidé, le temps d'une gestation, de publier cette confession.

Une confession où se projettent, en un miroir lézardé, les illusions meurtries du témoin et les visages grimaçants des acteurs anonymes d'un drame dont les épilogues ne cessent, encore aujourd'hui, de nous interpeller.

Une confession dont les tumultes intérieurs jaillissent en un flot tourmenté où le dépit et l'amertume annoncent finalement le désarroi du combattant Istrati.

Désarroi et révolte sont ici si vivement conjugués et révélés qu'ils inscrivent de façon indélébile la destruction d'un idéal et d'un homme. Un homme qui sera désormais, pour autant qu'il désire « échapper à l'avilissement en soudant son existence à tout ce qui vit », un vaincu aux côtés des vaincus...

*

C'est de Paris, en compagnie de l'ambassadeur déchu Christian Rakowsky, que le 15 octobre 1927, Panaït Istrati entame son voyage et espère ainsi réaliser son rêve de justice en filant vers cette révolution bolchevique libératrice... Octobre rouge, « lieu où le sublime était logé au cœur des hommes... ».

Une révolution qu'il salua avec enthousiasme dès 1919 dans son premier article écrit en français « Tolstoïsme ou bolchevisme? », article dont il nous confie dans la première partie de son témoignage : « Il m'est plus cher que tout ce que j'ai dès lors écrit. » Cette adhésion ne pouvait être, il est vrai, que renforcée par sa découverte de la réalité occidentale et notamment par ce qu'il apprend et voit à Paris : la misère humaine confrontée au vent furibond de la concupiscence...

Le jugement d'Istrati est alors sans appel : « Quand

une civilisation construit des bordels de quatre millions pendant que ses paysans épouvantés par la misère massacrent leurs enfants à coups de hache, cette civilisation-là n'a plus droit à l'existence, alors même que ses écrivains se convertissent au catholicisme... tous les moyens sont permis pour la détruire. » Et de conclure : « Ce ne serait pas la première fois dans l'histoire qu'une civilisation aurait sombré dans l'ignominie et qu'on lui aurait fait vider les lieux à coups de trique. Aujourd'hui, la trique se dresse devant elle, terriblement menaçante. Elle se nomme bolchevisme. »

Dans une lettre du 18 octobre 1929 à romain Rolland, Istrati justifie sa décision de publier *Vers l'autre flamme* et confirme sa position politique : « ...Vous ne connaissez pas mon livre et vous ne savez donc pas comment je débute dans " Confession pour vaincus " : en ennemi irréductible du capitalisme et aussi de sa civilisation. Là, vous verrez que jamais de nos jours, écrivain français n'a osé dire à l'Occident ce que je lui dis moi. »

Une lecture vigilante de *Vers l'autre flamme* ne peut que conforter l'affirmation d'Istrati. Le regard décapant qu'il porte sur l'état de l'Occident et le comportement des bolcheviks constitue un double diagnostic – si singulier pour l'époque – qu'après plus d'un demi-siècle, les adeptes inconditionnels de la dissidence comme les chantres professionnels du « socialisme réel » pourraient consentir à s'interroger sur la légitimité de leurs convictions à la lumière de cette « Confession pour vaincus » qui s'impose comme une référence difficilement contournable.

En dénonçant successivement, et avec la même véhémence, la perversion de l'Occident qui avilit l'homme et la « pourriture précoce » qui ronge le régime bolchevik, Panaït Istrati exprime ce qui demeure pour lui l'essence même de tout projet social : *la volonté de justice associée à l'exigence éthique.* Une exigence qui aura guidé son existence et imprégné sa conception de l'art. Par là même, Istrati rejoint les préoccupations que formulait en 1919 son ami Victor Serge dans *Littérature et révolution* : « défendre la révolution à la fois contre ses ennemis extérieurs et contre ses ennemis intérieurs, c'est-à-dire contre les germes destructeurs qu'elle porte en elle-même. »

Contrairement à Nikos Kazantzakis le visionnaire – son compagnon de route – et à Romain Rolland le cérébral – son père spirituel – pour qui l'enjeu historique de la révolution bolchevique exigeait qu'elle fût défendue envers et contre tout (tous), Panaït Istrati estimait que, même si ce régime « arrivait au bout de son plan quinquennal à faire le bonheur de toute l'humanité », il lui demanderait des comptes « pour les os qu'il a broyés dans sa machine à fabriquer le bonheur, tant il est vrai que le bien-être de l'humanité ne m'intéresse qu'à dater du jour où elle cesse d'être criminelle et *commence* à *devenir morale* ».

Une attitude qu'Istrati confirmera avec vigueur dans sa « Préface à Adrien Zograffi » ou « les aveux d'un écrivain de notre temps » quand il assure que « ... le monde peut vivre sans routes, sans électricité et même sans hygiène corporelle, mais il ne peut pas vivre sans âmes propres ». Des propos qui ne peuvent se situer, hier comme aujourd'hui, que hors du champ des préoccupations des professionnels de la politique et de leurs organisations supposées représentatives.

Retentit alors le verdict du franc-tireur : « Toute organisation ne profite et ne profitera jamais qu'aux organisateurs. » Un verdict qui est aussi un appel. Un appel à l'indépendance des esprits. A la liberté : « le seul bien terrestre à l'existence duquel il faut savoir tout sacrifier : argent, gloire, santé, vie. Et même sa propre liberté ». Istrati retrouve intacte, en cet instant, la révolte initiale du jeune Adrien qui éprouvait déjà cette répulsion instinctive à l'égard du « crime de l'obéissance à la mentalité traditionnelle : celle de la famille, celle de la société, celle de l'idéal du troupeau ». Une révolte qui annonce l'homme qui n'adhérera plus à rien... Une révolte qui fut le souffle conducteur d'un itinéraire où l'homme, l'écrivain et le combattant Istrati se sont confondus en une passion commune : saisir en soi les forces vives de ce Désir qui pousse l'homme à se mesurer avec Dieu... Un Dieu, à l'image de ce « Batelier fou sur le fleuve de la passion », qui nous invite à chercher en nous les clés de toute révolution. Ce Batelier qui convie, dans *Pour avoir aimé la terre*, tous les vaincus à croire que « seul le rêve existe, seuls nos désirs comptent : c'est faire confiance à la vie que se mesurer à l'impossible ».

*

Cette nouvelle réédition de *Vers l'autre flamme* s'inscrit bien au cœur d'une actualité dont les débats idéologiques et culturels confirment la pertinence du regard que portait Istrati sur l'Occident et « Octobre rouge ».

Un regard contemporain dont l'acuité est révélée par un présent qui n'en finit pas de reproduire son passé... De prisons en ghettos, d'asiles psychiatriques en lois martiales, la gangrène totalitaire exerce ses ravages sans distinctions idéologiques. A de rares exceptions près, nos sociétés, qu'elles se proclament prolétariennes ou libérales, violent impunément les droits et les libertés élémentaires de l'homme. Un homme asservi et exploité par l'homme. A quoi s'ajoute cette tare congénitale des sociétés modernes : la bureaucratie, expression maligne du pouvoir d'Etat.

« Opposant éternel » de naissance, « révolté de son siècle » par dépit politique, Panaït Istrati, cet homme de la multitude issu du « Sahara humain » par une force divine conjuguée au pressentiment de sa singularité, sut transcrire avec une lucidité prophétique – par sa parole d'écrivain et son engagement de combattant – le lieu et le temps où devront s'accomplir en un pacte solidaire : destinée humaine et révolution universelle.

Ce lieu, c'est l'homme : en sa solitude, sa dignité, son aptitude à résister, à s'opposer. Mais un homme solidement enraciné dans le monde. Et agissant dans ce monde.

Ce temps, c'est le temps présent. Un temps présent où la force du désir, la passion de la liberté sont à saisir dans l'immédiat. En un mouvement où le choix de la solitude s'associerait à la pratique de toutes les solidarités. Un mouvement où le bonheur et la lutte se confondraient pour vaincre la soumission et la servilité.

Un idéal où Istrati, par son témoignage, rejoint un certain Marx en une alliance corrosive, puisque l'auteur du *Manifeste* confie dans... « Confession » :

« Votre idée du bonheur : la lutte.

Votre idée du malheur : la soumission.

Le défaut qui vous inspire le plus d'aversion : la servilité.

Votre maxime préférée : Rien d'humain ne m'est étranger.

Votre devise préférée : Doute de tout. »

Alors, sûrement irons-nous « Vers l'autre flamme »!

CHRISTIAN GOLFETTO
ALEXANDRE TALEX

NOTE CONCERNANT
LA PRÉSENTE ÉDITION

Après son retour d'U.R.S.S., Panaït Istrati écrit son témoignage : Vers l'autre flamme. Après seize mois dans l'U.R.S.S., *qui paraît aux Editions Rieder, le 15 octobre 1929.*

Dans la présente réédition, nous avons repris le texte original de 1929 que nous avons annoté. C'est la première partie de ce livre. Dans la seconde partie, intitulée : « DOCUMENTS ANNEXES », nous avons incorporé une série de textes importants qui précisent la position politique de Panaït Istrati et éclaireront le lecteur sur la nature et l'ampleur des échos suscités par la publication de ce témoignage.

*

Vers l'autre flamme. Après seize mois dans l'U.R.S.S. *fut exhumé par Marcel Mermoz en 1977. Parmi les multiples commentaires que provoqua cette publication, il en est un qui reste essentiel : l'autocritique du Parti communiste français qui rejette la campagne mensongère d'Henri Barbusse en accordant à Panaït Istrati « le rôle de pionnier » dans la lutte séculaire pour « une humanité meilleure ».*

*

Qu'il nous soit permis de dédier à Marcel Mermoz la présente réédition en hommage à son travail istratien, à son combat en faveur de la Vérité : combat qu'il mena jusqu'au dernier jour de sa vie.

FONDATION PANAÏT ISTRATI.

I

Vers l'autre flamme

Après seize mois dans l'U.R.S.S.

Les trois livres qui paraissent sous ce titre : Vers l'autre flamme[1] *sont écrits en collaboration, mais bien distinctement. Si je les publie sous mon seul nom, ce n'est, d'abord, que temporairement; c'est aussi parce que je les signe des deux mains, non pour m'approprier leurs idées, mais pour assurer leur diffusion.*

Car, ce qui est épouvantable, à toutes les époques et surtout à la nôtre, c'est qu'un homme, dont le « nom » n'a pas droit de cité, ne puisse se faire entendre, eût-il cent fois raison. Or, je tiens qu'on entende le plus loin possible la voix de mes amis, cette voix qui souvent complète et parfois contredit la mienne, cette voix qui peut même n'être pas une *dans sa diversité...*

Ne serait-ce que pour susciter le débat interdit en Russie et dans cette Internationale *dont nous voulons le salut.*

P. I.

1. *Après seize mois dans l'U.R.S.S.* (de Panaït Istrati); *Soviets 1929* (de Victor Serge); *La Russie nue* (de Boris Souvarine) qui ont paru successivement aux Editions Rieder, collection Témoignages, à partir du 15 octobre 1929.

Note de l'éditeur : La syntaxe de Panaït Istrati a, bien sûr, été préservée pour cette édition.

CONFESSION POUR VAINCUS

Vaincus sont tous les hommes qui se trouvent au déclin de leur vie en désaccord sentimental avec les meilleurs de leurs semblables. Je suis un de ces vaincus. Et puisqu'il y a mille façons d'être en désaccord sentimental avec ses semblables, je précise qu'il s'agit ici de cette pénible séparation qui rejette un homme hors d'une classe, après une vie d'aspirations communes à cette classe et à lui-même et qui demeure cependant fidèle au besoin, qui l'a toujours poussé, de combattre pour la justice.

Car le besoin de justice est un sentiment, non une théorie. Je le sais, aujourd'hui – après vérification sur une vaste échelle – et mille preuves à l'appui. A quelques exceptions près – magnifiques exceptions, parfois, mais qui ne modifient pas le drame – tous ceux qui viennent à la révolte par la théorie, s'en vont par la théorie, à l'exemple de ceux qui y viennent par le ventre ou par l'ambition, et qui s'en vont par le même chemin. Le sentiment, au contraire, c'est la force qui brasse toute la vie et la distribue à tous les vents. Peut-être faudrait-il mieux le définir? Mais s'il fallait tout définir, n'aurais-je pas mieux fait de rester peintre en bâtiment!

Voici vingt-sept ans, dans un faubourg de Braïla, que

pour la première fois j'entendis parler justice. Ma cité venait alors d'être rudement secouée par d'immenses remous populaires : coup sur coup, des élévateurs sur rail puis des élévateurs flottants, s'étaient abattus sur notre vieux port et avaient menacé de famine six mille débardeurs de céréales. C'était, avec leurs familles et leurs proches, les deux tiers de la population de la ville.

– Justice! avaient crié quarante mille poitrines.

– Progrès! avait répondu le préfet, que trois compagnies de soldats entouraient.

Je n'étais pas débardeur. Aucun de mes parents ne l'était. Bien mieux, ma mère gagnait sa vie; elle nettoyait la saleté de ceux qui avaient acheté les élévateurs. Néanmoins, la réponse du préfet me blessa pour le reste de mes jours. Et c'est pourquoi j'allai prêter l'oreille à la réponse de l'orateur socialiste, qui parlait justice. Comme les débardeurs criaient : « Nous jetterons les élévateurs dans le Danube! » il dit :

– Non! D'abord parce qu'on vous en empêchera sous la menace du fusil; puis y parviendriez-vous, que d'autres élévateurs viendront remplacer ceux que vous auriez détruits, puisque, aussi bien, c'est la technique moderne. Mais cette technique, qui vous frappe aujourd'hui, doit un jour devenir votre propriété et servir les intérêts de tous ceux qui travaillent, comme de juste.

– Bon! firent les hommes. Il faut laisser aller les choses!

Ce fut une longue attente, qui dure encore, en Roumanie comme dans le reste du monde. Sur quoi, il faut vivre et lutter. Pour vivre, il peut y avoir plusieurs moyens, mais pour lutter, il n'en est qu'un : frapper sur l'adversaire. Et mon adversaire fut, reste et restera l'adversaire de ma classe, celui qui construit des élévateurs pour son profit personnel, l'affame, puis, quand elle crie justice, la mitraille.

Il n'y a guère qu'un lustre, je veux dire vers mes quarante ans, j'étais encore parmi ceux qu'on affame et qu'on mitraille. Si aujourd'hui, on ne m'affame plus, toujours on me mitraillera. Car, quoi qu'il advienne après cette dispute que j'engage sévèrement avec ma classe, un fait demeurera certain : je tirerai sans cesse dans la poitrine ou dans le dos de ceux qui affament les hommes, puis les mitraillent. Et le jour où, comme il m'est déjà arrivé, je me trouverai, le plus aimablement du monde, assis à la table d'un de ces affameurs-mitrailleurs, qu'il sache que je ne suis là que pour m'instruire, afin de mieux le frapper!

Si je m'écarte de cette ligne de vie, que les miens m'abattent dans la rue, sans me juger.

Et maintenant, voyons jusqu'où je suis un vaincu, jusqu'où je me sépare des miens, sans jamais cesser de combattre les ennemis de l'homme libre.

Eh bien, je me sépare de mes amis communistes, jusque dans ce qui fait leur orgueil, en Russie : l'édification du socialisme. C'est triste, pour notre vieille amitié, mais c'est ainsi.

Je ne discute pas cette édification et j'admets qu'elle soit socialiste, alors même qu'il ne s'agit que d'entreprises « modèles » qui fonctionnent mal et continueront à mal fonctionner, aussi longtemps qu'elles seront dirigées par d'incapables communistes. Et que nous soyons des incapables, encore devrait-on nous le pardonner. Qu'on essaie de faire de moi un ministre, et je répondrais tout de suite qu'il n'est pas de département que je pourrais servir utilement; mais qu'on me fasse conduire un chantier de peinture en bâtiment et je m'en acquitterais avec compétence. Je serais tout aussi utile chaque fois et partout où l'on me ferait comprendre le fonctionnement intime d'un ressort.

Car la classe ouvrière n'est pas fautive, quand elle ignore ce qu'on ne lui a jamais appris. Mais les chefs qui s'imposent à elle sont bons pour le gibet, quand ils compromettent son avenir, en lui faisant mettre la charrue devant les bœufs, à tout prix, par tous les moyens et coûte que coûte.

Ici, une parenthèse est nécessaire.

Avant de savoir que des théoriciens à tous crins s'étaient appliqués à édifier le socialisme à la diable et coûte que coûte, j'ai été partisan de la prise du pouvoir par tous les moyens. Ce n'était pas une conviction livresque. C'était bel et bien une question de tempérament. Grandi en marge de la somnolente action social-démocrate, qui devait si odieusement précipiter le prolétariat dans la guerre mondiale, je me suis toujours complu à un syndicalisme frondeur. Ce syndicalisme fut illustré, dans le mouvement révolutionnaire roumain, par trois figures, dont deux fort imposantes : Al. Const.(*), notre chef, condamné à mort et disparu du monde, Stefan Gheorghiu, notre plus grand orateur populaire, mort tuberculeux; C. Manesco, bon organisateur, aujourd'hui déçu et vaincu. Gravitant autour d'eux, entre deux voyages en Egypte, je représentais quelque chose comme la cinquième roue à un carrosse. Mais tous les quatre, nous embêtions passablement Christian Rakowsky, leader du parti social-démocrate, qui nous détestait affectueusement.

Aussi l'apparition du bolchevisme, après Zimmerwald et Kienthal, me subjugua-t-elle par sa fermeté, sa précision, son courage. J'y adhérai promptement, le

(*) Alecu Constantinescu.

lendemain de la révolution d'Octobre, sans tenir compte que je me trouvais alors en Suisse et que ce geste pouvait me coûter cher. On lira cette adhésion publique dans *La Feuille* (disparue) du vaillant Jean Debrit, de Genève. Ce fut mon premier article écrit en langue française. C'est, si l'on veut, une réponse à une conférence que Birukoff, revenu de Russie, venait de prononcer à Genève. Envoyé sans espoir à *La Feuille,* il parut en première page, sous le titre : « Tolstoïsme ou bolchevisme? » et signé : *P. Istr*[1]. Il m'est plus cher que tout ce que j'ai dès lors écrit, car – quoi qu'il advienne de la IIIe Internationale et de l'édification socialiste des communistes russes – le bolchevisme, que j'ai salué là parlait au monde ouvrier par la bouche de Lénine et celui-là ne périra pas, aussi longtemps qu'il y aura des révolutionnaires envoyés à la mort par le capitalisme criminel, et en Sibérie par des communistes exécrables.

C'est avec cette révolte dans le cœur, et débarrassé des fantômes wilsoniens, qu'au printemps 1920, je débarquai à Paris. Ville lumière, foyer de la civilisation occidentale.

Pauvres bougres que nous sommes! Je croyais encore à tous ces mots-là. Je veux dire que j'avais foi dans le « poilu » qui sortait des tranchées, et dans une suprême élite de la pensée française de tradition révolutionnaire. Je venais de lire le magnifique *Feu* de Barbusse et portais dans mon âme Romain Rolland. Aussi, dissimulant le mieux possible mon bolchevisme, ai-je cru un instant dans ces deux forces de la France civilisatrice.

– Ah! me disais-je, peut-être la douloureuse expérience des gueules cassées, unie au courage de l'écri-

1. Le 24 juin 1919.

vain révolutionnaire, parviendra-t-elle à sauver le monde, sans lui faire subir la terrible opération bolcheviste!

Je me trompais affreusement. Le « poilu » – fort de sa prime de démobilisation, fier de sa croix de guerre et glorieux de ses blessures – faillit, un jour, me pocher un œil, place de l'Etoile, pour n'avoir pas ôté mon chapeau devant une mascarade guerrière. C'était la route ouverte au fascisme naissant.

Quant à l'écrivain français de tradition révolutionnaire, c'est un peu plus long.

D'abord, j'ai eu le malheur de devenir moi-même un écrivain. Au début, ce fut une grande joie. Tiens! Tiens! Paris peut faire de ces miracles : tirer un voyou de la poubelle du chemin et lui ouvrir toutes les portes du possible! Ce n'est guère banal – mais attendez! Je ne suis pas seul, moi. Une immense famille de voyous, dont je ne suis ni le meilleur, ni le pire, vaut bien plus que moi, non pas pour ce qu'elle écrit, mais pour la houille qu'elle extrait de l'abîme, sans parvenir à s'y chauffer. C'est elle qui écrit ces terribles lettres qui, si vous n'êtes pas de pierre, vous empêchent de dormir ou d'avaler votre repas.

« O toi, qui es monté à la lumière, pense à nous qui sommes restés dans les ténèbres! »

Comment donc! Mais cela ne fait pas de doute! Non seulement je penserai à vous, mais tout ce qui est à moi sera vôtre, sauf ma femme! Enfin, et surtout, nous lutterons en commun, maintenant que ma voix retentira dans l'espace et que tant d'amis se disent vos amis.

Etait-ce mal de penser ainsi? Car, qu'est-ce qu'un homme qui parvient? Un parvenu de plus, et c'est tout. Mais, qu'il serait beau et humain de parvenir moins, et de contribuer pour sa part à faire régner plus de justice sur la terre ! Qu'il serait beau, civilisé !

Or, c'est à cette époque où mon cœur se réjouissait tant, qu'un fait divers, un drame obscur, mais un de ceux qui font honte à l'humanité, se produisit, dans je ne sais plus quel département de la France. Le voici :

> Un ouvrier agricole, rentrant un samedi soir avec sa paye en billets de banque, la pose sur la table. Un garçonnet de quatre ans, son enfant, s'empare du maigre pécule et le jette dans le feu. Le père, lui, s'empare d'une hache et, de deux coups, tranche les menottes du petit. La mère, qui baignait un bébé dans une pièce contiguë, accourt, attirée par les cris de l'enfant, voit l'horrible chose et tombe morte. Le bébé se noie dans la baignoire. Les gendarmes ont trouvé le père, fou, courant la nuit à travers la campagne.

Tout cela tient moins de vingt lignes à la troisième page du *Journal*. Cela se passait, il y a quatre ou cinq ans. Depuis, je n'ai plus lu les faits divers, mais aujourd'hui même, 4 juillet 1929, mes yeux tombent à nouveau sur la première page du *Journal*. Je copie sans changer un mot :

> UNE MÈRE, AFFOLÉE PAR LA MISÈRE, TUE À COUPS DE HACHE SES TROIS PETITS ET TENTE DE SE SUICIDER EN SE COUPANT UN PIED ET UNE MAIN.
>
> *Rennes, 3 juillet.* – Un drame affreux vient de se dérouler dans la commune de Bréal-sous-Montfort. Au petit village de Launay-la-Porte, habitait un humble ménage composé du mari, M. Colombel, ouvrier agricole, de la femme et de quatre enfants. L'aîné travaille dans une ferme, tandis que les trois plus jeunes (une fillette de six ans et deux jumeaux de trois ans) vivaient avec les parents.
>
> La misère régnait au logis. Dernièrement la femme Colombel, poussée par le besoin, avait commis un larcin et une condamnation à deux mois de prison avec sursis qu'elle avait encourue, l'avait vivement affectée.

C'est alors qu'elle résolut d'en finir avec une existence pénible et d'entraîner avec elle dans la mort sa fillette et ses deux jumeaux.

Hier soir, comme ceux-ci reposaient dans leur lit et venaient de s'endormir, elle saisit une hache, se pencha vers les trois petites têtes enfouies parmi les oreillers et brandissant par trois fois son arme, elle fendit le crâne de ses trois enfants. Le sang gicla, la mort fut instantanée.

La femme Colombel s'acharna alors sur elle-même, pour tenter de se suicider. Elle se coupa le pied, se trancha complètement le poignet gauche, essaya de s'égorger à l'aide d'un mauvais couteau; enfin, elle s'évanouit.

Ce n'est que ce matin que l'horrible carnage fut découvert. La mère criminelle gisait dans une mare de sang, au pied du lit où étaient étendues ses trois petites victimes. On retrouva, sur le sol, sa main qu'elle avait coupée.

La femme Colombel a été transportée à l'Hôtel-Dieu de Rennes, dans un état désespéré.

Certain lecteur, qui me dira que je le « rase », me demandera à quoi je veux en venir. A ceci :

Le sentiment du bien et du beau est infiniment plus puissant que celui du mal et du laid. Il est à la base de la vie. C'est à lui que nous devons de ne plus voir brûler un chevalier de La Barre « pour n'avoir pas, du temps de Voltaire, salué une procession », alors même qu'on nous casse encore la figure, parfois, pour n'avoir pas salué un chiffon suspendu à une perche – mais le méfait est moins grand. Et, de ce sentiment du bien et du beau, les rassasiés de la vie n'ont cure. Ce sont les tout-petits, ceux qui vivent dans les ténèbres qu'il inspire. Pour eux, il est le pain et le sel quotidiens.

Le bien et le beau, si on les évoquait dans une assemblée de la Société des Nations, on n'arriverait même pas à émouvoir le cœur d'une dactylo mais, à la porte Clignancourt, par eux on soulèverait dix mille âmes. De même chez nous, dans les sombres Balkans, ou dans l'immense Russie. Des élites humaines, grelottant sous des chaumières et se nourrissant d'une poignée de maïs, s'abreuvent avidement de généreuse pensée.

Or, de toutes les nations prodigues de cette pensée, la France nous est la plus connue. Elle nous empoisonne l'adolescence avec ses deux derniers siècles de philosophie et de littérature. Nous y croyons. Nous la prenons au mot. Nous nous emballons. Et nous venons parfois, sous un train ou à pied, lui demander des comptes.

Je suis arrivé à Paris, une première fois, en 1913. Aussitôt, Ionesco, le bottier, me prit par la main et me conduisit au Louvre. Il me montra le petit mendiant qui tue ses poux. Je m'attardai trois mois. Je voulais vivre toute cette histoire et cet art de Paris. Je le quittai ivre de bonheur et presque mendiant, me promettant d'y revenir, d'en apprendre la langue, d'y vivre, vivre dans ce pays de généreuse pensée!

J'ai tenu ma promesse, mais le mirage s'est évanoui.

Il y a deux ans, me trouvant un soir en compagnie de Français riches et lettrés, l'un d'eux me demanda brusquement :

– Connais-tu Paris?

– Un peu.

– Quoi?

– Les musées, les monuments, les taudis.

Des rires éclatèrent. On se moquait de moi :

– As-tu vu la femme qui fait l'amour avec son chien?

– Non.

– Et les deux hommes qui font l'amour entre eux?

– Non plus.

– Et la maison privée où des épouses « honnêtes », le visage masqué, viennent se faire violer.

– Pas davantage.

– Et le bordel où l'on fait l'amour dans un cercueil?

– Dans un cercueil?

– Parfaitement.

– Je voudrais bien voir cette horreur.

Les voitures prirent le chemin de la rue de Provence. Façade discrète. A notre entrée, une sonnerie donne l'alarme bruyamment. On nous fait visiter la maison et sa marchandise, pour cinquante francs par personne.

La marchandise n'a rien d'extraordinaire; une trentaine de filles nues pour tous les goûts :

– Toutes, obligatoirement Françaises, messieurs! insiste la patronne.

Dieu protège les peuples et la France ses filles!

– Allons voir le cercueil!

Une pièce aux murs couverts de draperies noires coulissantes. Contre l'un d'eux, le cercueil, un vrai, à même le sol. Il est de bois dur, l'intérieur luxueusement capitonné et pourvu d'un petit coussin pour soutenir la tête de la femme.

On écarte les draperies : images de bordel. Et ainsi de suite; des « chambres » : « persane », « arabe », « chinoise », « japonaise », « turque », – de toutes les couleurs « rouge », « verte », « bleue », « jaune » – jusqu'à la chambre de « flagellation », qui est comme un sous-sol inquisitorial et aussi macabre que la chambre au cercueil. Une grande croix au milieu (pauvre croix!) avec un simulacre de bûcher à sa base. Des chaînes. Des fouets. On y ligote, tantôt la femme et tantôt l'homme, selon le dérangement cérébral du « client » millionnaire, et on les fouette, encore que le fouet ne soit pas le même : inoffensif pour la femme et terrible pour l'homme.

Enfin, nous voici à la piscine. Somptueuse. La patronne nous montre la belle décoration murale :

– Elle a été exécutée par un premier prix de Rome, messieurs!

Bravo pour le premier prix de Rome!

Je demande :

– Pouvez-vous me dire, madame, combien a coûté la construction de ce bordel?

– Quatre millions!

Eh bien, j'ai fini de « raser » certain lecteur, mais je conclus :

Quand une civilisation construit des bordels d'une valeur de quatre millions, pendant que ses paysans, épouvantés par la misère, massacrent leurs enfants à coups de hache, cette civilisation-là n'a plus droit à l'existence, alors même que ses écrivains se convertissent au catholicisme et que ses avocats deviennent évêques, après sept ans de pénitence. Une telle civilisation, s'il lui reste un peu de pudeur, doit enterrer ses bibliothèques, démonter et garer ses plus nobles monuments, puis, faire sonner le bourdon de Notre-Dame par son plus magnifique évêque-avocat. Sinon...

Sinon, tous les moyens sont permis, pour la détruire.

Et maintenant, pardonnez-moi cette parenthèse.

Oui : ce ne serait pas la première fois dans l'histoire, qu'une civilisation aurait sombré dans l'ignominie et qu'on lui aurait fait vider les lieux, à coups de trique. Aujourd'hui, la trique se dresse devant elle, terriblement menaçante. Elle se nomme bolchevisme.

Ce bolchevisme a fait ses preuves. Parfaites. Irréprochables. Ce fut de la belle besogne. Nul travailleur, manuel ou intellectuel, ne pourrait pas ne pas l'applaudir.

Quand vous allez dans la paradisiaque Livadia, quand vous voyez deux cent soixante-dix moujiks tuberculeux remplir le palais impérial où Raspoutine trempait ses doigts dans la sauce pour se les faire lécher par la tsarine, quand vous savez que cette tsarine faisait oublier, comme par malheur, sur quelque voie de garage de ses immenses steppes, des wagons bourrés de soldats emprisonnés, qui se muaient peu à peu en mille squelettes survolés de grosses mouches, quand vous voyez et savez cela, rien que cela, vous, travailleur, vous ne pouvez pas ne pas être bolchevik.

Je le suis. Et je veux bien, au prix de ma vie, contribuer à détruire les civilisations tsaristes – ses Raspoutine, ses casernes, ses bordels décorés par des premiers prix de Rome, ses monuments trompeurs et ses bibliothèques hypocrites – je veux bien contribuer à les détruire par tous les moyens, mais attendez un peu !

Car, voici :

Après des milliers d'années de misère et de martyrs, je pense que ma classe... Mais d'abord savez-vous quelle classe ? Celle de l'usine ? Celle des champs ? – oui et non. J'ai vu, et tout le monde a vu, des ouvriers et des paysans changer de classe comme de chaussettes, par la capacité ou par la fourberie, ce qui m'importe peu, puisqu'une classe, pour moi, ce n'est pas un ouvrier, ce n'est pas un paysan...

Du moment qu'il s'agit de séparer le monde en classes, cela veut dire, sans doute, que nous séparons des êtres qui diffèrent entre eux – mais qui diffèrent en quoi ? En ce que les uns exploitent et que les autres sont exploités ? Que les uns mangent et que les autres ne mangent pas ? Et quand cela serait ? Que ferez-vous de vos classes, quand l'une prendra la place de l'autre, comme on le voit se produire depuis des milliers d'années, par classes entières, au lendemain des révolutions, et tous les jours pour quelques hommes ? Croyez-vous, je vous le demande, que cela fasse une belle jambe à mes peintres en bâtiment, que je mange aujourd'hui à ma faim, alors qu'ils continuent à crever de misère ? Croyez-vous que cela fasse quelque chose à la millénaire humanité souffrante, que Pierre le Gueux trime dans la mine ou qu'il dicte ses ordres du haut d'un fauteuil confortable ?

– Sûrement, non. C'est pourquoi l'admirable enseignement socialiste dit que les classes doivent être supprimées, et avec elles l'exploitation de l'homme par l'homme. Œuvre immense qui n'a jamais été accomplie et qui échoue, historiquement, à la classe ouvrière.

A la bonne heure. Cela est si noble, que je bénis mes parents d'avoir été des gueux et de m'avoir mis au monde gueux. Je bénis aussi l'existence pour les quarante ans de misère, dont elle m'a comblé. Car, du moment que c'est nous, misérables, que le destin (ou l'histoire) a choisis pour nous confier une mission que nulle classe, dans le triste passé, n'a su mener à bien, quelle récompense serait plus grande pour notre millénaire souffrance, quelle gloire plus éblouissante, dans l'éternité des éternités ?

Après tant de siècles d'abomination, je pense donc que ma classe se voit brusquement attribuer un rôle où la vertu, la justice, la dignité, l'honnêteté, la fraternité, le désintéressement, l'abnégation sont au premier plan. Il faut tout cela. Il le faut, sous peine de nous voir à jamais couverts d'ignominie, pour avoir fait passer le monde par le sabre et par le feu, sans rien y changer. Il le faut encore, parce que nous nous disons, comme de juste, les héritiers d'un martyrologe qui compte trop de victimes pour que nous puissions oublier la masse de souffrance, au nom de laquelle nous nous érigeons en justiciers implacables et pour que nous nous permettions de commettre les iniquités mêmes que nous venons de dénoncer à la face de l'univers.

A nous, les bolcheviks, la légèreté, la jouissance, le confort, l'injustice, les abus, les faveurs, tout ce que nous avons taxé de crime et puni de mort, ne nous est plus permis. Et quand l'un des nôtres – tout au moins de notre génération – se le permettrait, nous devons, promptement, le clouer au pilori et lui accrocher sur la poitrine un écriteau ainsi conçu :

> Arrête-toi, passant, et pleure cet homme, que nous avions pris pour un camarade ! Car au moment où, les mains rougies de sang, nous voulions donner au monde l'exemple de ce que doit être la Vie nouvelle, il a commis le crime, en qualité de juge, d'envoyer un innocent en Sibérie pour pouvoir s'approprier sa ration de beurre[2].

Voilà de quel stoïcisme nous devons faire preuve, si nous voulons donner une raison à nos crimes et garder quelque chance de redressement.

Mais cela n'est pas possible à toute une classe. Pourquoi ? Tout simplement, parce qu'elle brasse les

2. Il n'y a là rien d'exagéré : en Russie on a tué des hommes pour pouvoir leur enlever leurs bottes. (*Note de l'auteur.*)

mêmes envies et les mêmes appétits que l'autre classe. Si elle est la broyée et non la broyeuse, ce n'est pas à quelque pureté d'âme qu'elle le doit, mais à son impossibilité de s'emparer de la machine qui broie. M'accusera-t-on de traîtrise pour avoir affirmé cela? Certes, nos mères sont des saintes mais c'est parce qu'elles n'ont pas pu faire de nous des maréchaux. Cela est si vrai, que je ne connais point de « révolutionnaire » dictateur ou seulement aisé, qui n'ait pas fait de son fils un « intellectuel ».

Autrement dit, je crois que nous sommes, tous, à peu près les mêmes. D'où vient, alors, que les espaces vrombissent d'élans généreux, bien plus que de sottises sans-filistes? (sic).

C'est parce que nous ne sommes les mêmes qu'à peu près. D'abord. Puis, c'est que la majorité de l'humanité est faite d'assoiffés de justice. Ainsi, assoiffés de justice et gens qui ont le droit de se dire meilleurs emplissent les airs de clameurs qui bouleversent les esprits, créent des courants révolutionnaires et parviennent souvent à faire reculer l'hydre soldatesque et impérialiste. Les uns et les autres semblent marcher la main dans la main et gagner du terrain sur l'ennemi actuel de l'humanité : le capitalisme.

Malheureusement, entre ces hommes meilleurs qui représentent la bonne foi et le progrès, et la masse qui revendique son droit au soleil, l'accord n'est qu'apparent. Les premiers émettent des scrupules et ne veulent agir que dans les limites du possible, alors que la masse souffrante n'a garde des scrupules et des limites; elle réclame son dû à tout prix et se montre prête à agir par tous les moyens.

J'ai le malheur d'être ce bâtard, qui unit la conscience de l'homme de bonne foi à la soif de justice de cette masse à laquelle il appartient, et dont le martyre ne lui est que trop connu. C'est une position qui me brouille avec tout le monde, mais surtout avec une espèce humaine qui, elle, consciemment ou inconsciemment, trompe tout le monde, élargit le fossé qui sépare des hommes faciles à rapprocher et se dit capable de réaliser, à elle seule, toutes les aspirations de la classe ouvrière, qu'elle revendique et voudrait monopoliser.

Cette espèce humaine est personnifiée par un certain militant révolutionnaire très fréquent, mais difficile à identifier dans un grand mouvement de masses, car il occupe tous les degrés qui vont de l'apôtre à la fripouille. C'est lui qui se pique de stoïcisme et prétend être supérieur à la masse et plus décidé que l'homme de bonne foi. Il devient, il est l'agitateur providentiel. A une époque où les consciences, qui ont des scrupules, s'isolent volontairement de la multitude qui réclame justice à tout prix, ce militant-là répond à une nécessité sociale, tel un croque-mort en temps de peste. Il ne se fait pas prier. Il n'a pas de concurrents. Personne ne peut lui tenir tête. Du reste, il est redoutable. Car là, où la grande figure révolutionnaire craint d'échouer, lui ne craint rien. Tout est fait pour lui réussir, même la débâcle, dont il tire promptement les avantages pour son profit personnel.

Je connais cette espèce et la repère depuis vingt-cinq ans. Aujourd'hui, ses traits me sont familiers. Et je veux bien encore faire la part du feu et ne me rapporter ici qu'aux sujets, dont la détestable action est véritablement inconsciente.

Ils sont de deux sortes : les modérés et les fanatiques, mais également néfastes. Les premiers ont fait l'affaire de la social-démocratie. Les seconds ont trouvé leur compte dans le communisme.

La social-démocratie d'avant-guerre n'existe plus et son militant a coulé avec elle. Celui qu'on peut encore rencontrer, quelques braves gens à part, n'est qu'un laissé pour compte de la famille, qui déjà s'est assise à table. S'il fait le beau, ce n'est guère que dans l'espoir de voir un jour la table s'allonger et multiplier ses chaises.

Il n'en était pas ainsi, naguère, quand la table n'existait pas. Quelques places de scribes ou d'aboyeurs, rudement étroites. Il fallait être bien sage, si l'on voulait se faire remarquer, soit dans sa maison, soit dans la maison d'en face, et, d'une façon ou d'une autre, réaliser le vœu de tout bon social-démocrate : l'entrée dans le divin parlement, cet Eden de la patrie reconnaissante, pour le salut de laquelle devait bientôt mourir le cotisant discipliné.

Les syndicalistes, bolcheviks en herbe, que nous étions alors (à bas le parlement, action directe!), déplaisaient fort à cette « élite » première série, qui donnait des ordres au nom de la classe ouvrière, accaparait la tribune et le journal, nous excommuniait et nous matait, l'évangile pseudo-marxiste aux mains. Le militant à la page, fort en gueule et fort en marxisme, jouait alors exactement le même rôle tyrannique que celui de son comparse communiste d'aujourd'hui. Lui seul représentait la « conscience révolutionnaire », les « aspirations », l'« idéologie » du prolétariat. Nous n'étions que des traîtres » – ou presque.

La masse a écouté et suivi ce militant, jusqu'au grand massacre, qui fit le malheur de l'une et le bonheur de l'autre.

Mais, là, ce n'est plus que de l'histoire.

Passons à l'actualité.

Elle est bien plus tragique.

Plus que jamais, la « conscience de classe » est le monopole de ceux qui tiennent la queue de la poêle. Car aujourd'hui le prolétariat a une poêle, immense, dont la maigre friture excite de gros appétits. Et voilà où je me sépare du militant « révolutionnaire », où je suis prêt à le combattre.

Encore une fois : je ne nie pas toujours sa sincérité. Tout à l'heure, quand nous entrerons en Russie, on verra jusqu'où je m'étais livré à lui, quelle confiance et quelle foi j'avais mises en lui. Mais l'histoire se répète, se précipite et va droit à l'irréparable. C'est ce qu'il faut empêcher, par les moyens les plus loyaux.

Oui : il ne peut être question que d'un combat loyal, alors même que la partie n'est pas égale, que les uns ont les mains vides et les autres la Sibérie. Néanmoins, nous ne pouvons pas agir autrement. En dépit de tout, l'U.R.S.S. doit rester, pour le prolétariat mondial, ce qu'elle est en réalité : la forteresse inexpugnable contre laquelle le capitalisme devra s'écraser un jour. Criminel et digne de la potence, l'ouvrier qui y toucherait, l'arme à la main. L'écroulement de ce rempart livrerait le monde qui peine à la réaction la plus noire.

Mais, cela affirmé, catégoriquement, une fois pour toutes, j'ai le droit de me tourner vers la tourbe bureaucratique et de lui crier : racaille!

Racaille qui – hier modérée, aujourd'hui fanatique; hier barbotant dans du « marxisme », aujourd'hui dans du « léninisme » – nous montres le même visage stupide, t'avères tout aussi intraitable, enfonces tout aussi profondément tes griffes dans la nuque de la masse bâillonnée et sabotes ainsi la plus belle œuvre de justice sociale.

Bien mieux – horreur que les annales des luttes socialistes n'ont jamais connue – aujourd'hui tu assassines. Par la faim, par la prison et parfois même par la trique, tu assassines l'ouvrier (l'ouvrier!) qui se refuse à faire le beau, devant ta tyrannique puissance.

Puis-je donc te ménager, ignoble racaille! Puis-je oublier que je suis venu à toi de la façon la plus désintéressée et qu'il s'en fallut de peu que tu ne me mettes dans ta poche? Puis-je – pour te plaire et pour soi-disant ne pas « donner d'armes à la bourgeoisie » – faire fi de la masse que tu foules aux pieds, de son avenir que tu poignardes et de ses meilleurs combattants que tu exiles, emprisonnes et affames, au nom d'une élastique doctrine que toi seule prétends connaître? Puis-je encore acquiescer sans réserves à l'extension dans le monde de tes méthodes de conviction de la classe ouvrière, dois-je écrire que toi seule as raison? Que toi seule as le droit de parler? Que toi seule sais édifier le socialisme?

Mais lorsqu'il s'agit de l'U.R.S.S., il faudrait encore savoir si l'on doit distinguer le militant-racaille du bureaucrate, ou les confondre dans un même type malfaisant. Car, voici ce qui se passe : en Russie, vous ne pénétrez pas dans une institution, dans un tram, dans un local, sans rencontrer cette affiche et cette invitation : *Camarades! Prenez part à la lutte contre la bureaucratie!*

Cela vous impressionne. C'est émouvant. Et vous concluez aussitôt qu'il doit y avoir un appareil dirigeant, qui lutte contre un appareil bureaucratique. Or, vous savez que cet appareil dirigeant n'est autre que le Parti communiste; alors que les bureaucrates sont sans doute des hommes ramassés un peu partout et mis au service de l'Etat prolétarien. Ces derniers sont donc des gens sans foi, sans idéal, sans conviction, puisqu'on vous dit qu'il faut combattre leur tendance à se créer des situations personnelles, au détriment de la communauté, et leur sabotage de cancres rongeurs.

Voilà une affiche tout indiquée pour emballer un homme comme moi. Et si j'avais quitté la Russie, au bout de six semaines, comme tous les délégués venus pour le dixième anniversaire, j'aurais écrit des articles dithyrambiques, à ce sujet. C'eût été dans ma nature. Je sais ce que c'est qu'un homme de foi. Je sais, encore, que la terre n'en est pas pleine. Mais le Parti communiste doit en compter par légions, du moment que c'est lui, tout entier, qui vous invite à lutter contre ce mal social : la bureaucratie.

Eh bien, non! Cette invitation n'est qu'un artifice de militant-racaille, qui est lui-même un bureaucrate. Ce sont les deux visages du même homme ignoble, qui d'une main fabrique des « mots d'ordre » et de l'autre vote dans « la ligne », c'est-à-dire : pour le maintien de ce qui est, et qui est bien, puisqu'il occupe une bonne place.

J'ai connu des communistes sincères, qui ont pris au sérieux ce devoir de « prendre part à la lutte contre la bureaucratie » et qui ont voulu aller jusqu'au bout de leur devoir, frapper le mal au cœur, ou à la racine. Ils n'ont fait que perdre leur gagne-pain. Et c'est une tristesse que de les écouter. Leurs mésaventures sont dignes de figurer dans un grand roman de mœurs soviétiques.

Il n'importe. En dépit de l'impitoyable vérité, qui répond aux leurres officiels par des révélations cuisantes, le militant-bureaucrate, qu'on appelle là-bas « militant responsable », va droit son chemin, la tête en avant. Il est le maître de la tribune et de la presse. Seul, il peut parler. Seul, il peut écrire. Il se fabrique une majorité et un présidium, comme il se fabrique un comité de rédaction et une censure. Ainsi, personne ne peut le contredire.

Toutefois, conscient du mécontentement qui couve sous la cendre et auquel il faut créer des soupapes, il monopolise également la contradiction et se fabrique des contradicteurs. Voilà pourquoi naquirent et grandirent ces deux boursouflures de la presse soviétique : *samo-kritika* (critique de soi-même) et *control-mass* (contrôle des masses).

L'ignoble farce! encore si elle n'était qu'ignoble, mais elle est adroitement trompeuse et quelquefois sanglante. Car, d'une part, elle a su impressionner en démasquant des abus et en crevant des abcès, mais, d'autre part, elle a voué à la mort de pauvres correspondants ouvriers, qui ont cru à l'efficacité de cette « œuvre d'assainissement » au point d'en être les missionnaires, ont déclaré une guerre sans merci aux grands et petits fonctionnaires véreux et s'y sont fait tuer comme des mouches. Certes, les assassins en étaient exécutés – ce qui faisait une belle jambe aux victimes et une plus belle à l'œuvre d'assainissement.

Alors ont surgi les *rabcors* (correspondants ouvriers) fabriqués en série. Ceux-ci, comprenant que le mal n'est pas aux pieds, mais à la tête, où il est défendu de toucher, se sont fait un métier lucratif à flairer le bouc émissaire, choisi pour être jeté en pâture, et à le dénoncer d'office. Leurs inutiles tartines, qui faisaient sourire les initiés, s'étalaient dans tous les journaux, mais bien plus pompeusement dans l'officielle *Pravda*, qui leur consacrait, une fois par semaine, toute une page, sous ce titre arrogant : control-mass. Il y avait là du « contrôle » des « masses » autant que de moustiques au Pôle Nord et de volonté de désarmement à la Société des Nations.

Dans mes incessants voyages, d'un bout à l'autre de l'U.R.S.S., j'ai rencontré souvent des rabcors. Parmi eux, j'ai encore trouvé quelques rares individus, qui m'ont parlé avec flamme, mais à qui on rend la vie dure, car ils font gaffe sur gaffe. D'autres, difficiles à découvrir, sont de pauvres types, qui n'osent pas affronter votre regard. Le reste n'est qu'une vermine qui grouille sur vos pieds. D'une de ces fripouilles j'ai appris une assez belle histoire, lors de mon arrivée à Soukhoum, dans le Caucase, en novembre 1928.

Candidat à la célébrité et sachant avec quelle promptitude y sont parvenus ceux de ses collègues qui ont souffert le martyre du métier, le rabcor paya un ivrogne et lui montra comment, d'un poignard, il pouvait lui faire, au dos, une légère blessure. Cela se passait par une nuit obscure et sans témoins, mais le coup rata, ou bien ne réussit que trop. Le lendemain on trouva le rabcor à moitié mort et gisant dans une mare de sang. Le Guépéou s'émut. Il chercha le koulak criminel, ou le directeur d'entreprise vindicatif; ce fut le clochard qui lui tomba sous la main, ce qui l'embêta rudement, car le « copain » dénonça la combine.

– Mais tu as failli le tuer!

– Je me suis trompé. J'étais saoul.

On étouffa l'affaire.

Ce n'est là qu'un infime fait divers, dans la masse des drames quotidiens, autrement horribles, mais combien il est édifiant! Où a-t-on jamais entendu parler d'une telle carrière qui soit à faire par de tels moyens? Un Albert Londres, qui n'est qu'un bourgeois, en frémirait de honte. Et il ne se trouverait pas un journaliste dans tout autre pays pour y songer. Il s'est cependant trouvé un communiste, dans le pays qui aspire au maximum de moralité civique. Mais l'homme n'est qu'en partie fautif. La plus grande part de honte retombe sur le régime qui crée les conditions dans lesquelles peuvent naître et se développer de semblables carrières.

Ici, nous arrivons au cœur du mal.

L'U.R.S.S. est le pays le moins bourgeois du monde, mais qui aspire le plus à la bourgeoisie, à l'exemple de toutes les nations qui sortent lentement de la vie patriarcale, tels nos Balkans. C'est pourquoi je pense que ce fut un malheur que la plus grandiose tentative d'édifier le socialisme ait été faite justement en Russie.

Le Russe et aussi l'Ukrainien, le Géorgien, le Tatare, l'Arménien, qui ne s'embarrassent pas de doctrines, sont des hommes pleins de cœur, pleins de tendresse, riches d'amour et de mélancolie. Ils aiment éperdument leur langue, leur terre, leur ciel. (Tous les chants populaires et toutes les littératures de ces pays en témoignent.) Et eux-mêmes le témoignent au point de faire éclater leur rhapsodie en plein banquet communiste, à côté de *L'Internationale.*

Comment diable voulez-vous donc faire sortir ces peuples de leurs isbas et les noyer, du jour au lendemain, dans les gratte-ciel américains, au-dessus desquels le rossignol ne chante pas, où l'homme est une brute mécanique et où l'existence n'est qu'une manière de tuer la vie?

Disons qu'il y a eu deux millions de communistes bourrés de doctrines, vidés de cœur et de cervelle, automates du fordisme et de l'américanisation, pour lesquels les sentiments ne sont qu'une infirmité bourgeoise et l'amour un simple coït : il en reste cent cinquante millions, toute une humanité, qui vit et veut vivre en cultivant toujours mieux ce que nous avons de plus éternel en nous, de plus émouvant aussi.

Faut-il l'empêcher de vivre?

– Au contraire! dira-t-on, me rappelant la Constitution soviétique. Ces peuples-là disposent maintenant d'eux-mêmes!

Je réponds : oui, ils disposent d'eux-mêmes, à la manière de ces jeunes filles médiévales, qui étaient libres de tousser à volonté, mais qui se faisaient enfermer dans un couvent dès qu'elles ne voulaient pas épouser l'homme choisi par leurs parents.

J'ai eu un soir une longue conversation avec une paysanne intelligente (bessarabienne ou grecque, je ne veux pas trop préciser, car je pourrais la faire envoyer en Sibérie). Cette femme me donna la plus navrante version de la façon dont une mère soviétique peut disposer de ses enfants, qui demeurent toute sa vie :

« Nous ne sommes pas des communistes, me disait-elle, parce que nous ne savons pas au juste ce que cela veut dire. Dans notre village, les communistes sont des intrigants. La « politique » et c'est tout. Malheur à qui ne pense pas comme eux.

« Mais nous avons été avec les bolcheviks dès le début. Mon mari s'est battu dans la guerre civile, a fait partie du premier soviet et mourut des suites de ses blessures. Pour ma part, je ne suis qu'une pauvre mère, qui veut élever ses enfants – le garçon et la jeune fille que voilà – le plus honnêtement possible. Personne ici n'est ni adversaire du régime, ni pratiquant. Personne ne peut nous en vouloir. Et cependant, on nous prive de toute possibilité de gagner notre vie. Pourquoi? Parce que je dis à mes enfants qu'ils ne doivent pas s'inscrire à la Jeunesse communiste, et ils sont de mon avis. Car ces komsomols-là passent en chantant et crachent sur les vitres de la maison paternelle, insultent les vieux et intriguent entre eux, plus que les grands. Est-ce cela, être communiste? »

Que le lecteur sache que des témoignages comme celui que je viens d'apporter, ainsi que d'autres, que je pourrais dire, soit à l'avantage, soit au désavantage du régime, n'interviendront dans ce livre que bien rarement, par pur hasard et ne signifieront rien, sinon que j'ai voulu m'exprimer d'une façon plutôt que d'une autre. Contrairement à mes prédécesseurs sympathiques aux soviets, je ne rapporte pas une collection de témoignages pour et contre, copieusement farcis d'impartialité. Le témoignage, c'est moi, l'impartialité, je l'ignore. Et je ne pratique pas la sympathie ou l'antipathie, mais l'amour et la haine.

Ce que j'apporte ici, ce sont des convictions qui me coûtent cher et qui pourraient un jour me coûter la vie. (Ce serait justice : je n'ai adoré, dans ma vie, que ce qui m'a coûté très cher.) Aujourd'hui, quand la vie m'assène des coups propres à assommer un hippopotame humain, plus que jamais je m'agrippe à mon amour et à ma haine. De là, mes convictions, filles de ma foi dans les hommes, que j'aime, que je hais et que je voudrais tant servir.

Qu'on se rappelle qu'en arrivant en Russie, j'ai donné des claques à la vermine égoïste et prudente de cet ignoble Occident[3]. Ces claques, allant, seize mois plus tard, demander mon visa, M. l'Ambassadeur de France à Moscou me les a mises d'abord sous le nez, puis, très dignement, sans rien exiger de moi, me permit le retour. C'est toujours le même langage que je tiens à l'égard de cette vermine, qui ne sacrifierait pas un cheveu de sa tête pour faire le salut d'une humanité folle, mais... Mais, maintenant, je suis un vaincu. Ceux sur qui je croyais, dur comme pierre, pouvoir m'appuyer, c'est encore de la vermine, une vermine

3. « De Paris à Moscou », in *L'Humanité*, 1er novembre 1927.

qui sacrifierait tout pour le salut de sa chère doctrine, en broyant des innocents.

Comment pourrais-je donc mesurer les termes, consulter mon incompréhensible carnet de notes et contenter tout le monde et mon père? Je sais une chose : je sais qu'une écrasante majorité d'hommes de ma classe est arrivée au pouvoir; qu'en y arrivant, elle s'est tout de suite mise à bouffer et que, la bouche pleine, elle écarte de sa table et laisse mourir de faim tous les frérots qui ne sont pas de son avis. Quand cela est – et on verra jusqu'à quel point – que voulez-vous que ça me fasse, les témoignages, les documents, l'impartialité, la sympathie et tout le bataclan?

Que voulez-vous que ça me fasse même d'écrire, là-dessus, ou de ne pas écrire un livre? Une page, une ligne, un grand cri lâché à tous les vents, y suffiraient. Car la douleur, comme la joie, surgit toute seule de la terre, pour vivre dans l'éternité.

Quand j'avais mes dix-huit ans, je passais mes nuits – seul, à deux ou à dix – à chercher le sublime dans les livres et dans le cœur des hommes. J'en suis encore là, à cette différence près qu'à ce moment, le livre était écrit par des Balzac, et quand il l'était par des Mme de Staël, c'était encore sacré, tandis qu'aujourd'hui, les Balzac font de la pédérastie littéraire et les Mme de Staël annoncent, comme ceci, l'apparition de leur livre :

O, homme! Si tu savais...
Aucune femme ne te résisterait.

Mais, madame : c'est jusqu'au ventre que vous ne pouvez pas nous résister, nous le savons bien. Et après? Après, nous sommes tous du même sacerdoce, n'est-ce pas?

Ignoble Occident, mon pauvre M. Massis, fût-il catholique de la coupole de ses Académies, jusqu'au cercueil de la rue de Provence!

Oui, le monde se meurt par tous les côtés, par en haut et par en bas. Cependant, s'il a raison de crever par en haut, d'où il a donné tout ce qu'il pouvait donner, je proteste à la face du ciel contre l'immoralité d'en bas, qui vient avant l'heure! Je ne proteste pas contre la masse. Elle, la misérable, a toujours eu faim et n'a songé au sublime, qu'en vertu de son ventre. Elle est à absoudre. Mais comment absoudre ceux qui sortent de son sein, se proclament son élite, s'imposent des salaires limités pour la galerie et accaparent, étouffent, écrasent, volent, violent, tuent, dans le silence.

N'est-ce pas là, à jamais, la faillite morale d'une Révolution?

Il m'est absolument impossible de faire le bilan de cette immoralité. Elle remplirait des volumes et comprendrait toute la hiérarchie, du sommet à la base, dans l'U.R.S.S. et dans l'Internationale, certains pour y avoir trempé, d'autres pour avoir vu faire et n'avoir rien dit, tous pour tout savoir et tout cacher, aux yeux du monde qui a, au moins, le droit à l'espoir.

Parmi ces derniers, coupables de complicité, le plus coupable, parce que le plus haut placé dans l'estime mondiale, c'est Maxime Gorki.

Maxime Gorki est parti de plus bas que beaucoup et avait le devoir de rester le plus près possible de ce bas. Il ne l'a pas fait. Voici la preuve.

En Russie (et on peut dire la même chose du reste du monde), on n'a nullement besoin de connaître la langue du pays, si l'on veut savoir ce qui se passe. On n'a pas même besoin de connaître, comme moi, deux dialectes parlés par deux peuples qui ont leurs Républiques : le moldave et le grec. Et je puis dire que, même à un sourd-muet, la Vérité est accessible, lorsqu'on la cherche.

Ce qui est très difficile d'obtenir en Russie, quand on est étranger et mi-officiel, comme je le fus, c'est la confiance des gens. Mais une fois en possession de cette merveilleuse clef, toutes les portes de la vérité s'ouvrent devant vous comme par enchantement. Alors, en russe, en turc, en chinois ou au moyen de signes, les gens les plus divers, les officiels mêmes, vous disent ce qui est, sans plus attendre que vous appreniez leur langue, car, en ce cas, il faudrait en apprendre deux cents.

Or, Gorki n'avait besoin de rien apprendre, car il savait tout. Et toute l'humanité qui lit sait qu'il le savait, car il l'a dit lui-même, et de façon à faire dresser les cheveux sur la tête. Mais à cette époque, les officiels avaient le droit de fauter. Depuis, ils n'ont plus fauté. Ils ont installé, consciemment, l'injustice chez eux. Ils ont corrompu de vastes couches sociales, et plus particulièrement les misérables, pour se faire des majorités et pour gouverner. Leur corruption est des plus inhumaines : si vous voulez manger, même maigrement, il faut être dans la « ligne »; il faut encore dénoncer le camarade frère qui s'y refuse.

C'est ainsi que la Russie est parvenue à cette ignominie que le monde n'a jamais connue : jeter la moitié de la même classe contre l'autre moitié, compromettre celle qui mange et aboie, démoraliser celle qui jeûne et serre les dents. Bien mieux, elle a tué l'avenir, car les cadres des komsomols, les cadres de la jeunesse sont entièrement pourris.

Lorsqu'on a jugé tout le Comité des Jeunesses de Leningrad – convaincu de fraude, de dilapidation, de vice, de débauche et même de crime de droit commun – un juge a demandé à un témoin :

– Comment vous y preniez-vous pour ne recruter qu'un tel déchet social ?

– On n'exigeait seulement des adhérents que d'être dans la « ligne », fut la réponse.

C'est avec ces adhérents-là qu'on a composé les majorités « disciplinées », celles qui marchent. C'est avec leur aide et au nom du prolétariat, qu'on a affamé et rempli les prisons et la Sibérie de travailleurs qu'on nomme « des traîtres » et qui sont seuls révolutionnaires, dans cette Union soviétique qui reçoit, aujourd'hui, au sein de son parlement suprême, le Tsik, Maxime Gorki.

Depuis mon départ de Russie et jusqu'à la publication de ces lignes, neuf mois auront passé. Il m'eût été facile de faire paraître ce livre, six semaines après mon retour à Paris. Je ne l'ai pas fait. Je gardais quelques espoirs, et surtout celui d'entendre tonner la grande voix de Maxime Gorki.

A Moscou, à son foyer, pendant les trois heures passées dans son intimité, il n'a pas voulu parler. Son visage sincère, dominé par des yeux qui peuvent être tout ce qu'ils veulent, est resté fermé. Et nous avons pataugé dans la banalité. Mais ce que Gorki ne me devait pas, à moi, il le doit au monde qui l'estime. Il le doit surtout à ceux qui se font écraser par toutes les majorités : à ses vagabonds, qui sont toujours des vaincus – sinon à la classe ouvrière qui fournit et soutient ses propres tyrans.

Car il viendra, le jour où les vaincus auront voix au chapitre, par-dessus toutes les classes, et ce jour-là, des voix terribles interrogeront Maxime Gorki, qui ne pourra plus répondre, pour le malheur de sa mémoire.

Voilà ma confession.

DANS L'U.R.S.S.

SUR LE VOYAGE

Il ne faut pas s'attendre que je raconte en détail et d'une manière pittoresque, ainsi que cela en vaudrait sans doute la peine, tout ce que j'ai parcouru, vu, senti et pensé, entre le 15 octobre 1927, date de mon départ de Paris, et le 15 février 1929, date de mon retour. Cela ne m'est pas possible, pour plusieurs raisons, dont la plus forte, c'est que je n'ai plus cœur à le faire. Je suis allé là-bas avec des pensées et des élans qui en route ont sombré.

Puis, en aurais-je encore l'envie, qu'une crainte me retiendrait : je serais, en effet, obligé de nommer les hommes, les faits, les drames intimes et les localités diverses et livrerais ainsi à une persécution impitoyable des milliers d'innocents. Et quand il s'agirait de vrais coupables, encore ne voudrais-je pas les dénoncer, car ce n'est pas aux petits rongeurs que j'en veux, mais aux gros et surtout à leurs méthodes de « révolutionner » le monde.

Enfin, je suis encore retenu par la place que ces dénonciations occuperaient et qui m'empêcheraient de faire œuvre plus utile, comme je le tente dans ces trois volumes.

Qu'on pense à ce voyage, long de plus de vingt mille kilomètres – en chemin de fer, en bateau, en automobile, à cheval et en téléga – qui alla d'Alexandrovsk (petite localité de pêcheurs lapons, située à l'entrée de l'océan Glacial du Nord dans le golfe de Kola, au-dessus de Mourmansk) et qui me conduisit au pied de l'Acropole. Entre ces deux extrémités, j'ai fait : deux fois Moscou et le Caucase; trois fois l'Ukraine; quatre fois Moscou-Leningrad; puis la République moldave, la Crimée, la Volga.

Il m'en faudrait emplir quatre volumes de dimensions moyennes : 1° Moscou-Leningrad, la Carélie, le Nord de la Russie; 2° l'Ukraine, la Moldavie, la Crimée; 3° Volga, ses villes, son delta, la Caspienne et 4° la Transcaucasie.

Dans tous ces volumes, pour en venir à bout, guère n'est besoin que je fasse de « littérature ». Les événements, les hommes, leurs récits, leurs tragédies et un peu de moi, y suffisent, car partout j'ai vécu. Je n'ai pas glissé en touriste. Que ce fut un mois, une semaine, un jour ou rien qu'une heure, j'ai vécu, c'est-à-dire : je me suis livré aux hommes; et le plus souvent ils se sont livrés à moi, tels qu'ils étaient, bons ou mauvais, héros ou fripouilles. Nous avons mangé, bu, chanté, dansé et parfois dormi ensemble. Nous nous sommes presque toujours saoulés de cette communion. Au plus ignoble d'entre eux, rarement j'ai refusé mon temps, mon intimité, ma chaleur, car le plus ignoble renferme parfois un grain de sublime et, par conséquent, mérite la dépense de notre cœur.

J'ai vu des coins où des hommes qui vivaient ensemble depuis toujours, sans que l'un connût le cœur de l'autre, s'écriaient soudain au milieu de la joie générale :

– Jamais nous ne nous sommes tant aimés, que depuis que vous êtes parmi nous ! Revenez ! Restez !

Et voilà qu'on se jetait les uns dans les bras des autres. On n'était pas toujours saoul. On était ivre de vie, de souffrance, d'espoir.

Oh, vous, vous tous qui m'avez arraché la promesse, ou à qui je l'ai faite de moi-même, de revenir et de bâtir une isba parmi vous : peut-être que ne vous reverrai-je jamais plus !

Tout n'est qu'illusion. Mais n'est-ce pas là toute la vie ?

UNE QUESTION

Etant donné ce qu'on appellerait improprement ma volte-face – ou, comme on l'a déjà écrit à Moscou, dans la *Litteratournaïa Gazeta* : « Panaït Istrati double face[1] » – on pourrait, maintenant que nous entrons en Russie, me poser la question suivante :

– N'étiez-vous nullement au courant de ces affaires-là, avant d'aller dans l'U.R.S.S., ou aussitôt après ? Car on vous connaissait plutôt bolchevisant.

Je réponds :

Bolchevisant – c'est-à-dire : pour la prise du pouvoir par la classe ouvrière et pour la destruction du capitalisme – je le suis toujours et je le resterai, dans les conditions qu'on verra lorsqu'on aura lu ce livre. Elles sont tout à l'éloge d'un bolchevisme à la Lénine, à la Trotsky, à la Dzerjinski et tous les héros de la Révolu-

1. Boris Voline : « Istrati aux deux visages », *Litteratournaïa Gazeta*, 29 avril 1929.

tion d'Octobre qui ne sont pas devenus les propres assassins de leur œuvre.

J'ajouterai qu'il n'y a ni volte-face, ni « double face », pour la bonne raison que – après avoir vécu seize mois dans l'U.R.S.S. et alors que j'aurais pu aisément écrire et publier au moins seize articles bolchevisants, sinon cinquante, et grassement payés – on ne pourra m'en montrer trois, qui soient tels, ni une interview, ni un discours qui aient été vus ou corrigés par moi. Une telle réserve est inconnue aux Amis de l'U.R.S.S., dont je suis, en France, l'un des deux vice-présidents d'honneur.

« Double face »... Pauvre racaille. Des faces, j'en ai, moi, trente-six mille, mais pas pour des *Litteratournaïa Gazeta*.

Quant à la question elle-même : Etais-je au courant? Je réponds : non. Il n'y a pas un dixième du prolétariat communiste international qui sache au juste ce qui se passe en Russie, sinon le Parti serait tout entier déserté et un autre parti bolchevik se formerait, sur des bases nouvelles, honnêtes, et qui ne donneraient plus aux chefs un pouvoir illimité.

Comment voudriez-vous que le sût l'ouvrier de l'usine – pauvre cotisant discipliné et lecteur au crâne bourré – quand, votre serviteur, jouissant de l'amitié d'un Rakowsky et lisant à peu près tout, d'une part, ne savait rien, de l'autre ne voulait rien savoir.

Nous avions raison tous deux, l'ouvrier de l'usine et moi : la Révolution est si haut placée dans les cieux que ce n'est pas au moyen de ces feuilles de chou de l'Opposition qu'on arrive à la faire descendre parmi les hommes et à prouver qu'elle n'est plus aujourd'hui qu'un mythe, mais un mythe qui possède les vertus de l'oiseau Phœnix. Et pour ce qui est des renseignements fournis par le canal des ennemis du prolétariat, ainsi que par les livres des écrivains bourgeois honnêtes, les premiers ne comptent pas et nul de nous ne peut mordre à ces ordures, les seconds ne sont pas à la page et font de la poésie, ou, passant à côté de l'essentiel, battent la campagne.

Seule l'Opposition et son chef Trotsky seraient en mesure d'éclairer l'opinion des masses, mais, jusqu'à ce jour, ils ne disposent pas encore des moyens qui seraient à la hauteur du désastre. En outre, les membres de l'Opposition s'entendent mal, très mal, forment des chapelles dont, seul, le brouhaha nous parvient. Enfin nombre d'opposants sont des gens tout aussi nuls et compromis que les officiels. Trotsky – le bolchevik à la conscience inaltérée, au crédit intact, le plus capable de tous et le plus doué – devra faire bien attention aux infirmiers dont, un jour, il s'entourera, lorsqu'il faudra panser les plaies d'une Révolution qui n'est que plaies. J'estime le destin de cet homme et j'ai confiance en lui. Il n'est pas possible qu'il ne sache pas profiter de l'effroyable expérience qu'il a sous les yeux et qu'il connaît comme nul autre.

De son Opposition également, je ne savais rien et ne voulais rien savoir, avant d'aller en Russie. Je me disais : « Bah! où il y a mare, il y a grenouilles; ce ne doit être qu'une question de pouvoir, simple scission produite par la mort de Lénine. » Je me suis dit cela encore pendant des mois, en Russie, on verra comment.

Quant à Trotsky lui-même, je voyais bien que depuis des années, un nuage de silence de plus en plus opaque l'enveloppait, mais comment me serais-je douté qu'on lui préparait le chemin d'Alma-Ata, celui de Stamboul et l'épithète de « contre-révolutionnaire »?

Personnellement, on peut dire que nous ne nous

connaissons pas; et jusqu'à maintenant – quand je dis de lui le bien que je pense, de la façon la plus désintéressée – je ne lui ai pas encore écrit une lettre, ni d'ici, ni pendant que je me trouvais aux bords de la Caspienne, à quelque deux mille kilomètres de sa Bastille.

Mais nous nous sommes serré les mains une fois, et il sera étonné de l'apprendre. C'était, si je ne me trompe, en 1911 ou 12, à Bucarest. Nina Arbore – sœur de la doctoresse Ecaterina Arbore, que je devais retrouver commissaire du Peuple à la Santé publique de la Moldavie soviétique – vint un jour me demander à brûle-pourpoint :

– Veux-tu voir un grand oiseau voyageur?

– Qui est-ce?

– Un exilé de marque : Léon Trotsky, anciennement président du soviet issu de la Révolution de 1905 et le plus brillant orateur et publiciste de la Russie révolutionnaire de nos jours.

– Si je veux le voir! Dépêchons-nous.

Elle me conduisit à l'hôtel High-Life, place de l'Episcopie. Dans une pièce exiguë, Léon Davidovitch, avec sa tête classique, ses yeux féroces et vêtu d'une blouse noire, se tenait debout, contre le lit. Ne connaissant aucune langue européenne, je ne pus que le regarder comme un veau. Toutefois, je demandai pour quelle raison il portait une blouse noire :

– Parce que je suis pessimiste, répondit-il, moqueur.

LE DÉPART. CHRISTIAN RAKOWSKY. SIÉBÈJE

J'ai déjà parlé ailleurs de ce départ précipité et de l'ambassadeur déchu, en compagnie duquel j'allai jusqu'à Moscou. Mais ici je suis chez moi, je puis me compléter, ajouter de nouveaux détails, ce que je ne pourrais faire dans aucun *Monde*[2] du monde, qui vous appelle à bras ouverts, pour vous fermer la porte au nez, dès que vous voulez rester un homme.

Ah, la liberté, la liberté! Je donnerais tout mon sang pour elle.

De Rakowsky, à la demande de la revue *Ogoniok*, de Moscou, j'avais fait un « portrait[3] », en 1927, qu'on avait trouvé excellent, qui faillit paraître et qui ne parut pas, à une heure où Rakowsky était encore ambassadeur, mais où sa disgrâce était déjà décidée de longue main. Or, mon article ne contenait absolument aucune polémique, car j'étais alors à mille lieues de penser le moindre mal des officiels. Que dites-vous de ce hors-d'œuvre? Je m'adresse à l'ouvrier. C'est à lui que je demande si une telle tyrannie lui va.

Quant à moi, que les opposants sachent que s'ils veulent nous préparer une seconde édition de ce bolchevisme-là, ils trouveront en moi un implacable ennemi, un ennemi solitaire qui mourra pour ce qu'il considère le premier bien de l'homme : celui de pouvoir s'exprimer à la face du ciel, que ce soit en camarade ou en adversaire. Lénine a permis à ses adversaires de s'exprimer; et de tous, Gorki lui a dit les choses les plus cruelles, souvent les plus abominablement injustes et honteuses.

On me répliquera que cette liberté-là a failli, à un moment donné, coûter la vie à la Révolution. Je réponds : votre tyrannie l'a tuée bien plus sûrement.

2. Allusion à la revue d'Henri Barbusse.

3. « Mon Christian Rakowsky », paru *post mortem* dans le " *Bulletin* " de " *l'Association des Amis de Panaït Istrati,* " (1re série), nº 17, p. 5 à 12, janvier 1975.

Et ce n'est pas l'entrée d'un autre Gorki dans la confrérie d'aujourd'hui qui la ressuscitera, ne vous en déplaise.

Il est malheureux que je doive parler avec une telle dureté à des hommes qui sont, après tout, les victimes d'un système dont l'avènement ne peut leur être reproché, mais c'est plus fort que moi. On me connaissait. Il ne fallait pas m'inviter aux fêtes de l'anniversaire. Et le plus fautif est Rakowsky, que j'ai interrogé avant le départ sur « ce qu'est la Russie soviétique » et qui m'a fait cette réponse de diplomate :

– Si tu regardes à la surface, tu ne seras pas content. Mais si tu sais voir, tu aimeras notre Révolution.

J'étais propre. Comme si la Révolution pouvait être confondue avec la laideur humaine. J'eusse préféré qu'on me dise sincèrement ce qui en était, ce que je ne pouvais pas voir de mes yeux sans en appeler au ciel. Mais ces bolcheviks sont muets comme des tombes, alors même qu'ils sont vos amis et vos vieux camarades.

Rakowsky ne fait pas exception. Jamais je n'ai pu obtenir de lui le moindre aveu, un de ces aveux dont j'ai été cent fois aujourd'hui le confesseur. En France, je lui pardonnais ce silence. Il était ambassadeur. J'étais celui qui parle. Mais il a gardé le même mutisme tout le long du voyage. A un moment donné, comme nous entrions en Allemagne, je lui ai posé cette question à laquelle une franche réponse eût suffi à me révéler l'attitude véritable de l'Opposition et le sort qu'elle devait subir bientôt; je lui demandai :

– Est-ce bien la France qui te chasse, ou sont-ce les tiens qui te démolissent?

Pour toute réponse, il tira sa montre et dit :

– Nous serons à Francfort vers les onze heures du soir. As-tu très faim?

Autrement dit : « Garde ta langue pour manger de la choucroute à Francfort. »

Et cependant, il m'avait plus d'une fois donné des preuves d'une affection solide, soit en venant à mon secours, dans ma purée vernie de « conteur oriental », soit en me recevant dans une parfaite intimité.

Dans notre compartiment diplomatique, apercevant un jour la manche de sa chemise déchirée de vieillesse, une stupeur mêlée d'admiration me poussa à le lui faire remarquer :

– Vraiment, Christian : je sais que des bolcheviks comme toi ne connaissent pas l'emploi personnel des fonds secrets, mais ton salaire est-il maigre à ce point que tu doives porter une chemise comme celle-ci?

Il se défendit encore :

– Tu ne dis que des bêtises! Laisse ma chemise tranquille.

Mais, une fois, à l'ambassade, il m'avait dit :

– Quand je ne serai plus rien et que je devrai gagner mon pain comme un médecin qui a oublié la médecine, si tu es riche, tu m'aideras, à ton tour, n'est-ce pas?

Il venait justement de me consentir une avance, dûment reconnue sur mes livres édités en Russie et dont les droits d'auteur, faute de convention, ne m'étaient pas dus. Il le fit à ses propres risques. Et sa réflexion, je l'avais prise pour une plaisanterie. Comment la Russie soviétique eût-elle pu se passer d'un diplomate comme Rakowsky?

Pauvre de moi! Je l'ai mieux compris, quand, une année après, j'ai su que l'ambassadeur de la veille faisait vendre par sa femme les objets de leur modeste ménage à Moscou, pour avoir du pain.

Mais nous le retrouverons dans son exil d'Astrakhan, où j'ai passé huit jours en sa compagnie et attrapé, comme lui, la malaria.

De ce voyage mémorable, je garde le beau souvenir de notre arrivée à Siébèje, point de frontière soviétique, en entrant par Riga, détour que nous fîmes, afin d'éviter le passage par Varsovie.

Beau souvenir... Et que la vie soit maudite, qui enlaidit toutes les beautés, dont notre âme est si avide. Que de fois n'aurai-je pas à lâcher ce cri, dans ce voyage que je refais maintenant sur ce papier! (Heureusement, je ne veux plus partout repasser, ni tout revivre, car je briserais ma plume.)

On a beaucoup écrit, et parfois avec quelque émotion, sur l'entrée du train en Russie, lorsqu'il passe sous la fameuse arcade rouge au commandement terrible, semblable à une prédiction en partie réalisée de l'avenir : **Prolétaires de tous les pays! Unissez-vous!**

Oh, mes frères de malheur! Unissez-vous une fois pour toutes et allez en masses compactes, par mille et mille, voir cela! Unissez-vous et allez sentir vos cœurs crever au moment de l'entrée majestueuse du train rouge, en terre rouge, par-dessous l'arcade rouge aux lettres de feu!

Si jamais ordre, parti des entrailles d'un ami, vous fut intimé, c'est bien celui-là :

PROLÉTAIRES DE TOUS LES PAYS!
UNISSEZ-VOUS!

Unissez-vous et n'envoyez plus de délégations d'imbéciles, pour ne rien voir et ne rien rapporter. Mais allez seuls, sans guide, sans chef, et vous sentirez plus que tous les chefs du monde, seriez-vous bêtes comme vos pieds.

Car ce n'est pas l'intelligence sans cœur qui fait ces

miracles-là, mais seulement les deux accouplés ou plutôt le cœur tout seul – et du cœur, vous en avez, Seigneur, à en laisser par tonnes dans toutes les tranchées, sur tous les fils de fer barbelés et dans tous les engrenages de vos bagnes mécaniques.

C'est avec le sang généreux de vos millions de cœurs, que ces arcs de grand triomphe et ces lettres de flamme des frontières soviétiques, ont été peints et embrasés. Et s'il faut qu'un jour rien ne doive rester debout, de tout ce que vous avez bâti et rêvé de bâtir là-bas, eh bien : du premier au dernier des mercenaires qui s'élanceraient à l'assaut de l'Union Rouge, pour la dévorer, aucun ne passera sous cette annonciation de votre destin sans qu'il tombe foudroyé de terreur.

Là est tout ce qui continue de vivre, derrière les Révolutions que les hommes assassinent.

A SOFIJSKAÏA NABIEREJNAÏA

Nous arrivâmes à Moscou par une belle matinée. En gare, rien qui prouvât, de la part du gouvernement, la moindre des attentions dues à un grand ambassadeur, fût-il en disgrâce. Ainsi, par exemple, pas même une voiture, non pas une de ces luxueuses limousines qui promènent la racaille bureaucratique et dans lesquelles je devais tant rouler moi-même, mais un quelconque tacot. Rien. Et la main de l'ancien président du Conseil des commissions du peuple de l'Ukraine, qui avait signé tant de documents à Gênes, à Londres et à Paris, n'y fut serrée par personne.

Le garde du corps de Rakowsky, un Letton aux proportions athlétiques et fort intelligent, alla chercher un taxi, pendant que les tovarichtchi photographes-reporters braquaient sur nous leurs objectifs.

Christian ne s'y prêta point.

– Pourquoi t'esquives-tu si méchamment ? lui dis-je. Ils font cela pour gagner leur croûte.

– En l'occurrence, ils ne savent pas ce qu'ils font, me répondit-il. Je leur épargne une gaffe et quelques plaques gâchées.

En attendant que l'institution dont j'étais l'invité, Voks, s'occupât de me trouver un gîte, j'accompagnai Rakowsky à Sofijskaïa Nabierejnaïa, où est la résidence des diplomates, un imposant palais, autrefois demeure d'un roi du sucre.

– Tu n'y seras pas si mal logé ! m'écriai-je, en y entrant.

Mon ami se contenta de sourire. Voyait-il venir déjà les marécages d'Astrakhan, qui devaient sous peu ébranler sa santé pour le reste de sa vie ?

On nous mena droit à la salle à manger, où le bon thé que j'aime, accompagné du copieux petit déjeuner russe, ne tarda pas à nous être servi. Puis, Rakowsky m'introduisit dans un somptueux salon. C'est là que je vis surgir, d'une chambre attenante, un homme gros et court, à la démarche nonchalante, au visage placide, mais dont les yeux incolores me fixaient d'une manière pénétrante. Il était en savates, sans faux col et portait une veste et un pantalon de quatre sous. Je le pris pour un domestique.

– C'est Litvinov, me chuchota Christian. Sa femme donne des leçons pour vivre.

Je sentis monter en moi une profonde admiration, celle même à laquelle mon cœur était déjà préparé par tout ce que j'avais entendu dire de l'austérité de mœurs des chefs bolcheviks, laquelle – qu'on ne se méprenne pas ! – a été réelle à un degré inconnu aux hommes d'Etat bourgeois et, jusqu'à un certain point, le demeure.

Je lui fus présenté. Nous nous serrâmes les mains. Et ce fut tout. Certes, rien d'autre ne pouvait être, mais ces diplomates, qui savent combien de fois par jour boivent tels de leurs collègues des antipodes, ne savent pas assez quels cyclones d'amour ils déchaînent dans l'âme d'un homme de la rue quand ils répondent à un Chamberlain ce que, justement, Litvinov devait, un jour, lui répondre à Genève :

– Vous, les bolcheviks, vous ne pensez qu'aux vauriens qui vous écoutent.

– Parfaitement. Ce sont les intérêts de ces vauriens-là que nous voulons servir!

C'était à peu près cela. Et c'était du plus authentique bolchevisme. Pourquoi ne pas y mêler alors un peu de chaleur, quand on est homme si grand et si simple? Le vaurien n'a pas que ventre. Il a été écrit que seul Lénine devait être ce psychologue-là.

Pendant plus d'une heure, j'assistai, comme un étranger, à leur colloque froid, et m'y suis mortellement ennuyé. Pas un signe sur leur visage qui pût trahir la moindre fraternité. Deux machines idéalistes, férues de précision. Qu'apporteront-elles au monde? Du pain?

L'impitoyable tenaille de la vie à toute vapeur mord toujours plus le pauvre cœur humain. Entre le cri rauque de l'homme d'outre-Atlantique, qui veut seul vivre, et le vagissement métallique du bébé féroce, qui veut seul vaincre, plus de place pour le rêve. Ni pour l'amour. Ni pour la pitié.

Tu es avec moi ou contre moi, mais ne te mets pas dans mes jambes! C'est la lutte finale qui engloutit tout, les moyens et le but.

Il faut marcher; il le faut bien.

Je marche. Avec le bébé féroce. Mais je n'arrêterai pas un instant de lui hurler dans l'oreille que le monde attend de lui Justice, non Victoire.

PRÉLUDES DE FÊTES ET DIVAGATIONS D'HOMME SEUL

Moscou en ébullition ne trouvait plus de place pour loger une souris. Et des souris, comme des rats, il y en avait quelque deux mille, venus de tous les coins de la terre. Toutes les races. Tous les appétits.

Le plus grand Etat du monde et le plus pauvre ruinait son trésor pour faire face à l'événement. Pouvait-il en être autrement et est-il utile, là-dessus, de caracoler sur des dragons? Je suis ici uniquement pour dire la vérité, sur ce ton de confession du début, et on me croira d'autant plus facilement que, c'est le cas où jamais de le dire, j'ai été moi-même de la fête.

Certes, nous nous trouvions en présence d'une colossale tentative de bolchevisation sentimentale, fondée, cette fois sur la générosité des « esprits indépendants » qu'on avait invités pour qu'ils vissent le prolétariat à l'œuvre. Je ne souscris point à ces tentatives, je dirai pourquoi, mais on doit les accepter comme un fait, du moment qu'il est admis qu'on ne peut édifier le socialisme dans un seul pays; qu'il faut donc tâcher de le propager partout et en profitant de toutes les circonstances. Le dixième anniversaire en était une.

Les hôtes qu'on avait appelés un peu trop à la hâte, et qui étaient ce que le monde des « esprits indépendants » d'aujourd'hui offrait de plus commode à la portée du gouvernement bolchevik, ne pouvaient, de leur côté, que regarder ce qu'on leur faisait voir, et dire que ce qui était de mise.

Voilà tout le malentendu. D'un côté, comme de l'autre, on avait renversé la morale du dicton roumain qui déclare que celui qui fait ce qu'il peut, dit ce qu'il sait. Les communistes avaient fait le contraire de ce qu'ils pouvaient. Cela ne devait pas leur réussir. Mais les invités disaient ce qu'ils ne savaient pas. Cela devait parfaitement leur réussir : car à voleur, voleur et demi.

Quand un Etat prolétarien – qui doit être avant tout moral et qui n'est le plus pauvre que parce qu'il le veut – mise toute sa fortune sur la fourberie, il ne peut rencontrer sur son chemin que des fourbes. Et ici, ce ne sont pas seulement les fêtes qui sont en jeu, mais toute la tactique communiste.

Les malins idéalistes de tous les Politbureau et de tous les Komintern ont beau crâner, fiers de leur grand savoir politique et doctrinal, de leur science du soulèvement des masses : il faut savoir encore faire de la brique, lorsqu'on veut bâtir; et, de la brique, la classe ouvrière ne sait en faire qu'à la briqueterie, sous la direction compétente et responsable des ingénieurs. C'est cela et ce n'est pas autre chose. On peut me renvoyer tant qu'on voudra à Marx et à Lénine : c'est cela cependant, je le sais, par une expérience et une compréhension de la vie dont ne peuvent pas témoigner des hommes qui n'ont fait, leur existence durant, que bouquiner et fausser le sens des bouquins.

La classe ouvrière fait tout et on lui doit tout. C'est entendu. Les brebis aussi se doivent tout à elles-mêmes. Seulement, alors que, pour rendre les brebis heureuses, il suffit d'exterminer tous les carnassiers de la terre – l'homme compris – l'extermination de tous les consommateurs de brebis humaines ne suffirait pas à rendre celles-ci heureuses. Il faut, d'une part, leur enseigner comment on fabrique cette herbe compliquée qui est leur moyen d' existence et, d'autre part, les préserver contre l'imminente métamorphose de la brebis humaine en loup humain, ou plutôt inhumain, ce qui n'est pas le cas des moutons.

Là est tout le problème. Or, on ne le résout pas en excitant les appétits avec le cri alléchant :

– Qui veut être avec nous? Voici le commencement du bonheur!

– Moi, moi! répondra un nègre, venu du fin fond de l'Afrique au Congrès Mondial des peuples et races opprimés.

– Toi? Comme tu es gentil! *Pajalouïsta!*

Et vous prenez ce nègre, vous le gavez, vous l'exhibez sur toutes les planches, vous lui faites dire toutes les idioties, puis, pour épater le cannibalisme mondial, vous l'installez sur le trône sanglant des Romanov et vous le photographiez.

On a fait cela à Moscou et je ne l'ai su que trop tard. Sinon je serais immédiatement parti. Je voyais, comme tout le monde, un nègre d'une impertinence digne des gifles. Il se précipitait à toutes les tribunes, sur toutes les ailes de poulet, se gargarisait de tous les gros mots du communisme de parade, lâchait des grognements de bête aux sons de *L'Internationale* et nous poussait, en toute circonstance, à prendre la parole à son exemple, et hurler victoire à l'U.R.S.S.

C'était un spectacle à faire vomir.

Un mois avant mon départ, comme j'entrais chez un photographe de la Tverskaïa, pour les besoins de mon passeport, je remarquai un grand tableau. C'était le nègre. Ricanant de sa vaste gueule, bras et jambes écartés, tout son corps affalé dans une position indécente, il était assis sur un siège somptueux. Je regardai de plus près et vis, au-dessus de sa tête, se détachant en relief, la couronne et les aigles impériales.

– Ce n'est pas le trône du tsar? dis-je au photographe.

– C'est lui.

– Veuillez m'en faire trois copies, en 13 × 18.

Je n'en revenais pas. Et ce n'était pas tout. Car allant aux renseignements, j'appris que notre nègre, membre du « Parti de Lénine » et trésorier d'une organisation communiste négrière, avait mangé la grenouille et s'était fait exclure, sans qu'il fût « opposant ».

Après cela, et même avant cela, certaine princesse russe, pas mal installée aux côtés d'un « savant » communiste « dans la ligne », pouvait écrire à une grande conscience amie (pour me moucharder, puis à moi-même, pour me l'avouer et m'en faire des excuses), que toutes sortes de bruits circulaient sur mon compte à Moscou – je n'en resterai pas moins convaincu que le trône du tsar, à dix ans du massacre du tyran, peut au besoin être brûlé sur une place publique, mais non pas transformé en objet de mascarade mondiale. Je reste au surplus convaincu que, souvent, être princesse, voire poétesse, cela ne veut rien dire, même en ajoutant à ces qualités l'adhésion au communisme tel qu'on le parle.

Et pour tout dire, je ne crois pas que la classe ouvrière ait quelque chose à gagner, à souffrir qu'à Moscou on offre, aujourd'hui, le trône du tsar aux fesses d'un nègre escroc, demain la couronne du même tsar, aux mains d'un grand écrivain français, l'un et l'autre également « dans la ligne » et qu'on photographie ce nègre escroc et ce grand écrivain, chacun muni de sa dépouille tsariste, le nègre sous son derrière, l'écrivain dans ses mains et la montrant bien haut, sur la couverture des revues, comme si l'on disait au prolétariat que lorsqu'on ne peut pas faire du blé, on fait au moins cela et que c'est toujours quelque chose, en attendant mieux.

Non. Ce n'est pas ainsi que je comprends qu'on soit révolutionnaire.

AUTOUR DES FÊTES DU Xe ANNIVERSAIRE

J'avais appris, en arrivant, qu'on tassait les hôtes les moins considérables et les moins considérés, par deux, trois et quatre, dans une même chambre, mais qu'en revanche on les hospitalisait dans de grands hôtels. Cela me chiffonna. Je n'aime pas la camaraderie qui m'est imposée. J'ai trop subi cela jadis. Aussi fis-je dire à Voks, que je me contenterais d'un taudis, dans le plus petit hôtel, pourvu que je fusse seul. Si possible. Sinon, tant pis.

On me donna satisfaction. J'eus, pour commencer, une bonne chambre, à l'hôtel International, sur la Tverskaïa. Voisins, à ma droite, Francis Jourdain et Léon Moussinac, dans la même pièce. Moussinac était malade et au lit. Jourdain, la mine comiquement effarée, déambulait, abasourdi par les visites qu'on lui avait déjà fait faire et par les discours en russe, en allemand et autres langues, qu'il avait dû patiemment subir. Nous fûmes en Russie de très bons amis, toujours d'accord; mais qu'en savions-nous!

Car, il faut être juste : un pays, et surtout un tel pays, ne vous invite pas pour vous montrer sa fosse à ordures. C'est une stupidité d'en vouloir aux communistes russes de leur acharnement à exhiber le bien qu'ils ont réalisé et seulement le bien. Pourquoi étions-nous là-bas, nourris, logés et promenés, comme des pachas, entre Leningrad et Tiflis, aux frais de la princesse en guenilles? Sûrement pas pour qu'ils étalent sous nos yeux leurs culottes rapiécées, en guise de souvenir à emporter.

C'est une tout autre question quand, vous déclarant prêt à les défendre au prix de votre vie, vous leur demandez des comptes et les priez de vous faire savoir ce que cette édification de parade coûte aux travailleurs soviétiques, y compris l'entretien de la formidable meute d'aboyeurs de *L'Internationale.* Mais, pour ce qui était de les défendre au prix de sa vie, on n'en aurait pas trouvé vingt, parmi les deux mille invités aux fêtes d'Octobre, qui fussent prêts à le faire. Cela crevait les yeux. A part quelques hommes intègres et vraiment dévoués à la Russie, dont le modèle, à mon sens, était l'excellent écrivain allemand Arthur Holitscher, en compagnie duquel je parcourus le Caucase, le reste n'était qu'un médiocre ramassis de profiteurs occasionnels.

C'est pourquoi, dès l'ouverture, leur Congrès Mondial ne me dit rien qui vaille et je le déclarai aussitôt, en écrivant l'article : « Autour d'un Congrès ». Remis au représentant de *L'Humanité,* où justement on avait fait la gaffe de publier en éditorial quelques enthousiastes impressions de mon arrivée, ce timide article embarrassa terriblement le pauvre rédacteur. Pierre Naville s'en empara et le fit paraître dans *Clarté*[4], non sans l'accompagner d'une introduction, où, me prenant par les jambes, il me jetait à la tête de l'organe officiel du Parti français. De là, un froid brusque dans nos mamours de frais fiancés.

Et cependant, cet article était tout à l'éloge de l'U.R.S.S. Mais je ne pouvais pas m'empêcher de cons-

4. « Autour d'un Congrès », in *Clarté,* décembre 1927 - janvier 1928.

tater que ses hôtes lui tiraient une carotte. La multitude des races qui s'écrasaient dans le vaste palais des colonnades, sous les feux aveuglants des projecteurs et dans le vacarme des haut-parleurs, formait ce même chaos que représente une réunion électorale de grand style, avec cette différence qu'ici nous pouvions du moins contempler, au milieu du présidium, la douloureuse figure de la trop résignée Kroupskaïa, la compagne de Lénine, seule créature, dans tout ce Congrès mondial, qui ne méritât pas une telle compagnie.

Société des Amis de l'U.R.S.S.? Mon Dieu, pourquoi pas? Comme disait l'autre : appuieriez-vous sur un bouton placé dans votre appartement à Paris, pour tuer un mandarin en Chine et vous enrichir pendant la nuit? Certes, devenir le président d'une section mondiale des « Amis de l'U.R.S.S. », cela n'enrichit pas l'homme, ne le nourrit pas, mais cela vous vaut toujours, à l'occasion, un grand voyage « à l'œil » ou quelques droits d'auteur. Vous représentez une de cette centaine d'épingles-drapeaux rouges au moyen desquelles la présidente Kameneva repérait, sur une carte, placée dans son cabinet, les villes du monde qui possèdent une section de ces « amis-là ». Il est vrai que la plupart desdites sections n'existent plus, comme c'est le cas d'Athènes, où la société se fonda et fondit, sous mes yeux, dans la même semaine. N'empêche, le petit drapeau rouge flotte toujours sur la carte. Et quand c'est vraiment une section que la ville indiquée représente disons que c'est bien pire, puisqu'elle coûte cher et ne produit que de la paperasse, que les « Amis » échangent entre eux, d'un bout du monde à l'autre, et au débit du camarade ouvrier.

Un périodique parisien a écrit que j'aurais été élu au présidium de ce Congrès mondial. C'eût été un grand « honneur » pour moi, mais je crois que cet organe se trompe. En tout cas, je n'y ai jamais siégé, pas plus qu'au Congrès, où du reste seuls le présidium et les assommants orateurs siégeaient rigoureusement, les congressistes passant tout leur temps au buffet.

A l'Hôtel International, je fis savoir au concierge que ma porte était ouverte à qui voudrait de moi. On prenait en effet des précautions afin de me défendre contre les « importuns ». Les importuns ne vous font jamais payer assez cher la découverte d'un homme ou d'un fait, alors qu'un isolement à peu près entier peut vous faire manquer le but de votre vie. Il est vrai que tout dépend de la valeur de celui-ci.

Dans l'U.R.S.S., la pratique de la porte ouverte m'a confirmé, plus que partout ailleurs, la rectitude de ce raisonnement. Et si elle m'a parfois accablé de minutes ennuyeuses, je n'en ai pas moins récolté le grain que j'avais semé. C'est à cette pratique, ainsi qu'à ma façon d'accueillir un homme, que je dois de connaître aujourd'hui les pulsations de la vie par-delà les murs de ma chambre, et pour autant que j'aie une chambre.

Celle que j'occupais à l'Hôtel International ne me valut qu'un défilé de gens aimables, journalistes pour la plupart, qui allaient quémander des articles à toutes les notoriétés européennes présentes. Mais ils n'étaient qu'aimables. Pour moi, qui ne doutais pas trop que les choses puissent être différentes, j'espérais toutefois entendre quelques sons de cloche contraires au tam-tam officiel et voir surgir des visages moins souriants.

Il n'en fut rien, dans cette chambre. Et quelques jours après mon arrivée, je la quittai, pour me faire expédier à Leningrad, avec d'autres invités. Une semaine plus tard, rentrant à Moscou, j'ai trouvé mes effets jetés pêle-mêle, dans un débarras. On déménagea alors à l'Hôtel Passage, qui devint mon hôtel préféré pour toute la durée de mon séjour en Russie, chaque fois que je descendais à Moscou. Mais il y a lieu que je dise comment le monde soviétique se présente devant mes yeux, dès ces premiers jours, à l'Hôtel International.

Ici mon témoignage sera passionnément à l'honneur des Soviets et fera justice de bien des légendes. Dieu, que c'est navrant d'accorder au compte-gouttes, ce que je croyais n'être qu'un hymne à la Vie nouvelle! Car, si l'on n'est pas aveuglé par la mesquine partialité politique, on doit reconnaître que les Soviets – tout en poursuivant un but déterminé – ont été dans cette circonstance, nobles, larges et sincères, comme seule peut l'être l'enfance d'une furieuse vie nouvelle. Peu l'ont compris, et de tous ceux avec qui je causais alors, Francis Jourdain en était le plus ému, sans s'en montrer béatement séduit. Au contraire, la nuée des sauterelles démocratiques, venues pour grignoter, ne mit d'empressement qu'à aimer sa fringale, son insensibilité, son faux enthousiasme et son ingratitude.

J'ai connu des cas où les exigences et la perfidie de tels hôtes allaient si loin qu'un prompt coup de pied dans le derrière eût été la meilleure réponse à leur faire. Mais les Russes – patients, débonnaires, parfois simplement désireux d'éviter le scandale – fermaient les yeux, satisfaisaient la fripouille, accomplissaient leur devoir – n'est-ce pas, brave camarade Guenkine, que je ne reverrai plus?

Ne les a-t-on pas vus payer des valises, des effets et même des machines à écrire, que des imbéciles s'étaient fait barboter en cours de voyage, en dépit de tous les conseils, de tous les avertissements prodigués au-delà de toute mesure? Et à l'Hôtel Krasnaïa de Kharkov, où les abrutis de toute une délégation anglo-américaine avaient aligné leurs souliers dans le couloir, tard dans la nuit, pour n'en plus retrouver une seule paire le lendemain matin, n'a-t-on pas dû chausser une vingtaine de crétins, que cette aventure amusait au point de les faire charlestonner en chaussettes, en attendant le bottier?

Il est vrai qu'un pareil vol, dans le plus luxueux hôtel de la capitale de l'Ukraine, était rocambolesque et d'autant plus incompréhensible qu'on n'a jamais découvert le Rocambole. Mais cela n'a pas moins rendu fou le pauvre guide responsable de cette délégation, lequel dut charrier à l'hôtel tout un magasin de chaussures, afin que chacun puisse choisir ce qui lui convenait, puis se débrouiller pour trouver la respectable somme d'argent exigée par cette dépense imprévue de son budget.

J'ai dit que les Soviets ont été larges. Ils ne l'étaient pas, ainsi qu'on l'a affirmé, jusqu'à vouloir acheter les consciences. Cela est à la fois faux et injuste. Personne, que ce soit pendant les fêtes ou durant mon séjour, n'est venu me proposer le plus acceptable des marchandages, et si je me donne en exemple, c'est qu'on verra jusqu'où on me croyait de la famille, jusqu'où j'avais moi-même déclaré en faire partie et combien mon adhésion totale leur tenait à cœur.

Payait-on des droits d'auteur à ceux qui avaient des œuvres traduites en russe? Oui, dans les conditions les plus normales. Et il me semble que c'était là la moindre des délicatesses, pour ne pas dire la moindre réparation d'un tort. On eût procédé de même à l'égard de M. Vladimir Dekobra, s'il avait été là, et, en ce cas, Romain Rolland lui-même ne se fût pas trouvé avec autant de roubles sur les bras, que ceux qu'auraient représentés les droits de cet écrivain qui arrive en tête de la bêtise littéraire soviétique, en matière de traduction. N'en déplaise à Lounatcharski et à l'intéressé.

Quant aux articles qu'on demandait vigoureusement, c'était encore de la façon la plus correcte et en rétribuant leurs auteurs aussi normalement. Ce n'était pas un mot d'ordre exceptionnel, mais bien l'application de la règle qui demeure celle de tous les pays du monde, lorsqu'un événement s'y produit et que des publicistes étrangers y assistent. Je puis même dire qu'il fallait trotter et poireauter passablement autour des caisses, pour voir la couleur de cet argent-là.

Des jeunes gens enthousiastes – hier encore ouvriers d'usine, aujourd'hui journalistes en mal du coup qui fait le grand reporter – venaient réclamer impérieusement l'article qui leur était dû.

– Que voulez-vous que je vous dise? Je viens d'arriver. J'ignore tout.

– Dites-le bien ce que vous pensez de notre Révolution et le mal que vous avez laissé dans ces sales pays capitalistes d'où vous venez!

– Et puis, vous – vous tovarichtch X – vous êtes des nôtres, nous connaissons votre révolte et vous devez vous sentir ici chez vous.

– Oui. Cela je puis le dire, mais en quelques mots.

– C'est cela : un simple autographe! Votre salut à nos Soviets.

Et allez-y, avec les autographes : Je ne vous connais pas encore, je n'ai rien vu, mais je vois que vous êtes grands, magnifiques, sinon dans ce que vous avez déjà fait, du moins dans ce que vous pensez faire, si l'on vous aide. Vive l'Union soviétique! Vive la Révolution Mondiale!

Des papiers comme celui-là, et parfois même plus catégoriques, j'en ai pondu par dizaines. J'ai donné aussi deux ou trois petits articles et autant de vieux morceaux littéraires neutres, pendant les seize mois de mon séjour parce qu'il était impossible d'agir autrement et que je pensais ce qu'alors j'écrivais.

OCTOBRE ROUGE

Quand les vers auront fini de se repaître de ma carcasse – de ces yeux qui ont tant vu, de ce cœur qui a tant aimé, de toute cette chair, frénétiquement dévastée par les passions – que les hommes d'alors sachent qu'il m'a été donné de vivre, par anticipation, leur existence même, dans mon *Octobre Rouge*.

Petiote vermine humaine! te doutes-tu des trésors de générosité que tu caches dans les replis de ta mesquine doublure? S'il fallait te juger d'après ton égoïsme, tu mériterais d'être brûlée vive. Mais moi – qui me suis roulé dans ta boue, purifié à tes cascades, nourri de ta terre et abreuvé à toutes tes sources, aux plus rafraîchissantes comme aux plus amères – moi, je connais bien ta dévorante générosité et je t'absous. Je t'accepte et te fais confiance.

Car je me dis, dans mes heures peuplées de vaillante solitude – lorsque je pense aux amis que j'aime et à ceux dont je me suis séparé; aux femmes que j'ai caressées et à celles que je ne caresserai jamais; aux douleurs physiques que j'ai subies et à celles qui m'attendent – je me dis :

« Pauvre racaille... Quel tyran s'est jamais acharné à te rendre meilleure, ne fût-ce qu'une bonne existence durant, et qui peut dire qu'il y eût totalement perdu son temps? Certes, on t'a fait faire les Pyramides. Pour quelle vanité? Je n'en sais rien. Mais puisque j'ai longtemps rôdé autour de ces vilains tas de pierre, je me suis demandé s'ils n'avaient pas été érigés afin de réserver aux pharaons le plaisir de voir un jour de maigres Anglaises y grimper stoïquement, un fellah les tirant par les bras, un autre les poussant par leurs prétendues fesses. Quant au but avoué par le poète, qui écrivait des Pyramides qu'avec leur masse indestructible, elles ont fatigué le temps, eh bien, le temps eût pu se passer de cette fatigue, en l'épargnant du même coup aux vingt mille esclaves qui ont travaillé pour les Anglaises.

« Misérables esclaves... A quatre mille ans de distance, on ne vous fait plus ériger de Pyramides. Mais vous creusez des tunnels et des métros où l'on vous oblige à voyager, comme si votre existence devait être noire et privée d'air et de soleil, chaque fois que vous parcourez le chemin, à l'aller et au retour, entre vos taudis catholiques et vos bagnes fordistes, seule chose que vous faites, d'ailleurs, d'un bout à l'autre de votre sinistre vie. Et si vous faites quelque chose de plus, c'est bien la rigolade de vos dimanches d'esclaves ou la griserie de vos jours de fêtes esclavagistes, lorsqu'on organise, à votre intention, tous ces divertissements : escroqueries officielles qu'on appelle courses et où vous laissez le pain de vos enfants; sports modernes, qui ne sont que de grasses entreprises nationales, où vous laissez le reste de votre blafarde intelligence; macabres défilés devant la " flamme éternelle " de vos maîtres, devant leur assassiné " Inconnu ", devant la charogne d'un de vos illustres bourreaux, quand vous vous précipitez en masses compactes, pour acclamer le proche et bienheureux instant où l'on vous permettra de tomber glorieusement, le nez dans la terre.

« Tristes parias... On ne vous fait faire que cela. Mais quel tyran s'est jamais penché sur vos berceaux et, plus tard, sur vos visages brûlants, pour vous dire :

l'homme n'est pas une brute; son premier devoir est d'être bon, juste, humain : malheur à qui ne le serait point! car c'est vivre que vivre pour la Communauté, et mourir que vivre pour soi. Qui a jamais essayé de vous prouver que le travail mène ailleurs qu'à la famine; l'exploitation de l'homme, ailleurs qu'à la fortune; le crime organisé, ailleurs qu'à la gloire? Quel satrape a, au moins, fait construire pour vous des habitations riantes sur le flanc des montagnes, tout en édifiant à leur proximité l'inévitable bagne moderne où Taylor vous dicte la meilleure façon de travailler comme des idiots, de vivre comme des imbéciles et de procréer comme des onanistes?

« Quelle dictature a jamais essayé de vous convaincre, en vous en donnant l'exemple, que le Pouvoir n'est qu'un fardeau d'honneur pour celui qui le détient et un titre à la reconnaissance de ceux qui lui obéissent? Que les dignités publiques ne renferment que de lourdes responsabilités et qu'en les exerçant malhonnêtement on est sûr de se voir lapider? Que même les Arts et les Lettres, vocations sacrées, ne sont pas ces putains à sleepings ou ces gondoles à chimères, pour l'abêtissement de la Communauté et la masturbation glorieuse de l'artiste, mais bien la plus haute fonction morale de l'homme, dont dépend la santé de l'Humanité. »

Donc, avant d'avoir le droit de condamner la lie humaine à être brûlée vive, quelle tyrannie lui a jamais donné tous ces exemples?

Aucune, sauf *Octobre Rouge*.

Il a soufflé, en 1917, comme une rafale issue des abîmes sanglants de la générosité populaire unie à l'élite des hommes.

Je demandai un jour à Rakowsky :

– Comment avez-vous pu, vous, poignée de bolcheviks, être partout, vous battre contre tant d'ennemis et vaincre sur cette sixième partie de la terre ?

– Ce n'est pas nous qui avons été partout, mais la révolte. C'est elle qui s'est battue et qui a vaincu. Nous n'avons su que lui donner son expression, sa figure et nous y livrer corps et âme. Va voir dans les musées de la Révolution les canons primitifs que les moujiks construisaient seuls, pendant la guerre civile, qui pétaient par les deux bouts et épouvantaient l'ennemi, comme nulle *dicke* Bertha ne l'a fait.

A cette époque, le bolchevik était un héros, un titan, un dieu. Le premier de tous était le dernier à se nourrir et ignorait le repos. Le brasier d'une fécondation qui devait anoblir la vie dévorait sa poitrine. Rien pour lui. Tout pour la Communauté. Et plus de crimes, plus d'injustices, plus de barrières ignobles entre les hommes. Ceux-ci, eussent-ils dû sombrer aux trois quarts dans le cataclysme de cet élan généreux, avaient le devoir d'arracher à leurs propres entrailles l'enfant qui ne devait plus jamais devenir un monstre humain.

C'est cela *Octobre Rouge*.

Je l'ai vu fêter son X^e^ anniversaire et j'ai pleuré de joie. Pleuré tout simplement.

Mêlé à la cohue, sans invitation spéciale et sans place réservée, je me suis débattu comme tout le monde pour m'emparer d'une marche dont l'emplacement permettait de saisir l'ensemble de la place Rouge, où tout était rassemblé, où tous les goûts étaient comblés, sans en excepter l'éternelle sottise.

Celle-ci trouvait sa part dans l'exhibition, organisée officiellement, des masques grimaçants de Chamberlain, de Briand et de Mussolini, à la barbe du corps diplomatique. Si je pleurais, cette mascarade cependant ne pouvait me faire pleurer que de dépit, comme le développement des forces militaires rouges, dont la véritable force était justement le contraire de ce qui nous était montré. Car le bolchevisme n'a pas triomphé dans l'U.R.S.S. grâce à de furieux cosaques munis de lances irrésistibles; et le jour où il n'aura que des lances pour percer les cœurs des hommes, ses minutes seront comptées.

Heureusement, il y avait là l'idée, le sentiment, l'élan de l'avenir. Il y avait l'image de ce que le monde serait le jour de sa libération totale, car un million et demi d'êtres humains défilèrent sur la place Rouge, montrant autant de visages que le feu de la générosité transfigurait comme nulle exaltation religieuse ne l'aurait su faire. Ces êtres-là seraient morts jusqu'au dernier, pour que la flamme dont ils étaient dévorés gagnât toute la terre. Et l'humanité n'aurait su leur résister. Partis par millions, par dizaines de millions, tels qu'on pouvait les compter ce jour-là dans toute l'Union soviétique, partis, les mains vides et les visages en flammes, aucune armée n'eût été capable de les contenir et tous les égoïsmes auraient fondu, devant le flamboiement de leur généreuse ruée, s'il est vrai que rien ne résiste à celui qui fait le don de sa vie.

Tard dans la nuit, j'allai déambuler par tout Moscou en fête. Plus d'armée et plus d'officiels nulle part, et cependant, les torrents humains continuaient d'affluer vers la place Rouge. Dans un groupe que précédait un char symbolique, représentant le globe terrestre ligoté de véritables chaînes, sur lesquelles un bambin frappait de toutes ses forces avec un marteau, pour les briser, je reconnus un ouvrier roumain, qui avait fait la guerre civile en Ukraine :

– Alors! lui dis-je. Vous ne dormirez plus cette nuit?

Il me sauta au cou et m'embrassa :

– Non, mon frère, ni cette nuit, ni jamais. C'est tellement grand ce que nous avons fait ce jour d'Octobre Rouge 17!

LENDEMAIN D'OCTOBRE ROUGE

Rien ne reste, nom de dieu, sans être sali, de tout ce qui sort des mains de l'homme! Pauvre, pauvre monde... Si seulement le diable t'emportait bientôt, et qu'il n'en soit plus jamais question.

Pas plus tard qu'au lendemain de ces grandes journées anniversaires, un des abcès de la Révolution creva sous nos yeux : Ioffé se brûlait la cervelle, en signe de protestation contre les brimades dont ses amis opposants avaient été victimes pendant les fêtes. Ce lamentable suicide d'un bolchevik, qui nous était connu depuis les jours de Brest-Litovsk, mit un doigt glacial sur nos cœurs émus. Il n'y avait pas que des fêtards, il y avait donc aussi de tragiques trouble-fête?

Nous nous en étions aperçus, le jour même de la grande parade, quand l'Opposition fit entendre sa voix et faillit être assommée. Personnellement, je me trouvai pris au milieu de la bagarre, qui se produisit sous le balcon où j'étais et d'où les chefs opposants tentèrent de parler à la foule. Je me sauvai au bon moment, quand les gardes à cheval s'ouvrirent route dans la foule, avec une dureté suffisante pour des gardes rouges, bousculant des manifestants tout aussi rouges qu'eux-mêmes. Nous apprîmes qu'à Leningrad, ça avait bardé : on s'était passablement battu, entre frères, pendant plusieurs heures.

Alors, un doute sérieux s'empara de mon esprit :

que pouvait bien être, après tout, cette Opposition? Que voulait-elle? Et pourquoi ne lui permettait-on de s'exprimer ni à la tribune ni dans un journal?

Un autre fait, plus révoltant encore, vint aussitôt scandaliser tous les délégués ou invités honnêtes. Le pouvoir faisait publier, à notre intention, une feuille occasionnelle, imprimée en trois langues : français, anglais, allemand. Elle nous mettait brièvement au courant de ce qui se passait dans le monde. Elle nous parla bien plus longuement de l'Opposition « trotskiste » et de Trotsky, mais avec une telle haine, que nous en fûmes stupéfaits. Pour la première fois nous lisions les qualificatifs de « traîtres », de « blancs », de « contre-révolutionnaires », de « mencheviks », etc. On nous racontait une histoire à dormir debout selon laquelle une « imprimerie clandestine » avait été créée par Trotsky, avec, pour la diriger, un ancien officier wrangélien.

Cela me mit hors de moi. Le journal en main, j'allai trouver le « commandant » de l'équipe dont je faisais partie et je lui dis :

– C'est une honte d'étaler de pareils mensonges sous les yeux des étrangers. Si vous êtes innocents et si l'affaire de l'imprimerie et de son officier blanc est vraie, qu'on fusille immédiatement Trotsky! Or, vous ne l'avez même pas arrêté.

Et pour cause. Car toute l'« imprimerie » se réduisait à une ronéo, et l'officier wrangélien à un agent du Guépéou. Quelle fraternelle saleté!

Mais à ce moment-là, cette saleté, nous ne l'entrevoyions que dans ces incidents et mœurs révolutionnaires russes : divergences de vue sur les problèmes koulak, sur l'industrie lourde ou légère, le régime politique intérieur, l'oppression cordiale. Le peu d'opposants qui me fréquentaient alors ne m'en entretenaient que bien prudemment, car on me voyait « marcher » avec une confiance entière. Ils se glissaient parmi nous, silencieux, mélancoliques, écoutant beaucoup, parlant juste pour éluder une réponse catégorique, se gardant bien de tout dénigrement. On eût dit quelques étrangers et comme des ombres aux lèvres cousues. Je les comprends mieux aujourd'hui, et surtout ce regard navré que les meilleurs d'entre eux posaient sur le mien, lorsqu'ils m'entendaient m'écrier :

– Enfin ! Je crois qu'ici je pourrai travailler bien plus utilement qu'en France. Nous sommes chez nous. On y va droit au but : à la révolution mondiale. C'est ici que je finirai mes jours.

Ce langage n'était pas fait pour gagner la confiance de ceux qui en savaient plus long que nous. Mais j'avais mes moments de rebuffades, quand les visites au galop, les insupportables harangues kilométriques, les coups d'encensoir de *L'Internationale* m'assommaient littéralement.

J'ai toujours eu une profonde aversion pour la parade, quelle qu'elle soit. Or, tout était parade pendant ces jours de fête. Et si, pour quelques jours, elle m'impressionna, au bout d'une semaine j'en eus assez. Usine après usine; musée après musée; hôpital après hôpital; école après école; banquet après banquet. Et partout, partout, les mêmes affreux discours. Dans bien des circonstances – réunion, congrès, conférence – chaque orateur était immanquablement salué, à la fin, par le même coup de fanfare, que tout l'auditoire devait écouter debout. La première fois, l'émotion m'étrangla. C'était grandiose. La seconde, je n'éprouvai rien. J'avais tout éprouvé la veille. La troisième, je n'en pouvais plus, je me « barbais ».

Les hommes ont cette supériorité sur les animaux,

qu'ils banalisent promptement tout ce qui fait la grandeur de la vie.

Un autre aspect de la parade contribua autant à m'en éloigner. J'avais constaté que, partout où l'on nous conduisait, les comités de réception étaient composés, en majorité, de gens qui vous tapaient sur les nerfs. Autant quelques-uns d'entre eux vous gagnaient par leur franchise, leur simplicité, leur pureté, autant les autres trahissaient leur fausseté, leur arrivisme.

Plus d'une fois je me suis trouvé devant de véritables assemblées, dont le tri officiel n'avait laissé passer que cette canaille, aux intentions malpropres et à l'enthousiasme de commande. Leurs déclarations d'amour me rendaient malade. Et il fallait, bon gré mal gré, que je leur répondisse sur le même ton.

C'est alors que je commençai à fausser compagnie à ma cohorte et à son « commandant ». J'allai vagabonder seul, ou avec une connaisance sympathique. La rue – avec sa foule qui rentrait, le pain sous le bras, le visage naturel, le regard franc, la conversation sincère – me réconfortait. Puis, je me mis à pratiquer la claustration dans ma chambre, quand un tas de gens vinrent m'y trouver et m'entretenir de bien des choses, sans trop délier leurs langues. Un premier pas était fait.

Cette attitude fut remarquée. On me le fit savoir :

– Vous n'êtes pas invité pour rester dans votre chambre, ni pour vous isoler de votre groupe. Il faut tout voir, comme tout le monde.

Je répondis :

– Je ne suis pas pressé. Votre « tout le monde » s'en va. Moi, je reste. Considérez-moi comme un citoyen soviétique. Et si vous voulez, je cesse tout de suite d'être un « invité ». J'ai de quoi vivre.

En effet, les Editions d'Etat me demandaient de

signer un contrat d'exclusivité, m'offrant un acompte de mille roubles. J'en avais mille autres dans ma poche. De plus, mes huit livres se vendaient par dizaines de milliers d'exemplaires. Le film tiré de *Kyra Kyralina,* et tourné par Voufkou, à mon insu, constituait avec eux une petite fortune qui m'était encore due. Je pouvais donc me passer de l'auge officielle et occasionnelle.

Mais auparavant je continuai de plus belle, pendant trois semaines encore. On organisait de magnifiques randonnées dans le Caucase : Moscou-Ukraine, Géorgie, mer Noire et retour. On m'invita à participer à l'une d'elles, en compagnie de dix-neuf autres délégués, toujours entièrement aux frais de la princesse en guenilles.

Un wagon miakhki, dont nous ne devions plus nous séparer qu'à la fin du rêve, nous attendait en gare. Deux guides, nos « commandants », couraient tout Moscou afin de réunir à la même heure, en vue du départ, la racaille écrivassière que nous étions.

Et vous croyez qu'il n'y avait pas là de quoi crier : vive le communisme? Dommage seulement que tous ces cris n'eussent pas été dans la même langue : on se serait entendu comme larrons en foire.

UN COMPAGNON DE ROUTE

Je ne dirai rien de ce premier voyage en Transcaucasie, parce que, devant le refaire une année plus tard et, cette fois d'une manière non officielle, c'est alors que j'en parlerai. Mais je lui dois une des plus belles rencontres de ma vie; et en te disant, lecteur, ce que fut cette rencontre, je ferai de nouveau une digression, mais je te prouverai, si tu es misanthrope, que la vie est digne d'être vécue, alors qu'elle-même te fait hurler comme si tu étais mordu par une vipère.

Certes, mon histoire n'a pas grand-chose de commun avec la Russie, mais, de toute façon, on m'accusera de n'avoir fait ici que battre la campagne. Eh oui – bonshommes armés d'un crayon rouge et à la cervelle de yoghourt – oui : j'aime battre la campagne! Tentez-le, vous aussi, avec votre cœur flasque comme une bouse molle : au premier contact avec l'herbe en flammes de cette terre-là, vous vous brûlerez le cul. Car les champs que ma fantaisie aime, le diable les a labourés avec sa rude queue et Dieu les a fécondés de son ardente semence. Tout y vient à profusion, sauf la fleur morte de vos pensées d'eunuques.

Mais entre tout, c'est l'amour pour l'homme, la passion pour l'ami, qui pousse là-bas comme un chêne dont le sommet frôlerait les astres, dont les racines plongeraient dans le feu de la terre.

Homme au visage flamboyant de désirs... sillonné d'angoisses... pétri de générosité. Homme qui surgis dans mon chemin avec ta millénaire existence : je ne suis qu'un infidèle, mais quand je prends ton visage entre mes mains et le regarde, tant je m'abreuve de ta force, que tu peux ensuite retourner à ta vaillante solitude et songer à notre rencontre une vie durant. Car, à cette minute-là, je t'ai vidé comme toi-même tu m'as vidé. Tu m'as donné ta masse d'amour, dont tu ne savais que faire, et je t'ai donné la mienne qui m'accablait.

Y a-t-il quelque chose de plus, dans la vie? Pour moi, c'est tout. A moins que ce ne soit l'amertume de la séparation, absurde comme un masque sur une figure humaine.

Et voici la belle rencontre :

Au milieu d'une fourmilière d'invités parmi lesquels,

vainement, je cherche l'œil où de vastes passions éclatent, un homme surgit un jour dans ma chambre. Il est grand. Son corps d'ascète charnel semble en proie à une joute, tantôt badine, tantôt sanglante, avec les griffes de tous les désirs. La lumière qui flotte sur son visage massacré est celle de l'homme dont la foi ravage les entrailles. Les yeux, trop ouverts, sont mobiles comme le mercure. Leur regard perce, attire et éloigne mille choses en une minute. La bouche a mordu partout, a craché tout ce qu'elle a mordu et continue de mordre. Le nez s'ouvre et se referme, constamment, à toutes les odeurs.

L'homme parle. Il veut être banal, comme le voudrait la circonstance qui nous unit, mais il plonge dans mon visage les lances de son regard et aussitôt ses paroles abordent l'universalité, pendant que les bras décharnés s'allongent pour attraper des chimères.

Je comprends tout de suite que j'ai affaire à plus fort que moi dans bien des domaines, et surtout dans celui des visions du passé et des conjectures sur l'avenir.

J'étais au lit, sérieusement malade depuis trois jours. Je lui tends la main. Il l'attrape. Et voilà que je ne suis plus malade.

– Attends, lui dis-je, je veux t'accompagner. Qui es-tu ?

– Je suis le Crétois[5].

– Tu me connais donc ?

– Oui, tu es le Céphalonite : après les Crétois, les Céphalonites sont les hommes de la Grèce que j'aime le mieux. Ils sont plus racés que les autres.

Il me décrivit ces hommes de race, tout en cheminant, ceux de la Grèce et ceux de toute la terre. Il

5. Nikos Kazantzakis, écrivain grec.

sortait cela, comme on sort une allumette quand les poches en sont pleines.

– Dommage! fis-je. Nous devons nous séparer dans deux jours.

Il tressaillit, et cela me plut :

– Où vas-tu?

– En Transcaucasie.

– Mais j'y vais, comme toi!

Nous y allâmes.

Dans le wagon-rêve, tous deux allongés sur les banquettes du même compartiment, les immenses steppes nous engloutirent dans leur néant peuplé de contes invraisemblables. De longues heures de roulement voluptueux. Des arrêts dans les gares pour nourrir la bête. Des descentes, ici et là, pour la gaver de parade et pour tâcher de l'éblouir.

Le Crétois était fort rangé : lecture, griffonnage, songerie, sommeil. Point de verbosité. Avec personne. Jamais une allocution, en dépit de toutes les insistances. Lourd aux visites des fabriques ou des hôpitaux. Nous faussant compagnie à chaque pas, pour courir les musées, les vieilles églises, la rue. Mais c'est le document humain, le héros, qu'il cherchait avec le plus d'ardeur. Ah, avec quelle force il se jetait sur toutes les illusions, pour découvrir parfois une rayonnante réalité! Je ne connais pas d'homme qui ait eu plus grande soif de pureté et d'héroïsme que lui.

Jailli d'un paysan crétois au poing de fer et au coffre bourré de livres sterling, il s'était abreuvé de toute la sagesse antique, de toute la science moderne, puis s'était séparé de son père, de sa classe, de la sagesse même, pour adhérer à un bolchevisme encore débutant et encore héroïque.

« C'est l'avenir du monde, me disait-il. Le bolchevisme ne marque pas le commencement d'une civilisation nouvelle, mais la fin de celle que nous vivons. Voilà pourquoi il faut l'aider à précipiter dans l'abîme cette vieille cocotte aux fanfreluches prétentieuses.

« Tout est aujourd'hui fanfreluche. Ce qui ne l'est pas est pire encore : un poids mort qui empêche toute naissance. J'ai failli sombrer sous ce poids. Cinq dixièmes de ce qu'on m'a fait apprendre me sont nuisibles, quatre dixièmes me sont inutiles; seul un dixième me sert d'une façon bienfaisante.

« Va rendre visite à toutes les grandes consciences de notre temps : à quelques rares exceptions près, ce ne sont que des arlequins, d'où tu sortiras les mains vides.

« Oui, le bolchevisme est appelé à détruire tout ce fatras de fausses valeurs.

« Ce que je crains fort, c'est le voir ne pas répondre à sa mission, se mettre à bouffer et s'alourdir avant l'heure. Sa disparition prématurée livrerait le monde à la plus dégoûtante masturbation intellectuelle.

« Renforçons donc les lanières de ce fouet, empêchons-le de s'amollir. Et qu'il fasse crever toutes les peaux, celle du philosophe comme celle de l'ogre.

« Puis, nous verrons. »

Je ne fais là que résumer, très boiteusement, une vaste pensée longuement mûrie. Le jour où mon Crétois parlera lui-même, avec preuves à l'appui, ah, bonshommes, vous trouverez votre compte! Car il a dans la poche de son gilet tout ce que vous n'avez pu fourrer sous votre crâne, et des couilles crétoises auxquelles vous céderez.

Ignominie que ce monde gouverné par des hommes froids! non pas même par des hommes d'affaires, qui seraient au moins de brûlants créateurs d'entreprises, de géniaux organisateurs de l'énergie humaine, par ces hommes qui d'une main arrachent à la terre son abondance et de l'autre la jettent à la gueule de cette humanité affamée.

Le Crétois était de ces hommes-là. Il se nourrissait d'une soupe, d'une livre de pommes ou d'un hareng fumé. Son bagage : dix kilos, pour faire le tour du monde. Son appartement : un grabat. Mais ses désirs : un univers. Sa compagnie : un bonheur dévorant.

Je lui dois cette sorte de culte qu'il éprouvait à l'égard du lamentable bourbier humain, contraint d'évoluer sans cesse au prix de sanglantes secousses. Dans le bolchevisme, il voyait le drame le plus digne de notre vénération, celui qui avait retenti jusque dans la cervelle bestiale des peuplades sauvages.

Aussi :

– Toi, le Céphalonite! me disait-il. Jurons de ne jamais lever notre main contre le bolchevisme, même s'il nous jette un jour en prison : c'est à lui que l'humanité sera redevable demain de sa libération totale. Il ne réalisera que très peu de ce qu'il promet, mais il promet tout, l'impossible même, et voilà l'audace qu'il faut à notre siècle timoré. Souviens-toi de l'histoire des Tchouvaches.

Aussitôt finie la guerre civile, une baroque délégation de Tchouvaches vint se présenter devant le commissaire du peuple à l'instruction :

– Eh bien! fit celui-ci. Avez-vous constitué votre soviet? Racontez-moi ce que vous avez fait chez vous.

– Tovarichtch Lounatcharski! s'écria le chef de la délégation. Nous avons formé notre soviet! puis, nous avons chassé les popes que le *tasar* nous avait imposés, et nous avons fait revenir nos *chamans* (sorciers), qui vivaient dans les bois.

– Ce n'est pas un grand progrès, répliqua le commissaire, que de remplacer un pope par un sorcier, mais vous avez fait ce que vous avez voulu. Et c'est cela la liberté. Le reste viendra par la suite, malgré vous.

À ATHÈNES

Du voyage au Caucase, nous revînmes chauffés à blanc. Des peuples et des peuples, debout, délirants, accueillant délégations sur délégations, comme jamais le monde n'en a vu. Impossible de voir les masses mécontentes, car c'était par elles que nous étions reçus et fêtés. Les plus miséreux, ceux-là même que le régime éloignait de sa table, par faute de la bousculade, venaient nous saluer, le ventre creux, et nous crier leur joie et leur confiance dans l'avenir.

Je décidai, alors, d'accord avec le Crétois, de quitter un instant la Russie et d'aller avec lui prouver tout de suite notre attachement désintéressé au bolchevisme. Mais où aller? Naturellement dans nos Balkans. Pour commencer, la Grèce.

De l'argent, j'en avais comme jamais je n'en ai eu de ma vie : trois mille roubles. Encore n'avais-je touché mes droits d'auteur que sur deux livres et une traduction ukrainienne auxquels était venue s'ajouter une bagatelle de mille roubles, que Voufkou avait bien voulu me verser pour mon film *Kyra Kyralina.* Tout cela me laissait loin du compte.

Nous arrivâmes à Odessa par un gel sibérien, le 25 décembre 1927, et avant de nous embarquer, nous rédigeâmes une lettre à Staline, dont malheureusement je n'ai pas conservé le texte. Mais, en bref, nous lui disions :

Voici deux hommes qui coupent tous les ponts derrière eux (pour ma part, je n'en ai jamais eu). **Nous voulons nous dévouer à la cause prolétarienne. Aucun intérêt, sinon celui que nous inspire notre idéal. Nous avons de quoi vivre et ne vous demandons rien. Mais nous voulons tout votre concours légal, pour que toutes les portes nous soient ouvertes et pour que nous puissions tout voir. Au besoin, nous sommes prêts à accepter l'un de vos hommes, qui vive dans notre plus stricte intimité et nous accompagne partout, car nous ne craignons rien n'ayant qu'un seul chemin pour vous prouver notre franchise, nous allons maintenant en Grèce, crier notre enthousiasme de ce que nous avons vu dans l'U.R.S.S. Puis nous y retournerons pour y vivre, apprendre et lutter.**

Cette lettre, envoyée recommandée, attend encore aujourd'hui la réponse de Staline. Et si vous dites que je suis un imbécile, je vous répliquerai que Staline est bien Staline, c'est-à-dire : un homme qui a besoin de tout autre chose que de ce que nous nous lui offrions.

Qu'il sache cependant que jamais deux hommes ne lui ont offert leur vie d'une façon plus désintéressée.

O, mon pauvre Crétois! Ce ne sont pas des lions qu'il faut aux gouvernants, mais des chiens! Seul toi, ô idéal humain, tu as besoin de héros, et tu en auras, des mille et des mille, qui renaîtront de leurs propres cendres et te serviront. Et tu vaincras! Oui tu vaincras, en dépit des gouvernants et de leurs chiens, car l'humanité peut vivre sans pain et sans feu, mais elle ne le peut pas sans toi, bienheureux Idéal, sel de la vie et chaleur de notre âme! Je baise ici tes pieds sanglants, tes mains qui ont touché une seconde les pattes de tes bourreaux et je défendrai la parcelle qui me vient de toi, en lui sacrifiant ma vie.

Charogne de gouvernants!

Mais pour l'instant, arrière le venin! Je suis encore à

Odessa, brûlé par ma belle flamme. J'embrasse tout le monde et la bise qui me flagelle la figure. Sans un vêtement chaud, rien qu'un pardesus de demi-saison, malgré mes trois mille roubles. Le Crétois est obligé de me prêter sa fourrure. Et nous courons en traîneau, sur des rues transformées en patinoire; nous courons toute la journée d'institution en institution, car nous sommes arrivés la veille du jour de notre départ et n'avons ni places retenues ni argent changé. Nous obtenons les places, mais quant à changer tout l'argent, va te promener! Et c'est très bien, sans doute, qu'on envoie se promener tous ceux qui veulent exporter leurs roubles, mais peut-être vaudrait-il mieux ne pas envoyer promener seuls ceux qui ne savent pas faire la démarche nécessaire.

Nous tentons la nôtre, par télégraphe, du bureau même de la commission des finances d'Odessa. Nous n'avons pas en effet l'intention de nous acheter un château avec cet argent. Mais la réponse ne vient pas et nous partons avec ce que la banque accorde par la loi à tout le monde : cent cinquante dollars par personne. Le reste, nous le laissons à la banque d'Odessa.

Qu'importe... De l'argent, il y en a partout. On vous le donne même là où vous allez porter votre flamme bolcheviste. Et la Grèce, qui est fasciste, me donnera vingt mille drachmes : des droits d'auteur également, car vous ne pensez pas que je puisse être à la fois bolchevik et fasciste, quand je crie ma colère en arrivant à Athènes, quand je rends visite aux communistes emprisonnés, aux tuberculeux qu'on tue à petit feu et quand je fais une conférence qui me vaut l'expulsion. Vous ne le pensez pas, vous qui me croyez déjà acheté par les Soviets.

Dieu, quelle destinée que la mienne!

Ici, une page des plus grotesques allait s'inscrire à l'actif de ma vie.

La Grèce? Un peuple brave comme tous les peuples, plus généreux et plus avare à la fois que tous les autres, selon ce que vous exigez de lui. Je ne venais rien lui demander. Rien, si ce n'est de le revoir à quinze années de distance, de connaître ses plaies nouvelles et de lui dire ma pensée, quant aux remèdes. Ne peut-on plus dire sa pensée de notre temps?

Non. On ne le peut plus.

Pour débuter, presque toute la presse d'Athènes vint me saluer, comme on ne l'avait jamais fait, pas même à Moscou. Je saluai, à mon tour, la patrie de mon père, ses emprisonnés, ses exilés, sa souffrance. Ce furent là mes billets doux pour le Nouvel An grec, auxquels ceux que je saluai répondirent par une avalanche de télégrammes et de lettres, où l'on m'invitait à parler.

J'allai d'abord parler à l'*Elefteron Vima*, le plus grand journal de la Grèce. Son directeur se déclara mon hôte. J'en fus fort honoré, comme à Moscou. J'aime les grands porte-voix, à condition qu'on veuille bien m'y laisser hurler. *Vima* se laissa faire, avec une forte sourdine. Ménage bâtard. Néanmoins, l'auto de cet organe, après les autos bolchevistes, me fit voir ce que les environs d'Athènes ont de plus beau, puis me déposa à mon hôtel, qui, dès le lendemain, devint la cible des plus féroces attaques.

Jamais ma vie durant je ne fus injurié de la sorte. Plus un journal ou presque pour me défendre. On vit l'organe officieux du gouvernement, *Estia*, me traiter dans un éditorial de *pousti*, ce qui veut dire : pédéraste passif. Comme je ne le suis point, ni passif, ni actif, je refusai de croire ce que mes yeux lisaient, en dépit de ma connaissance des mœurs balkaniques, des mœurs grecques surtout, où le mot *pousti*, les gamins des meilleures familles se le jettent au nez, à la barbe de leurs parents, comme des *fistikia*.

De la presse, les injures passèrent au Parlement. Alors, pour me prouver que toute la Grèce n'était pas là, le ministre de l'Agriculture, Papanastasiou, me défendit à la tribune, la préface de Romain Rolland à la main, puis vint m'inviter à une soirée intime, donnée à mon intention.

Mal lui en prit! Une rancune politique aidant, le brave homme perdit son portefeuille.

Je continuai avec le mien, dont personne ne voulait plus. Et ce fut la conférence du théâtre Alhambra, qui faillit dégénérer en bagarre de rue. Une visite aux bolcheviks emprisonnés, qui clamèrent leur foi dans les luttes du prolétariat, une autre à Sotiria, maison des morts que Dostoïevski n'a pas connue, jetèrent de l'huile sur le feu. Une instruction judiciaire fut ouverte contre moi, le Crétois et le Pr Glinos, organisateur de la conférence. Cela nous permit de faire une belle profession de foi bolcheviste, mais la police se permit, elle, de nous donner huit jours pour quitter la Grèce.

J'y laissai des souffrances qui ne pourront trouver une place digne d'elles que dans une grande épopée de nos temps d'horrible terreur. Pourquoi parler de civilisation quand, au pied de l'Acropole, des hommes sont jetés sur les rochers des îles inhabitées, sauf par quelques bergers miséreux auxquels on intime l'ordre de laisser mourir de faim ces exilés, ces communistes, ces hommes « qui couchent avec leurs sœurs » et qui affirment que la Vierge ne fut qu'« une simple femme »? Pourquoi parler de science, de pitié, d'assistance aux malades, quand, près d'Athènes, Sotiria n'est qu'un alignement de baraques mortuaires, où des centaines de tuberculeux, à tous les degrés, se crachent au visage, luttent avec la pluie et le froid, se nourrissent comme les porcs ne se nourrissent pas, font la chasse à la vermine et aux rats, hurlent en vain leur désespoir de fantômes et attendent lamentablement l'heure de la suprême délivrance?

Pourquoi donc, mon frère ouvrier, ne pas vouloir mettre le feu à ce monde et te montrer capable d'en créer un meilleur, si tu paies le plus gros tribut à la peine, à la geôle et à l'ignoble mort?

RETOUR DANS LA PATRIE DU PROLÉTARIAT

Le spectacle de la Grèce terroriste me fit refouler au fond de moi-même le peu de maux soviétiques que je connaissais à ce début de 1928. Plus que jamais je m'attachais à l'œuvre bolcheviste. D'elle seule j'attendais le salut du monde qui travaille et qui peine. Aussi retournais-je sur cette terre brûlante avec la ferme décision d'y rester. Et, pour plus de propreté morale, j'y amenai ma compagne, femme au caractère d'une seule pièce. Meilleure que moi et plus réfléchie, quoique beaucoup plus jeune, elle me sera d'une aide certaine dans mes moments de faiblesse, de colère ou d'incompréhension.

Maintenant nous sommes deux à voir et à sentir, en attendant que le Crétois et sa femme nous rejoignent et que nous formions un bloc de quatre consciences au service du même idéal.

Nous débarquons à Odessa, par un froid à faire éclater les pierres, toujours vêtus de nippes impossibles dans un tel pays, et qui nous oblige à nous barricader dans notre chambre d'hôtel. Les journalistes, les photographes, le opérateurs de cinéma y accourent encore, alertés par le sans-fil du « Tchitcherine » qui annonce à l'U.R.S.S. mon expulsion. Je sens pourtant que la fête est finie, heureusement. Les rues ne sont plus pavoisées; les étalages des vitrines sont moins fastueux; le tam-tam a disparu. Cette fois, c'est bien la patrie soviétique de tous les jours, celle que nous voulons, celle qu'il nous faut.

Mais pour la première fois je paie partout. J'apprends la valeur du rouble : un demi-dollar. La chambre, à peine habitable avec une femme – il y manque l'eau chaude et la moindre cuvette –, coûte de cinq à sept roubles par jour, taxe en sus. Un repas à deux, dans l'hôtel, quatre à cinq roubles. Au bout d'une semaine modeste, j'en suis de mes cent cinquante roubles, tous frais compris. C'est une vie de nepman. Je n'en suis pas et demande la réduction qu'on accorde aux émigrés politiques, parmi lesquels je croyais être. Je la demande mollement, car j'ai horreur des régimes de faveur, et j'apprends qu'il me faut remplir mille formalités, faire les démarches les plus ennuyeuses, risquer de me heurter à un refus ou, dans le meilleur cas, n'obtenir que 6 % de réduction. Non, j'y renonce. Si je ne peux pas vivre en émigré, je vivrai en nepman, sauf dans certaines républiques, qui voudront bien me considérer comme leur hôte.

Car ces peuples sont accueillants et hospitaliers, comme aucun ne l'est plus. A la table la plus modeste, dans la chaumière du dernier des malheureux, il y a toujours quelque place pour un plus malheureux ou pour le visiteur qui tombe à l'improviste. Cette générosité explique une inépuisable capacité de résistance au mal. L'entraide est pratiquée sur une échelle inconnue en Occident. Et il a fallu qu'une doctrine d'Etat, stérile de sentiments, vienne refroidir les cœurs, abrutir les raisons, exaspérer les égoïsmes, pour qu'on voie se produire ces irruptions symptomatiques de haines collectives, qui vont, entre frères miséreux, jusqu'à la délation en masse et jusqu'au crime.

Ici – bien avant que je sache la vérité, ce qui n'arrivera que très tard et, dans toute son horreur, quand j'aurai quitté la Russie – je dois prévenir le lecteur que ces conflits intestins et leur vilenie, ces drames sociaux et leur cruauté, cette dégradation morale, unique au monde, de vastes couches populaires, constitueront la seule documentation qui m'intéressera, la seule que je connaîtrai à fond et que je rapporterai de l'U.R.S.S. Elle est à la base du critérium que je me suis forgé en matière de progrès social. Elle sera, qu'on le veuille ou non, l'épée de Damoclès, le sphinx à l'énigme monstrueuse ou le *mane, thecel, pharès,* du législateur que l'avenir appellera à bouleverser l'ordre humain, afin de lui donner un visage moins abject que celui qu'il porte aujourd'hui, par la grâce d'une lutte millénaire pour un bien-être individuel, au détriment du bien-être de la communauté.

Or, on ne fait qu'enlaidir davantage ce visage, lorsqu'on institue des régimes qui provoquent dans les tréfonds boueux de l'âme humaine de tels remous qu'ils font remonter à la surface tout ce que nos instincts contiennent de plus hideux. Le mensonge, l'hypocrisie, la délation, l'assassinat deviennent dès lors le moyen le plus facile d'assurer son existence, pour tous ceux qui ont compris qu'on n'arrive à rien par le travail, l'honnêteté, la franchise.

Sous l'ordre capitaliste démocratique, ces vices sont punis par le Code. Sans doute parviennent-ils souvent à échapper aux lois, à s'étaler en plein jour et à créer des situations enviables à ceux qui les pratiquent avec la complicité tacite d'un régime pourri. Que deviendrions-nous, le jour où une dictature de droite ou de gauche les hisserait, dans le monde entier, au rang de système de gouvernement?

Lâchez officiellement ces monstres, ne fût-ce qu'un jour, sur la pauvre vie humaine, et dix générations ne suffiront pas à les mater. Dites aux hommes, du haut de votre fauteuil dictatorial, qu'ils peuvent faire tout ce qu'ils veulent, à la seule condition d'obéir à leur maître et ils feront tout autre chose que chasser un ignoble pope et le remplacer par un absurde sorcier, comme le firent les innocents Tchouvaches. Car les ambitions, l'égoïsme, la luxure sont plus démesurés dans l'homme prétendu civilisé, que dans le sauvage. Et tel parfumeur mondial – divin arroseur d'illustres vagins syphilitiques et féroce ennemi du communisme – ne sera pas étonné d'apprendre que, dans la patrie du prolétariat, ses produits introuvables sont devenus le but vital de toute femmelette soviétique, depuis l'épouse du commissaire du peuple, jusqu'à la komsomolka hystérique.

D'autre buts vitaux sont les beaux bas de soie, les belles fourrures, le bel appartement, la place bien rétribuée, c'est-à-dire tout ce qui, en pays bourgeois, demeure les buts vitaux de la majorité des citoyens. Avec une différence! Avec cette lamentable différence que, dans la « patrie » bourgeoise, la « patrie » fasciste mise à part, une dénonciation d'hérésie politique ne suffit pas à faire envoyer un homme à la mort ou en prison, afin de prendre sa place ou son appartement, et moins encore pour faire du délateur un pilier du pouvoir, comme on le voit, hélas, dans la patrie prolétarienne d'aujourd'hui.

La raison de ce livre est donc uniquement de mettre le fer rouge sur des abcès qui couvrent entièrement le corps de la Révolution et dont un, que je décrirai plus loin, m'a crevé en plein nez, m'a inondé d'un pus que je porte encore sur mon visage et a empoisonné mon existence. Devant une telle pourriture précoce, qui constitue les assises d'un régime, tout ce que ce régime a bâti et promet de bâtir ne tient plus debout. Arriverait-il, au bout de son prochain « plan quinquennal », à faire le bonheur de toute l'humanité, que je lui demanderais cependant des comptes pour les os qu'il a broyés dans sa machine à fabriquer le bonheur, tant il est vrai que le bien-être de l'humanité ne m'intéresse qu'à dater du jour où elle cesse d'être criminelle et commence à devenir morale.

Dites-moi quelle est l'étendue du pouvoir que la vie vous a mis entre les mains; et selon l'usage que vous aurez fait de ce pouvoir, par rapport à vos semblables, je vous dirai qui vous êtes.

Voilà comment je suis révolutionnaire. Voilà tout ce que ma dure existence, ma belle Université, m'a appris à exiger des hommes et de moi-même.

En dehors de cette loi, je ne connais rien, pas même l'amitié. Et je n'ai de comptes à demander à personne.

A TRAVERS VILLES ET VILLAGES, STEPPES ET MERS, MONTS ET FLEUVES

Maintenant que je m'apprête à vider mon sac, le devoir m'oblige à dire, en tête de ce dernier chapitre, que les Soviets ont fait pour moi tout ce que je leur ai demandé et bien au-delà, me renseignant et facilitant de toutes façons mes voyages. Quatre permis de libre parcours, sur terre et sur eau, valables sur toute l'étendue de l'U.R.S.S., me furent délivrés, après une seule démarche, de juillet 1928 à la fin de cette même année. Dans la plupart des Républiques, les plus belles autos du gouvernement ou des institutions officielles venaient prendre notre groupe de quatre pèlerins et nous faire rouler sur des milliers de kilomètres. Des canots automobiles, et même de petits bateaux à aubes, furent mis à notre seule disposition pour nous conduire loin dans les golfes, les deltas, les fourrés des fleuves. Dans le Caucase, nous montâmes à cheval et nous allâmes, entourés de six carabiniers, voir les ruines du château de la reine Tamara et les cavernes de troglodytes de Vardzia. En Moldavie soviétique, à Birzola, de vieux amis, devenus commissaires du peuple, vinrent, drapeaux et musique en tête, me prendre à ma descente du train, accueil imprévu devant lequel je maîtrisai péniblement mes larmes, car j'ai horreur de la bête humaine, lorsqu'elle s'emballe à son avantage. Des titres d'honneur me furent décernés. Enfin, ce qui est capital, des milliers d'hommes m'ont célébré, entre Mourmansk et Erivan, entre le Dniestr et la Volga. J'en ai aimé un grand nombre. Et à tous j'ai juré de les servir.

Comment voulez-vous donc que je ne maudisse pas le jour où ma mère m'a mis au monde, quand une ignoble politique, doublée d'une incompréhensible doctrine, me sépare maintenant de ce qui fait le pivot de ma foi et me couvre le visage du voile d'une apostasie qui, pour n'être qu'apparente, ne me rend pas moins misérable?

Soyez maudits, politiciens et dogmes, qui commettez de tels crimes; qui brouillez des hommes de mêmes croyances; semez la haine dans le cœur de frères humains; rendez méconnaissable le visage de l'ami et faites échouer des œuvres qui ne seront jamais créées par d'autres hommes et en d'autres temps. Soyez maudits, politiciens et dogmes!

Voici, en courant, en perdant tout en route, mais chronologiquement, notre invraisemblable voyage :

ODESSA

Nous passons presque tout le mois de mars à Odessa, où des Roumains et des Grecs russifiés me disent, dans l'intimité, sincèrement, leur confiance dans le pouvoir. Parmi eux, une belle figure de « ci-devant », vivant en marge de la vie soviétique, me bouleverse par sa pénible existence et la joie qu'il y trouve. Paralytique des deux jambes et tuberculeux, trottant sur des béquilles, de toutes ses propriétés d'hier, il n'a plus qu'un lumineux rez-de-chaussée, garni de beaux meubles, ainsi que sa bibliothèque, très belle. Pour les lui avoir laissés, il garde aux bolcheviks une émouvante reconnaissance et se dresse, de toutes ses béquilles, à la seule idée que les « jouisseurs » de l'ancien régime osent un jour toucher à l'ordre nouveau. Il a été lui-même un de ces « jouisseurs » et m'en dit son profond dégoût. Vanité, débauche, exploitation, indifférence pour tout ce qui est progrès humain et incapacité de sentir la gravité de la vie. Cette gravité, il la connaît maintenant et la trouve imposante, riche de luttes, de souffrances, mais aussi de joies réelles et méritées. Que cette vraie face de la vie ne soit connue que par les humbles le révolte :

– Je serais mort comme un imbécile, si les bolcheviks n'étaient pas passés par là! s'écrie-t-il plein de ferveur.

Il est un exquis intellectuel, se passionne pour l'archéologie, la peinture et les livres rares. Son existence, il la gagne de la manière la plus impropre à son infirmité, en conduisant des délégations ouvrières soviétiques dans les musées, les fabriques nouvelles et d'autres institutions.

Je lui dois ce que je sais de plus élogieux à l'actif du communisme ukrainien.

Je dois à un ouvrier roumain l'horrible récit de l'assassinat, par les troupes blanches, de l'institutrice française Jeanne Labourbe, crime entre mille autres, dont le prolétariat et les instituteurs français doivent un jour demander compte aux impérialistes de leur pays.

Mais à Odessa je pénètre pour la première fois dans le ménage du directeur communiste d'une grande entreprise d'Etat, et j'en sors écœuré. Intérieur du plus vif nouveau riche, petit-bourgeois, confortable à souhait, gavé de bonnes choses. Il a pour maîtresse une fade épouse fanfreluchée et pour maître un modeste ouvrier, qui n'en revient pas de l'aubaine dont le comble sa carte de communiste.

Je quitte Odessa, chassé par le médecin, qui me déclare malade et bon pour un sérieux repos en Crimée.

CRIMÉE

Nous la gagnons par le bateau et sous des tourbillons de neige. A bord, une troupe de cinéastes, qui me reconnaît aisément. Enthousiasme, profession de foi. Je me livre à eux avec frénésie et j'en suis récompensé. Ce sont des jeunes gens qui ont fait la guerre civile et me narrent des exploits inouïs et inimaginables. Ils me paraissent pleins de talent, capables, riches de naturel et de sincérité. Comme je suis muni d'une lettre de recommandation, à peine arrivés à Yalta, qui est sous la neige, ils nous conduisent droit à l'ancienne Kinofabrique de Voufkou, dont les habitants se serrent et nous réservent une petite chambre. Elle est parée de menus objets qui viennent du palais de Livadia et qui sont l'auguste produit des mains de l'impératrice de « Toutes les Russies ». Cela suffit à me les rendre odieux, malgré leur distinction.

A Yalta, nous tombons sur notre première personnalité bolcheviste fanatique, qui se doubla pour nous d'un ami tendre, sentimental, intelligent. C'est Micha Pougatchiov, le gardien responsable de cette fabrique en abandon. Micha est un pur, un sincère, un cœur. Pour commencer, et tout en sachant, plein d'admiration, quel hôte de grande confiance il reçoit, son devoir lui impose une réserve courtoise, laquelle, en quelques jours, se transformera bientôt en une amitié dont je me souviendrai toujours. Nous devenons deux frères, trois plutôt, car ma compagne l'aime autant que moi. Il est jeune, trapu, correct, pudique, sévère. Hélas, il ne sait pas un mot des langues étrangères, et nous, juste de quoi nous faire battre, si nous parlons en russe à qui que ce soit.

Et pourtant, le mois ne s'était pas écoulé, que nous parvenions à nous entendre, même dans le détail. Le dictionnaire à la main, nous composions des phrases cocasses, que nous corrigions en riant aux larmes. Micha, lui, ne sut dire correctement en français que : tremblement de terre, mot qui revenait souvent dans notre conversation, après les terribles secousses que la Crimée venait de subir et dont Yalta nous offrait le lamentable spectacle.

C'est ici qu'a été tourné, sans crier gare, le film tiré de mon premier livre. C'est une belle réussite photographique, mais Kyra y est malheureusement devenue une femme qui regrette son passé et se tue.

A présent, la fabrique n'est plus qu'un vaste bric-à-brac, qui immobilise depuis des années un immense terrain et dont la garde et l'entretien coûtent quelques milliers de roubles par mois. Je demande à Micha les raisons de cette incurie. Il ouvre des yeux graves et me répond avec conviction :

– On va tout liquider, mais on ne peut pas tout faire à la fois. Ce n'est pas possible. Nous sommes débordés et manquons d'hommes. La Révolution, c'est beaucoup, mais l'après-Révolution, c'est bien autre chose. Vous verrez, quand vous la ferez en Europe.

Quand nous la ferons!...

Micha me promène partout et me montre tout. Des officiels viennent de Simferopol. Et au lieu de me reposer, me voilà roulant à travers un paradis terrestre qui supporte mal la comparaison. C'est une forêt de villas et de palais féeriques, qui ont tous appartenu à une salade de princes et de grands-ducs. Aujourd'hui, tout ce bonheur de la santé et des yeux est aux mains du peuple.

Certes, les plus malins prennent la part du lion. Toutes ces *dom-oldykha* (maisons de repos) ne sont pas toujours remplies par ceux qui en ont le plus besoin. Des fonctionnaires, qui savent doser les jours de repos et distribuer les places disponibles, se réservent quelquefois les meilleures. Mais ne dit-on pas que la justice parfaite n'est pas de ce monde?

N'importe, je souhaite à la classe ouvrière française de faire de la Côte d'Azur ce que la classe ouvrière soviétique a fait de la Crimée et du Caucase. Même imparfaitement, même en commettant des injustices, ce serait infiniment mieux que ce qu'il y a maintenant.

Malgré tout.

Fin avril, après avoir terminé un scénario[6] que Vouf-kou m'avait demandé d'écrire, nous quittons la Crimée et remontons vers le nord. La séparation de Micha nous est vraiment douloureuse. Nous avons vécu comme de bons frères, pendant un mois. Le marché et la popote de tous les jours en commun; les conversations instructives, les lieux visités ensemble; les projets d'avenir, nous avaient attachés l'un à l'autre, mieux que si nous avions été de la même famille.

Mais ma destinée est ainsi : partout et nulle part; avec le monde entier et avec personne.

Nous arrivons à Kiev la veille du 1er mai. C'est une des plus belles villes de toute l'Union. Hommes et femmes forment une superbe race, artiste dans l'âme, laborieuse, propre, un peu trop orgueilleuse et trop nationaliste. Beaucoup de nepmans et de prostituées. Celles-ci, parfois, sont des fillettes de quatorze ou quinze ans.

J'aime l'Ukraine, qui est la contrée la plus proche de ma Roumanie, et c'est dommage que je ne puisse pas lui dire tout le bien que je pense de son foyer révolutionnaire (je ne peux plus le dire d'aucune république, car on m'a tué le cœur), mais j'avoue que parmi tous les reproches qu'elle mérite, la débauche littéraire, écrivassière, à laquelle se livrent, en ukrainien, tous les cabotins de la plume, m'a fortement déplu. On m'a montré, fièrement, vingt-sept revues en langue nationale, qui se publient entre Kiev et Kharkov. Les trois

6. *L'épopée des Haïdoucs, Domnitza de Snagov*, un scénario qui ne fut pas réalisé.

quarts sont de trop, nuisibles et écrasent l'ouvrier qui n'est pas devenu écrivassier.

Le Kino-Voufkou, qui vient d'inaugurer l'un des studios les plus modernes du monde, me paraît également dévorer trop d'énergie prolétaire pour le peu d'art qu'il réalise. Mon scénario, payé deux mille roubles, un autre que j'ai fait en collaboration avec Nikos Kazantzakis, payé le même prix, m'ont fourni l'occasion de voir de près ce qui se passe dans cette maison : très peu de talent, énormément de gâchis. Des milliers de scénarios payés et non tournés. Une masse de bureaucrates, d'artistes et de techniciens, qui épuisent l'homme des champs et de l'usine.

Pourquoi s'acharner à mettre la charrue avant les bœufs ? Pourquoi vouloir faire de l'art et ne faire que des parasites artistiques, quand le monde manque de pain, de chemise et de repos ?

Pourquoi suivre l'exemple d'une civilisation qui sabote la vie ?

MOSCOU

Je retrouve une capitale apaisée. Plus de banquets monstrueux. Plus de bandes de fous, mobilisant des autobus entiers. Aux devantures des coopératives de consommation, on ne voit plus le buste de Lénine en chocolat, entre deux mottes de beurre. Des congrès, des conférences, des discours, il y en a toujours, mais seulement pour les oreilles de la galerie intérieure. L'Internationale est mise au repos.

De l'hôtel Passage, où nous louons une chambre, j'ai grand-peine à obtenir au bout du fil quelque connaissance faite pendant l'anniversaire. Rakowsky est en exil à Astrakhan. Trotsky à Alma-Ata. Au « Petit-

Paris », charmant rendez-vous de tous ceux qui veulent le bien de la Révolution, mais dont les yeux ne sont pas bandés, Pierre Pascal sourit tendrement, parle de bonne grâce et ne dit rien. Enfin, j'apprends que chez Pascal on me considère comme un demi-officiel et, chez les officiels, comme un demi-opposant. Me voilà entouré d'un isolement qui ne me déplaît pas, car j'aime la lutte. Va pour les hostilités.

La première me porte un coup qui me fait hurler : mon meilleur ami de Russie, le publiciste français Victor Serge (Kibaltchitche), est arrêté à Leningrad depuis un mois. Ah, ça, par exemple, je ne l'avalerai pas sans riposter.

J'avais connu Victor Serge pendant les fêtes, en novembre 1927, quand on nous fit visiter Leningrad officiellement. Ayant lu certains de ses écrits, j'allai le voir chez lui, Jeliabova 19, où je le trouvai au milieu d'une nombreuse et honnête famille de travailleurs, ses beaux-parents, ses beaux-frères, sa femme et son enfant, neuf personnes, toute une colonie, tous vaillants, tous parlant le français.

Dès la première heure, je sens que je suis au sein d'une de ces braves familles juives, que j'ai tant fréquentées dans ma vie et tant aimées. De plus, celle-ci est tout entière faite de révolutionnaires qui ont rendu des services infinis à l'œuvre soviétique et beaucoup souffert pour l'idée. Ils paraissent lutter dur maintenant encore, car je les vois autour d'une table sur laquelle le caviar est loin de briller.

Je sais Victor opposant. Tant mieux. Les opposants aussi ont le droit de vivre. Il serait même malheureux qu'il n'y en eût point, surtout ici où tant de choses se font mal et sont dignes de critique. Et Victor, avec son regard fraternellement inquisiteur, son intelligence, sa sincérité, me fait deviner en lui le parfait révolutionnaire que j'ai mieux connu depuis. Nous nous lions spontanément d'une amitié qui connaîtra toutes les épreuves et dont les péripéties seront étalées plus loin dans l'ignoble, l'horrible affaire Roussakov (nom du beau-père de Victor Serge), qui trouvera en moi un défenseur sans réserves, mais bien impuissant.

Ici, ce n'en est que le prélude : l'arrestation de Victor Serge, en avril 1928, qui eut son écho à Paris. Nous sommes le 5 mai. Pour le tirer de la prison, je ne pense à rien de moins qu'à écrire un article et éclairer l'opinion. Je le dis à un ami. Il me répond que je suis un imbécile. Comment? Je ne peux pas, moi, publier un article en Russie, ma patrie? Si, pour vanter le régime. Et pour sauver un innocent, non? Non.

Je tourne comme un fauve en cage. Je retourne en moi le dilemme : ou Victor a commis un crime, et il doit être puni; ou il est innocent, et en ce cas on lui doit une réparation. Mais comment le savoir? On me dit que personne ne peut savoir s'il est coupable ou innocent, car on ne donne pas les raisons d'une arrestation. Bon. Je prends cela pour une calomnie. Néanmoins, je me dis que si telle est la vérité, je quitte immédiatement la Russie, je retourne en France et fais un tapage de tous les diables. A cette heure-ci, j'ai une confiance absolue dans la moralité des Soviets, je les crois incapables d'une iniquité consciente et, si je me trompe, si on me trompe, je suis prêt à le crier sur les toits.

Pour commencer, je cours au Guépéou. Je connais là un homme qui tient tous les fils entre ses mains, qui m'estime et que j'estime. Je lui dis toute l'amitié qui me lie à Victor et ma foi dans sa propreté morale.

On m'écoute avec beaucoup d'égards, et quelques jours après, Victor est libre. Je jubile. Vous voyez? Ce n'est pas ce que vous pensez. Des sourires douloureux m'épargnent une réponse que les événements devaient me donner plus tard, en m'assommant, car c'est moi qui étais l'imbécile.

Mais pour le moment, je me crois plus que jamais un homme qui peut faire beaucoup de bien. Ne voilà-t-il pas que ma voix est entendue dans l'institution la plus redoutable de la Russie bolcheviste? Qu'est-ce qu'il me faut de plus pour être un homme bienfaisant? Arrêtons-nous donc et cultivons un peu ces relations-là, précieuses entre toutes.

BEKOVO

Je visite les environs de Moscou et je loue trois pièces dans une datcha (maison de campagne), à une quarantaine de kilomètres de Moscou, sur la ligne de Kazan. Et c'est le beau Bekovo, pour trois mois : mai, juin, juillet.

Que de choses apprises! Que de choses à dire! Mais tout est mort et bien enterré, à moins que le diable m'accorde des jours suffisants pour que je me remette à la tâche.

A Bekovo, nous sommes en pleine forêt bondée de rossignols et infestée de moustiques. Air, fraîcheur, solitude, pittoresque. On y loue des datchas à tour de bras. Et les paysans font des réflexions sournoises sur le compte des Juifs, qui sont presque seuls à pouvoir louer à n'importe quel prix :

– Pourquoi sont-ce les Juifs qui ont eu avant la « meilleure vie » et sont-ce encore eux qui l'ont maintenant?

Est-ce que je sais moi, pourquoi? Et d'abord je ne crois plus au Juif, désormais, mais à l'homme. Puis, je ne sais rien, ni de leur bonne vie d'avant, ni de celle d'aujourd'hui. En échange, je vois des paysans envieux, haineux, qui construisent des datchas par dizaines, autour de nous, et qui vous prennent trois cents roubles pour deux ou trois pièces vides, ou, avec un pauvre lit sans literie, trois mille six cents francs pour l'été! Eh bien, si le Juif les paie plus vite que le Russe, est-ce toi, bourgeoisie nouvelle, qui prétendras que l'argent a de l'odeur?

Notre hôtesse est des plus aimables. Elle nous parle si intelligiblement le russe et nous écoute si attentivement, que nous nous entendons à merveille. Comme avec Micha, notre baragouinage russe amuse toute la famille, car la brave paysanne a beaucoup d'enfants qui, sans être Juifs, ne briguent pas moins les carrières les plus faciles.

– N'avez-vous pas un piano, par hasard?

– Si. Mais il est à soixante-dix verstes d'ici.

– Faites-le venir.

Nous concluons le marché et la paysanne écrit à son mari. Celui-ci arrive un jour avec le piano. Sur quoi? Ma foi, sur une téléga, tout le long des soixante-dix verstes, et par des routes impossibles! Mais l'instrument est une belle pièce. Nous nous demandons pour combien de pouds de farine il fut acquis, lors de la terrible détresse, à l'époque où, dit-on, le paysan exigeait « au moins » un mouchoir du passant qui lui demandait un verre d'eau.

Exécrable humanité! N'étaient le Moloch de notre cœur, la poussée de notre élan, personne ne sacrifierait une goutte de sang pour l'avenir de ce monde indigne d'un meilleur sort.

Vers la mi-juillet, je commence à avoir des doutes sérieux sur la moralité du régime révolutionnaire, mais ce ne sont que des doutes. Pas une certitude. Quand je suis avec les uns, les mécontents, je les vois si logiques dans leurs critiques, qu'ils m'arrachent des cris d'indignation; et quand je passe la soirée avec les autres, les officiels, ils m'opposent de tels arguments, que j'ai presque envie de leur demander pardon de les avoir soupçonnés. Je ne bronche donc pas. Je marche avec la Russie.

Là-dessus, nos cartes de libre parcours sont prêtes et nous filons vers l'océan Glacial du Nord. Le Crétois est arrivé lui aussi. Un camarade roumain, muni d'un laissez-passer, nous accompagne en qualité de guide-interprète, mais à mes frais. Nous voilà quatre baladeurs, dont ma compagne, libres de monter et de descendre comme nous voulons, sur toute cette sixième partie du globe. Mais ce n'est pas une raison d'abdiquer son esprit de justice. Je n'oublie pas, en effet, que, si je ne paie pas le chemin de fer, si parfois on veut bien nous fêter ou nous hospitaliser, en arrivant en Russie, une dot m'avait précédé : dix livres et un film qui m'ont rendu populaire dans toute l'Union, comme je ne le suis ni en France, ni même en Roumanie. En sommes-nous au jour des comptes? Ce serait triste, d'abord. Très favorable pour moi ensuite.

Nous montons le nord en ligne droite, avec un arrêt à Leningrad. La traversée de la Carélie m'impressionne puissamment, avec ses mille kilomètres de forêts ininterrompues et ses innombrables lacs déserts. Cette voie ferrée, construite pendant la guerre, a coûté la vie à des milliers de prisonniers fauchés par le typhus et le scorbut. A Mourmansk, c'est la fin du monde « civilisé ». Nous sommes en plein cercle polaire. Des dunes sinistres. Une cité de baraques. Ça sent le poisson salé. Quelques rares habitants, tête basse, la démarche lente, se croisent sur de vastes terrains vides, qu'on ne peut pas appeler rues.

Un incident. A peine descendus du train, un agent du Guépéou nous considère une minute, puis, d'un signe du doigt, appelle notre guide, l'interpelle et l'emmène. Pas bien loin. En face du rail, où il y a le poste. Par la fenêtre, nous le voyons rudoyer et fouiller. Merci pour le « laissez-passer ». Va-t-on nous coffrer tous?

Non. Rien à craindre, lorsqu'on est encore mi-officiel. Cela viendra peut-être. Je fais même des vœux pour que cela arrive. Il faut tout connaître. Mais les Soviets me priveront de cette expérience, et je ne connaîtrai les prisons communistes que pour en avoir visité quelques-unes en homme libre.

Le camarade-guide sort furieux, vexé de cet affront. Il va réclamer au Comité Exécutif local. Nous allons jeter nos mallettes à l'auberge et partons aussitôt à la recherche du Comité Exécutif... dont personne ne sait rien, dont personne surtout ne sait où il loge. Y a-t-il un parti communiste à Mourmansk? On l'ignore.

Mais voici la *Polarnaïa Pravda*. Brr! Une *Vérité Polaire*, ça doit être rudement glacial!

Pas du tout. Les gens les plus chauds habitent aux pôles. Nous nous en convainquons, en déclinant nos noms et qualités. Effusion. *Pajalouïsta*. Le téléphone vrombit. Le comité bouge. Vous êtes nos hôtes! *Spassiba!*

Visite du musée polaire. Très intéressant, très instructif. On ne se doute pas, à Paris, de l'ignorance où nous vivons.

Visite aux grandes salaisons de Mourmansk. Les plus modernes installations. Ouvriers et ouvrières, pleins d'élan, contents de leur nouveau sort. Administration laborieuse.

Et nous voilà partis pour une des plus rares excursions de ma vie : quatre heures de canot automobile, sur le golfe de Kola; jusqu'à Alexandrovsk, entre deux collines, qui crient au ciel leur désert lunaire.

Visite à l'Institut biologique. Des merveilles marines, qui vous font rougir de votre ignorance. Directeur sérieux, capable, homme de science et de foi. Ce n'est pas une sinécure, à cette extrémité de la terre.

Enfin, retour par le fameux soleil de minuit. Qui n'a pas vu cela, doit le voir au prix même de commettre un vol.

KEM

Nous redescendons vers la mer Blanche. Nous voulons visiter les terribles îles Solovki, où languissent des prisonniers politiques. Et c'est de Kem que l'on s'embarque. Mais nous n'avons pas le permis spécial nécessaire. Je télégraphie à Moscou. En attendant la réponse, nous allons déjeuner, et nous nous trouvons soudain dans le plus beau et le meilleur restaurant de toute l'Union soviétique. Il appartient au Guépéou et marche, comme doit marcher tout ce qui appartient au Guépéou : militairement.

Personne n'est rétribué. Du directeur au plongeur et jusqu'à l'orchestre, tout le monde est prisonnier et libre. Libre de bouger dans Kem. C'est une situation préférable à celle dont on a goûté à Solovki. Aussi chacun y met-il du sien et tout va comme sur des roulettes.

Service européen, impeccable. Cuisine au-dessus de toute critique. Et des servantes idéales : belles « ci-devant », aimables, un peu mélancoliques. Nous essayons de leur tirer le ver du nez. Impossible. Muettes.

Dans le restaurant, des paysans riches, avec leurs familles, laissent sur la table des sommes impressionnantes.

Mais si à Kem on mange bien, pour dormir il n'y a ni bien ni mal. Il n'y a rien. Nous protestons. On nous fourre dans deux pièces, dont tout le mobilier se réduit à deux lits, ce qui est parfait. Moins parfaites sont les punaises qui s'ébranlent en cavalcade, dès que nous nous allongeons pour une petite sieste. Au revoir, mes belles! Nous décampons promptement. Nous allons à l'hôpital, où on nous entasse tous les quatre dans la chambre de garde, deux dans un lit, deux par terre. Et nous passons la nuit, assourdis par les hurlements d'une femme qui – dans une pièce contiguë – ne pouvait mettre bas son veau.

Le lendemain nous quittons Kem, renonçant à Solovki et à la réponse de Moscou; celle-ci viendra, affirmative, trois jours après et ne nous trouvera plus.

R.S.S.A.M.

Maintenant c'est une descente longue de trois mille kilomètres, qui nous conduira jusqu'aux portes d'Odessa, à Tiraspol. Nous allons dans la R.S.S.A.M., lettres dont mes amis roumains ne devineront jamais le sens. Eh bien, c'est la République Soviétique Socialiste Autonome de Moldavie et c'est un peu long, comme tout ce qui est soviétique. Mais, lorsqu'on est de mère et de langue roumaines, comme je le suis, il vaut la peine de faire ce voyage, si, de plus, vous vous doutez des cœurs d'or qui vous attendent là-bas, pour vous montrer le Moldave communiste à l'œuvre.

Des communistes, Moldaves ou autres, il n'en est que de nom. Cette espèce est aussi inconnue de l'U.R.S.S. que du monde. On s'appelle ainsi, voilà tout. En fait, rien n'est en commun, à commencer par le pain, qu'on s'arrache de la bouche ici plus que partout ailleurs. Mais s'il n'y a pas de communistes, ni même de socialistes, il y a mieux : il y a l'intention de l'homme supérieur, qui veut donner à l'esclave une vie meilleure. Qu'il ne puisse pas toujours ce qu'il veut, en tiendrons-nous compte s'il est vrai que nous ne devons jamais condamner un homme pour ce qu'il ne peut pas, mais pour ce qu'il ne veut pas?

Or, l'U.R.S.S. est la seule partie de la terre où vraiment l'homme veut, beaucoup : où vraiment ses intentions sont révolutionnaires. C'est pourquoi nous ne pouvons plus tourner nos yeux vers un autre point cardinal que cet Est d'où l'avenir naîtra.

La République moldave, ce papillon roumain posé sur l'éléphant soviétique, me fut un exemple typique de ce qu'on veut et de ce qu'on ne peut. Elle me le fut également de ce qu'on peut et de ce qu'on ne veut, car l'U.R.S.S. se mire tout entière mieux dans ses petits lacs que dans les grands. Partout, la main de la même sage-femme tâte fébrilement le ventre de la vie et veut, veut de tout cœur, lui arracher l'enfant de demain. Mais, voilà le malheur. Cette main manque de patience, d'adresse et d'hygiène; et l'infection menace autant le ventre de la mère que les yeux du bébé. Cependant, la sage-femme ne veut pas entendre raison. C'est une vieille salope, que l'orgueil d'un accouchement à tout prix intéresse plus que la santé de l'enfant et les conditions dans lesquelles il naîtra.

Nulle part, sur toute l'étendue de l'Union, vous ne rencontrerez, comme en Moldavie et en Arménie, d'hommes plus simples et plus désintéressés, livrés avec plus d'élan à l'œuvre de redressement social. Vous sentez que tous les muscles de l'organisme du minuscule Etat sont tendus vers un seul but : alimenter de vie nouvelle ceux qui sont le nombre et eux seuls. Ecoles, hôpitaux, sanatoria, fabriques modernes, usines d'énergie électrique, jardins d'enfants, crèches, kolkhoz, sovkhoz poussent pêle-mêle, au point que vous ne reconnaissiez plus la même région, une année après votre première visite. Dans ces deux petites républiques orphelines, les commissaires du peuple sont vêtus comme des mendiants et ont du mal à se débrouiller à chaque fin de mois. J'en connais un qui, pour m'accompagner en tournée, dut emprunter vingt roubles, qu'il laissa à sa femme pendant son absence. La doctoresse Ecaterina Arbore, commissaire de la Santé publique de la Moldavie, devenue du jour au lendemain simple citoyenne, ne trouva plus de gîte à Moscou (et cependant elle n'était pas « trotskiste »).

Où a-t-on jamais vu cela, sinon sur cette terre?

Et cependant, le factice guette l'œuvre, la menace d'effondrement, comme dans notre belle légende du monastère d'Argesh, dont les murs s'écroulaient la nuit, à mesure qu'on les maçonnait le jour. Quel sacrifice faudra-t-il donc faire pour en finir avec le malheur? Dans la légende, il a suffi d'une âme humaine. Et l'architecte, maître Manole, n'a pas hésité à murer sa propre épouse, pour que son œuvre triomphât.

Que devront-ils murer, les architectes communistes,

pour voir triompher la leur? N'ont-ils pas, eux aussi, une épouse, qui s'appelle Doctrine et qui est infiniment plus coupable que l'innocente femme de maître Manole? N'est-ce pas à elle que l'œuvre socialiste doit tous ses malheurs?

Hélas, de nos jours, les hommes aiment moins leur œuvre que leurs épouses. Il n'y a plus de maître Manole.

LA VOLGA

Nijni-Novgorod-Balakhna. – Sait-on, en Occident, que, sur la Volga, on voyage dans d'excellentes conditions? Nous ne nous en doutions guère. Bien plus, nous préparions notre résistance physique au probable assaut de quelques ennemis du corps : vermine, plats immangeables, ballottement affreux. Nous nous figurions la Volga sillonnée par d'abominables caravelles vermoulues, munie d'une machinerie primitive et ahanant leur séculière fatigue.

Ce fut une révélation, qui nous rendit confus, mais que nous saluâmes par des cris de joie. *Radichtchev, Pravda, Lermontov, Spartacus, IIIe Internationale,* d'autres encore, sont des navires fluviaux modernes, dont le confort, la cuisine, le service, la scrupuleuse exécution de l'itinéraire ne cèdent en rien aux meilleurs de leurs rivaux de l'Europe occidentale. Et même, vous ne mangerez sur nul bateau en Europe l'esturgeon, le caviar frais et – si le cœur vous en dit – les délicieuses pastèques de la Volga – hors-d'œuvre, plats et desserts – dont nous nous gavâmes à en crever, entre Nijni et Astrakhan.

Certes, c'est un peu cher pour la bourse d'un prolo, mais c'est de beaucoup au-dessous des prix que l'on vous fait dans la plus moyenne des gargotes parisiennes à morgue et à laquais. Avec quatre roubles, en première classe, vous avez mangé ce que seule la Volga peut vous offrir et bu le tsinandali ou le naparaouli, que seul le Caucase mûrit à son soleil.

Nous avons décidé de tomber sur Nijni à l'improviste, et de voir et d'entendre, en rôdant solitaires, de-ci de-là. Maintenant, en effet, nous n'avons plus ni guide, ni laissez-passer. Nous sommes libres. Deux couples à la recherche de la foi. Et aussitôt, dans cette matinée de vagabondage incognito, nous entendons des sons de cloche qui nous attristent. Ces sons de cloche se multiplieront dorénavant et seront partout semblables : le sort de l'ouvrier qui n'est qu'ouvrier, celui du paysan qui n'est que paysan, ou bien pire, le sort du travailleur qui rouspète, n'ont rien de réjouissant sous la dictature communiste. Peu de travail et mal rétribué, chômage, privations, persécutions – d'un côté; favoritisme, triage sur le volet, débauche, sinécures, détournements de fonds, mouchardage, politicaillerie – de l'autre. Ceux qui nous parlent ne nous connaissent pas, mais ils nous voient étrangers, sans guides, et ils s'ouvrent à nous, sincères, navrés et toujours fidèles au régime dont l'avènement est leur œuvre propre. Mais ils souffrent, se plaignent et veulent que cela change.

Il nous faut un peu de paix, un brin de bien-être, une existence de labeur assuré. Assez de discours, de parade et de politique venimeuse. Nous n'en pouvons plus. Mais cela ne regarde que nous. Et que l'étranger sache que nous nous battrons toujours comme des lions, et mieux qu'il y a dix ans, car nous savons maintenant que ce qui peut venir du dehors est pire que ce dont nous nous plaignons.

C'est un langage vrai. Il peut nous attrister. Il ne nous fortifie pas moins. Et nous n'avons plus rien à apprendre, quand d'aimables personnalités officielles viennent nous montrer des visages épanouis et nous brosser des tableaux qui ne sont plus pour nous qu'un décor, un décor réel, dont une partie, certes, restera, mais qui est tout de même un décor.

Ce fut ainsi à Nijni-Novgorod et ce sera partout ainsi. Nous voudrions trouver la même impression sur le visage du camarade Barbusse, que nous croisons ici, comme nous le croiserons à Soukhoum. Mais à Nijni, il est malade, à l'hôpital, parce qu'il voyage en avion, où il y a trop de courants d'air. Et à Soukhoum il est très pressé, parce qu'il va au fin fond des montagnes, pour voir « l'homme le plus vieux du monde ».

Aussi, nous nous bornons aux visites qu'on veut bien nous faire faire. Et tout est beau. Trop beau. Surtout cette formidable fabrique de papier de Balakhna, près de Nijni, qui est l'une des quatre fabriques les plus grandes de l'Europe, mais qui ne marche pas et continuera de mal marcher, car, lorsqu'on est charron, on ne devient pas pharmacien du jour au lendemain. Mais le décor! Ah! les somptueuses « habitations ouvrières »! les superbes villas qu'on a bâties autour de la fabrique, en pleine verdure et qui feraient pâlir de jalousie tous ces ouvriers d'Amérique, dont on dit que chacun possède sa Ford. Qu'est-ce qu'un « tape-cul », à côté d'une villa pareille à celle qu'habitent à Balakhna, les ouvriers soviétiques!

Les ouvriers! Quels ouvriers?

Il vaut mieux ne pas insister.

Kazan. – Me voici dans le royaume de ces terribles Tatars, dont l'épouvantable souvenir sert encore aujourd'hui aux mères roumaines, pour assagir leurs turbulents enfants. Voilà les Tatars et on dirait que les Tatars lui courent après, sont les expressions d'effroi, qu'on entend encore de nos jours, dans les plaines de la Roumanie. Mais ce n'est plus qu'un souvenir. Gengis Khan est mort. Il n'y a plus de Tatars. Et Kazan sera la ville de la Volga, qui vivra dans notre mémoire, comme l'une de plus amicales, des plus enthousiastes, que nous ayons connues dans l'U.R.S.S.

Officiel ou non officiel, ici l'homme est plus près de sa bonne nature de vaincu quatre fois séculaire. Il est pauvre et sale. Les épidémies le rongent, le trachome surtout, qui le rend aveugle. C'est pourquoi la plus belle œuvre communiste que les Tatars réaliseront sera le magnifique institut destiné à lutter contre cette terrible maladie des yeux. On nous conduit ensuite à une centaine de verstes, pour nous montrer l'ignorant, le frère : le paysan fanatique, superstitieux, malpropre et récalcitrant. Ils ne crâneront pas, ne « paraderont » pas comme tant d'autres, mais nous diront simplement, en ouvrant les bras :

– Voilà ce que nous avons hérité du tsar! Nous devons relever cet homme-là, et nous sommes pauvres.

Ils ne sont ni gloutons ni ivrognes. Le banquet qu'ils nous donneront sera frugal au contraire. Pas de discours, mais des cris du cœur.

Au débarcadère, à l'arrivée comme au départ, c'est en foule compacte qu'ils viennent, exubérants et timides. Et avant de nous séparer, ils tiennent à nous offrir à chacun une calotte et une paire de babouches tatares.

Hé, brave Koutoui! Excellent Mohamed Nourdin Soultanov! Quand nous reverrons-nous? Et toi, Taghirov, qui me paraissais le plus solide de tous, pourquoi t'es-tu brûlé la cervelle? Etais-tu un homme de foi ou une fripouille?

Samara. – Ici il m'arriva un incident, qui eut son écho en France et qui fut déformé d'une façon si malveillante que je suis obligé de rétablir les faits. Voici d'abord cet écho, tel qu'il parut dans *Le Temps* du 16 octobre 1928 :

> *Russie.* – Le commissariat de l'Instruction publique poursuit la révocation des anciens hauts fonctionnaires qui occupent différentes places dans les administrations scientifiques et les musées.
>
> Ainsi, sont déjà révoqués : MM. Gravé, ancien membre de la cour de cassation; Childlovsky, ancien gouverneur; Minkovitch, ancien directeur du département de l'Intérieur.
>
> Quant aux emplois dans les musées, on révoque tous leurs titulaires qui, dans le passé, étaient hostiles au bolchevisme.
>
> Chose curieuse, cette mesure aurait été inspirée aux communistes par le romancier Panaït Istrati, qui, visitant le musée de Samara, attira l'attention des autorités soviétiques sur le fait que, dans ce musée, on a réuni une belle collection de papillons d'Afrique, tandis qu'on n'y voit rien rappelant les famines de naguère et les guerres civiles.

Je n'ai rien « inspiré aux communistes » et n'ai jamais « attiré l'attention des autorités soviétiques » sur quoi que ce soit de ce genre. (Si, je l'ai fait une fois, et avec la violence qu'on verra dans la troisième partie de ce livre; cela n'a eu de retentissement que dans la douleur humaine, hélas, et ne pouvait, en aucun cas, me mettre en posture de mouchard, comme l'insinue *Le Temps* pour l'incident de Samara.)

Cette ville – centre de la plus terrible famine qui ait jamais sévi sur la terre – n'avait rien qui puisse attirer vers elle l'historien ou l'écrivain des antipodes, sinon un musée où l'on trouverait toute la documentation concernant le fléau qui a coûté la vie à six millions d'êtres humains, les années 1920-1921. Et naturellement, en arrivant, j'ai demandé qu'on nous conduise à ce musée, ne doutant pas de son existence dans un pays de muséomanes imbéciles.

On nous y conduit, et nous passons d'une salle à l'autre, sans voir autre chose que les stupidités qu'on entasse dans n'importe quel musée de province de n'importe quel pays.

– Mais où est donc votre musée de la famine?

– Nous ne l'avons pas encore installé, camarade. Nous manquons de local.

– Comment! Vous ne manquez pas de local pour étaler tout ce bric-à-brac; et vous en manquez pour ce que vous seuls possédez au monde? Montrez-nous les documents.

– Ils sont enfermés, et la clef est chez le directeur, qui n'est pas ici.

– Je vous prie d'aller tout de suite chercher le directeur ou la clef. Nous sommes ici pour cela.

On y court. Une vieille barbe vient nous ouvrir. Nous nous trouvons en présence d'un tel matériel documentaire, que nous frémissons d'horreur. Les photographies sont des images de cauchemar. Les échantillons de ce qu'on appelait « pain » au temps de la famine sont invraisemblables. Les rapports des miliciens, qui allaient enquêter là où se produisaient des cas d'anthropophagie, sont des narrations que jamais écrivain ne pourrait inventer. Le tout parle avec éloquence d'une époque de supplice, qui vous révolte d'être homme.

Mais presque tous ces documents conservés pêle-mêle dans un réduit obscur sont déjà détériorés. Et comme je demande quelques épreuves des photographies, on me répond que le musée n'en possède pas les clichés :

– C'est un photographe particulier qui les a faites,

mais il est mort à la tâche, contaminé par les typhiques affamés, qu'il photographiait.

Les héros meurent, bien entendu. Aussi ne puis-je regarder qu'avec mépris les bonshommes qui ramassent devant nous les précieux objets, afin de les enfouir à nouveau, pour des années, là où l'on ne trouvera plus un jour qu'un tas de poussière. Et comme on nous offre le registre pour que nous inscrivions aimablement nos excellentes impressions, j'écris : Les conservateurs de ce musée ne sont pas des camarades, mais des contre-révolutionnaires. Et j'énumère les raisons de mon appréciation.

Là-dessus, les journalistes qui nous entourent attrapent la balle et la rejettent plus loin. Ce qui s'est passé ensuite, je ne l'ai su que par *Le Temps*, qui sait tout et le dit en bon français, malhonnêtement. Cet organe, pour lequel je n'ai jamais existé, ne me découvre que pour relater mon expulsion de Grèce et pour dire quel féroce tchékiste j'étais devenu en Russie.

Pauvres bonshommes!

Saratov-Pokrovsk. – Ce qui est le plus important à Saratov, c'est d'aller voir la République des Allemands de la Volga, dont la capitale, Pokrovsk, est sur la rive opposée du fleuve. Malheureusement, nous n'avons pu la visiter qu'en courant. Mais il suffit de voir ces hommes, pour remarquer la différence de race et de mœurs. Ici, comme en Moldavie soviétique et dans le Caucase, vous découvrirez le même colon allemand, sobre, bon organisateur, intelligent, propre, tenace à créer, n'importe où, le plus de bien-être. En Russie, son ménage ordonné et prospère, vous le repérez de loin, surgissant comme un gage de civilisation au milieu d'une barbarie miséreuse.

De tels îlots d'exemplaire économie allemande, nous en avons également en Roumanie. Je suis né et j'ai vécu dans leur voisinage. A côté de Braïla, à Baldovinesti, on peut voir le *Satou Nemtesk* (le Village allemand) : les plus belles maisons, le plus beau bétail, les hommes les plus paisibles, exactement comme en Russie, dont le paysan est le frère malheureux du nôtre.

Que feront-ils, les communistes, de ces foyers prospères? Il m'a bien semblé saisir, dans les yeux des dirigeants de Pokrovsk et dans leurs fermes paroles, la décision germanique toute prête à se cabrer devant toute tentative qui menacerait de réduire la tranche quotidienne de schnitzel garni, que la vie doit à tout bon Allemand.

C'est le seul pays où notre passage se réduisit à des visites, sans mangeailles, sans beuveries, sans la moindre allocution. J'en garde le bon souvenir.

Mais comme nous avions faim, en quittant leur République, nous priâmes nos guides de nous conduire n'importe où, dans les fourrés de la Volga, savourer un borchtch d'esturgeon, préparé séance tenante, par d'authentiques pêcheurs. Et voilà notre canot automobile filant comme une flèche. Des heures durant, nous oubliâmes la faim pour ne plus nous rassasier que du spectacle qu'offraient à nos yeux les rives sauvages de ce grandiose fleuve. Je revivais mon enfance, le « théâtre » de *Codine*, l'empire de notre sauvage Danube.

Nous abordâmes une côte des plus cachées à la « civilisation », où des hommes, des femmes, des enfants sortaient comme des fauves de cavernes creusées dans le sable. De beaux et nombreux instruments de pêche s'essoraient. Solitude hostile. Aucun accueil.

– Nous sommes chez un pêcheur koulak, dit un de nos guides. Il ne nous aime pas.

Cela se voyait. Le patron, fort de son aisance et abhorrant les communistes, vint tout de même, l'air dur, nous demander ce que nous f... là. Sur le désir que nous lui exprimâmes, il tira de la Volga un esturgeon gros comme un veau, nous le montra une seconde, en dit le prix et le rejeta dans sa prison submergée, sans attendre notre réponse.

Nous nous éloignâmes. Ce n'est pas le prix qui nous chassa, mais la haine de l'homme, car nous n'étions pas venus là que pour l'esturgeon. Nous allâmes plus loin, aborder la rive hospitalière des pêcheurs pauvres, qui nous accueillirent fraternellement, firent un gros feu et nous préparèrent un gargantuesque borchtch, mais dont les esturgeons n'étaient pas plus gros que des chatons avortés.

– Pourquoi des mêmes pêcheurs, sur les mêmes rives, l'un attrape-t-il des veaux et l'autre des chatons ?

– C'est que, voyez-vous, l'un a le capital; l'autre n'a que son bon cœur.

Stalingrad. – Tovarichtch Staline, pas plus que le pêcheur koulak, ne devait nous aimer, car la nuit que nous approchâmes de la ville qui porte son nom, notre bateau s'enlisa. Il fallut de longues heures d'efforts pour le remettre à flots. Au débarcadère de Stalingrad, où nous accostâmes avec un grand retard, personne ne vint nous obliger à descendre. Et nous avions hâte d'arriver à Astrakhan, chez Rakowsky, terme de notre voyage sur la Volga.

Nous ne bougeâmes donc point :

– Quelqu'un a-t-il envie de visiter la ville de ce koulak du communisme ?

– Non, non!
– Eh bien : en avant, vers l'ambassadeur tombé dans les choux!

Astrakhan. – Embouchure de la Volga. Ville puante. Myriades de moustiques. Peste, malaria, choléra.
– Izvostchik! conduisez-nous au meilleur hôtel de la ville.
– C'est la Kommounalnaïa Goslinitsa.
A l'hôtel Communal, je demande deux chambres :
– Propres, hé?
– Propres.
Installation des lits, qui me paraissent suspects. (J'en ai l'expérience.) Je les renverse, et voilà les épouvantables punaises, dont mon passé fut si riche. Mais maintenant je n'en veux plus. J'ai, moi aussi, le droit de vivre sans punaises, d'autant plus que je paie très cher.

Furieux, je sors dans le couloir, qui est sombre et je fais un tapage à la roumaine, convaincu qu'on peut tout pardonner aux hommes, sauf de se laisser dévorer par les punaises, de vivre et de s'accommoder de cette vermine (facile à extirper) comme on vit et on s'accommode d'une jambe de bois. Dans ma pauvre enfance, j'ai tout goûté, sauf ce supplice, que ma mère ne tolérait pas : « L'aisance, me disait-elle, est difficile à acquérir, mais la propreté est à la portée de tout le monde. » Et quand j'ai vu en Crimée des maisons pour le relèvement de l'enfance abandonnée, mais où cette enfance était la prisonnière de milliers de punaises, j'ai dit qu'il valait mieux battre ces enfants et les obliger au nettoyage, que d'être doux avec eux et leur laisser croire que la vermine fait partie intégrante de notre organisme.

Aussi, pestais-je dans le couloir, en réclamant des lits sans punaises. Alors une porte s'ouvre, dans l'obscurité, et un homme trapu vient à moi :

– C'est toi qui jures comme ça?

– Rakowsky! Comment? Tu habites un hôtel plein de punaises?

– Non. Il n'y en a presque pas. C'est à cause d'un congrès qui se tient en ce moment; on a dû chercher des lits n'importe où.

Nous nous précipitons chez lui. C'est une seule chambre; cinq personnes peuvent à peine y entrer. Un paravent cache le lit et le lavabo. Des malles bourrées de livres. Une table pleine de paperasses. Rakowsky travaille à une *Vie de Saint-Simon.* C'est pourquoi je le trouve gros, enflé, mou, car il est homme à guerroyer, non à écrire des *Vies*. Puis, il a la malaria. Il a encore je ne sais quelle autre maladie, qu'il ne peut pas soigner à Astrakhan.

Mais il n'a pas le « cafard ». Toujours prêt à se battre et plus que jamais convaincu de... De quoi? Je ne saurais le dire. De ses paroles naissent bien des convictions, mais, quant à les définir, peine perdue. Car, même amis, les ambassadeurs bolcheviks sont encore des diplomates.

Aussi préfère-t-il nous parler, avec enthousiasme, du lotus qui s'acharne à vivre ici, comme s'il était en Egypte, et nous décrit-il sa mélancolique existence de fleur traquée par le froid. Il exalte encore l'œuvre de fertilisation des sables environnants, par millions d'hectares, à l'aide de plantes spéciales.

– Vous devez voir ces deux miracles du delta de la Volga.

Nous séjournons huit jours et les voyons. Aux sables, quoique très éloignés, il nous accompagnera lui-même, sur l'invitation bienveillante des autorités locales, qui le prient de faciliter la tâche du vieil ami que je suis pour lui. Et nous voici officiellement admis dans l'intimité du grand proscrit, qui transforme notre séjour dans ce cloaque pestilentiel en une joie de toutes les minutes.

Le camarade Orloff – homme qui descendit un jour dans un puits pour y laisser à jamais ses deux jambes – est le fanatique promoteur de cette œuvre de géants, qui veut, non seulement fixer les sables qui chassent des villages entiers et menacent d'obstruer l'embouchure de la Volga, mais encore les rendre accessibles à la culture. C'est un cadre pour un roman épique. Je ne suivrai pas les explications techniques que nous débite avec volubilité ce héros paralytique, mais j'admirerai sa foi et celle de notre interprète de circonstance qui, ayant perdu lui aussi, non pas ses jambes mais ses ailes, se cramponne au béquillard et part avec lui à travers l'immensité de la steppe, qu'il est impossible de les suivre parmi les broussailles qui vous ensanglantent les mains et le visage.

Ils nous oublient. La nuit qui descend nous isole les uns des autres. Un silence de cimetière étouffe les voix de ceux qui s'entr'appellent, chacun luttant avec la vase et les ronces pour retrouver le chemin vers le remorqueur qui nous attend à une lieue.

Seuls le béquillard et le désailé, tout en haut sur la colline, les visages rougis par les derniers rayons du crépuscule, gesticulent, se précipitent à droite, à gauche, examinent la brousse, décrivent avec les bras de larges cercles qui veulent embrasser la terre et se montrent l'un à l'autre la marche du bolchevisme dans le monde.

Quelques jours après nous allons, sans Rakowsky,

visiter le lotus, qui est à une journée de bateau dans le labyrinthe du delta, immense empire de plantes rares, de bêtes et d'oiseaux sauvages, où personne n'a le droit de chasser, ni de pêcher. Un remorqueur à aubes, *Tov. Staline*, nous y mène, encadrés par des officiels, dont un, qui a l'air d'être le chef de l'excursion, me paraît peu intelligent. Il me reproche ma sympathie pour l'Opposition, dont les leaders ne sont plus que des « traîtres ». Et pour me prouver qu'il en est bien ainsi, il apporte un argument qui est délicieux, cocasse et inédit. Le voici.

– Savez-vous ce qu'ont dit les habitants d'Alma-Ata, lorsqu'ils ont vu arriver Trotsky?

– Non.

– Eh bien, ils ont dit : Voilà l'ancien régime qui revient!

– ?!

TRANSCAUSASIE

Tiflis. – Je quitte Astrakhan en emportant la malaria. Les dernières quarante-huit heures de notre séjour dans cette ville, je les passe au lit, où une fièvre de cheval me dévore. Néanmoins, je me lève et nous partons sur la Caspienne, jusqu'à Makhatch-Kala, d'où nous prenons le train pour Tiflis.

C'est la seconde fois que je pénètre dans la capitale de la Géorgie. Et j'y reviendrai trois fois encore, après avoir été à Erivan, à Bakou et en Kakhétie.

Tiflis est la plus belle ville de l'Union et celle où l'on fait le plus longtemps la queue pour avoir du pain. Ces queues commencent à trois heures du matin. D'elles et de bien d'autres choses encore, les écrivains français, communistes « dans la ligne », ne parlent pas.

Aussi, pourrais-je, à mon tour, écrire un livre, voire deux, uniquement consacré à la Géorgie et rien que pour remplir les immenses vides qui gonflent à crever les pages de ces livres bien sages, bien stupides, absolument faux et totalement incompréhensibles, nés de la plume de tel écrivain qui a été une fois un homme et eût gagné de le rester.

Pauvre monde... Pauvre art... Pauvre conscience humaine... Que vous êtes pitoyables, méprisables! Un petit os pour votre ventre et une miette de vanité pour votre cœur sec vous suffisent, vous comblent de bonheur et de quiétude, vous rendent aveugles, sourds et muets, vous transforment en une limace et vous font oublier l'étendue de la souffrance que déversent sur toute la terre les tyrans qui vous asservissent.

Tiflis, Géorgie, Transcaucasie, Union soviétique tout entière : ce n'est pas ici, ni aujourd'hui, que je pourrai dire ce que vous êtes. Mais je vomirai, tout à l'heure, le symbole de ce qu'on a fait de vous. Et c'est seulement ainsi que je n'aurai pas inutilement mangé votre pain.

Borjom. – Notre itinéraire prévoit, cette fin de septembre, un mois d'arrêt, afin de classer nos impressions et, si possible, écrire notre premier volume. Pour ma part, je sens déjà que je suis un homme perdu : rien de gai ne sortira de ma plume. Mais le Crétois, qui est poète, se fait fort de dire si adroitement les choses, que la publication de notre livre à Moscou restera possible. Bien. On ne demande pas mieux à Moscou, c'est-à-dire : on ne demande qu'à publier des articles de nous, qui soient « dans la ligne ». Cela ferait aussi l'affaire de notre bourse commune, qui est bien malade, mais il ne faut pas que ça fasse son affaire à tout prix.

Nous prions le gouvernement géorgien de nous faciliter ce séjour d'un mois, sans lui demander autre chose que nous mettre dans les conditions de vie de tout citoyen soviétique, qui n'est pas nepman, ou commissaire du peuple, car nous ne pouvons plus payer une chambre seule cinq à sept roubles par jour et par couple.

On nous comble de générosité : le gouvernement nous offre complète hospitalité dans sa propre maison de repos, à Likanski-Dvoretz, près de Borjom. C'est somptueux. Nous sommes dans l'ancien palais d'été du grand-duc Mikhail Nicolaevitch Romanov, tué. Ça sent un peu le sang et le nouveau bonheur, sanglant.

Séjour inoubliable, parfois triste, souvent mélancolique. Région divinement pittoresque, montagnes sauvages, rivières. Après la fameuse route militaire du Vladicaucase, que nous parcourons en auto, en partant de Tiflis, nous roulons vers Tsikhisvari et Abastouman. Il m'arrive de ne pas vouloir croire que tant de bonheur puisse exister sur la terre, et réservé à une infime partie de l'humanité.

Et le Crétois écrit, écrit, pendant que je me morfonds et avale quatre fois par jour de la quinine.

Erivan. – L'Arménien est un homme que je connais bien, aussi bien que le Grec et le Juif. Les trois me sont fort sympathiques, malgré leurs défauts, parmi lesquels celui qu'on leur reproche le plus consiste à croire que si le soleil venait à disparaître pour toujours, ils seraient les premiers humains à pouvoir s'en accommoder.

Ce n'est pas précisément un défaut. Je m'en convaincs davantage en Arménie, qui n'est qu'une affreuse ruine et qui sera la première à se relever de cette ruine, grâce à la capacité d'adaptation de l'Arménien et malgré le communisme. Oui, malgré. Car aujourd'hui, quand je sais (et on le verra) ce qu'il est devenu entre les mains ignobles de l'homme, ce communisme n'est plus à mes yeux qu'un gâcheur de vies. Nous ne sommes devant lui, hélas, que de la chair à canon, tout comme devant le capitalisme, mais pour des raisons différentes, ce qui fait une belle jambe à l'ouvrier de l'usine.

La fausseté de l'homme au pouvoir qui triche avec la vérité est tout aussi évidente à Erivan que dans les autres parties de l'Union et dans l'Internationale. Cet homme-là pue le mensonge, l'hypocrisie, le faux enthousiasme et les avantages qu'il en tire.

Mais ici, à côté du mensonge, un gros travail se réalise chaque jour. C'est que l'Arménien est plus sobre, plus économe que les autres. Il ne perd jamais le nord. Ne lui est-il plus permis de s'enrichir tout seul? Eh bien, il s'enrichira en commun. Et qui sait? Ce jour-là, peut-être Etchmiadzine lui-même et son Katholikos ne s'en trouveront pas trop mal.

C'est pourquoi l'Arménie est une génisse qui tète à deux vaches : la soviétique et l'arméno-américaine, dont elle tire pas mal de lait. Ce qu'elle n'a pas, elle le prépare sur place, patiemment, laborieusement.

Akhaltsikh-Bardzia. – Je me souviendrai toujours de ce petit patelin, pour le grand nombre de bolcheviks de race que nous y avons découverts, et, parmi eux, le président du soviet local particulièrement, un homme qui nous a enflammés avec les terribles histoires de guerre civile qu'il avait vécues.

Au reste, cette sélection se justifie à Akhaltsikh, pays ravagé par les incursions de bandits turcs qui passent la frontière, volent, tuent et rentrent chez Kemal Pacha. On a dû prouver qu'on avait du poing. On les a impitoyablement massacrés. Maintenant on nous affirme que la région est « plus tranquille » et on nous invite à une pénible, mais très belle excursion à Bardzia, quarante-trois kilomètres dont une bonne partie ne peut être parcourue qu'à cheval, on veut d'abord nous donner une idée de la sauvagerie de ces montagnes caucasiennes, bien plus imposante que celle du Vladicaucase, puis, nous faire voir la ville troglodytique et les ruines de ce qui fit jadis l'orgueil de la fameuse reine Tamara.

Nous acceptons avec enthousiasme, tous, même les femmes, car c'est une joie pour nos cœurs d'entendre ces bolcheviks, dont la foi est intacte et la vie bien dure, dans ce trou perdu du Caucase. Mais, quand nous apercevons le nombre d'hommes armés qui nous accompagnent, puis, installés sur nos montures, les six carabiniers à cheval, qui vont nous escorter, nous nous demandons un peu si c'est bien cela qu'on appelle un pays plus tranquille! Nous y allons quand même.

Et nous ne le regretterons jamais.

C'est sur cette route que nous avons vu une station agronomique bâtie au-dessus d'une ancienne prison tsariste. Pourquoi n'est-on pas rien que cela, lorsqu'on est bolchevik?

Bakou. – Il ne faut pas s'attendre que j'exalte les sondes, que je connais, pour les avoir vues dans mon pays. Ce n'est que du pétrole, dont on ne se sert plus, de nos jours, que pour promener, sur terre et dans les airs, la putainerie de ce monde et le germe du prochain massacre universel.

A Bakou, nous résidons également pour la seconde fois. On s'en souvient. Des visages connus surgissent, tous aimables, car l'homme est aimable dès que vous lui souriez. Et nous ne pouvions agir autrement, devant des hommes qui ne sont pas les plus fautifs et vous reçoivent à bras ouverts.

Nouvelle visite aux sondes, ou puits, qui deviennent denses comme une forêt. Quant au sort de l'ouvrier, qu'en sais-je? Qu'en puis-je savoir, en comparant des chiffres? Je connais le sort de l'ouvrier, quand je suis coude à coude au travail avec lui. Mais aujourd'hui, quand je ne descends des voitures officielles que pour m'asseoir à des tables officielles, je ne veux même pas aller l'interroger : il se moquera du monsieur que je suis devenu ou il me mentira. On ne me la « fait » plus.

Certes, nous voyons « treize cités ouvrières, logeant vingt-cinq mille âmes », toutes battant neuf, toutes confortables, trop confortables. Nous pénétrons dans plusieurs foyers. C'est beau, c'est commode. On nous acclame. Nous répondons par des sourires. « Passez-moi la rhubarbe, je vous passerai le séné. »

Et nous quittons le pays de l'or noir sans en savoir du tumulte qui l'agite, rien, sinon qu'au palace, où nous avons vécu, certain nepman et certain communiste se partagent fraternellement le même plat copieux.

Telav (Kakhétie). – Nous venons ici visiter le pays du fameux vin de Tsinandali, mais personnellement, c'est tout autre chose qui m'y attire : Telav est un centre de terreur bureaucratique, conséquence impitoyable de la cruelle répression rouge de 1923, lors du soulèvement nationaliste, quand des régions entières furent littéralement décimées. Voilà mon vin de Tsinandali.

J'aurais voulu y venir, accompagné d'un guide de mon choix. Ce ne fut pas possible. Nous étions à Tiflis. On nous flanqua d'abord une espèce d' « écrivain prolétarien » muni de je ne sais quelle somme d'argent, dont nous n'avions pas besoin. Mais le soir du départ, la crapule « prolétarienne » se saoula ferme, vint en retard, nous fit manquer le train de minuit et vomit dans le tramway tout le long du trajet entre l'hôtel et la gare, à l'aller et au retour.

Je m'en plaignis au président Makharadze et au commissaire Todria, hommes respectables, vieux bolcheviks, qui furent indignés. Et c'est en compagnie du secrétaire même de la présidence, le camarade Metrevelli, que nous partons pour Telav. On comprendra que, dans ces conditions, il ne me fut guère possible de bouger. Néanmoins, des Grecs indigènes, que je rencontrai en Kakhétie, m'en dirent assez pour que, à partir de ce moment, mon cœur se refroidît définitivement à l'égard d'un régime qui chasse le paysan géorgien de son foyer, lui intime l'ordre de s'en aller où il veut et fait occuper sa pauvre maison et son lopin de terre par des « loups dans la ligne ».

J'ai pu un soir sortir seul et aller voir une de ces malheureuses familles, qui errent par tout le pays, crevant de faim et couchant dans les gares : il y a de quoi mourir de tristesse.

Voilà ce qu'on a fait de la Géorgie...

Pauvre bonhomme!

Batoum, Soukhoum, Novi-Afon. – Pour moi maintenant, c'est la dégringolade de la foi. La Transcausasie, empire de l'arbitraire, donne la main au Caucase, pays de débauche communiste, et tous deux complètent la règle générale de l'U.R.S.S. Aucune trace d'une volonté qui s'exerce d'en bas. Oppression d'en haut. Les petits gouvernements régionaux ne font qu'obéir à Moscou. Le ton de la politique en vigueur : écraser toute velléité d'indépendance spirituelle et de vraie critique;

se servir de n'importe qui accepte de voter « [illegible] ligne », parti et syndicats.

Les syndicats, surtout, ainsi que les Jakt (coopéra[illegible] ves de logement), sévissent avec une cruauté dont jamais Okhrana tsariste n'a osé faire preuve. Car l'Okhrana n'était qu'une police bien organisée, mais dont les fonctionnaires ne constituaient pas une secte. Or, le communisme officiel est une secte. De plus, l'Okhrana n'avait pas sa main noire enfoncée dans le ventre de l'homme; elle ne l'attaquait que dans son droit de penser : si l'homme ne pensait pas comme le tsar, il risquait de perdre un jour sa liberté ou sa vie, ou les deux ensemble. C'était tout et on le savait. En attendant cet « accident », l'homme pouvait encore gagner son pain quotidien. Avant ou après le bagne, l'ouvrier, malgré le « carnet noir », restait un ouvrier, digne de l'embauche et du logement.

Il ne l'est plus aujourd'hui, s'il ne pense pas comme le Politbureau. La main féroce du Parti et celle du Jakt détiennent tout, pain et abri. Un soupçon, et ta place à l'usine, et ton logement, chancellent. Encore un pas dans la voie de l'insoumission, et te voilà sur le pavé : chassé du syndicat et de ton travail, personne, personne ne pourra t'occuper; tu es voué à la plus noire misère, à la faim et au suicide. Enfin, s'il t'arrive d'être une « mauvaise tête » qui oses t'agiter, un jour on te ramasse discrètement et aucun de tes copains ne sait plus ce que tu es devenu.

Voilà ce qu'on a fait...

Mais on a fait et on fait encore autre chose. En voici le résultat :

La terreur qui frappe le ventre et l'abri, c'est-à-dire la pire des terreurs, produit, un jour ou l'autre, la lâcheté générale, et les deux accouplées permettent aux tyrans de jouir à leur guise.

ène, à la barbe des vaincus. S'ap-
r une minorité gouvernante avec
partage le meilleur, puis, sur une
nmédiatement après, prête à tout,
pain, la bureaucratie fausse les
e la cause, viole la femme qui lui
plaît, exige ouvrières un prélèvement de droits « en nature », boit sec et se casse le cou. Paradis terrestre, le Caucase a vu de magnifiques autos dégringoler dans ses abîmes, avec d'illustres chefs, de belles femelles et un camarade chauffeur, tous ivres morts.

A Astrakhan, l'un de ces « camarades chauffeurs » (la voiture et le chauffeur de l'Ispolcom lui-même), nous prenant sans doute pour des « communistes » chics et n'arrêtant pas un instant de blaguer nos compagnes, conduit comme un fou, en dépit de nos avertissements, renverse un enfant et lui passe sur le corps avec toute la voiture, heureusement sans le tuer. Je me suis levé, lui ai envoyé quelques horions, comme cela se fait entre non-communistes et tout chauffeur de l'Ispolcom qu'il était, malgré la présence de Rakowsky dans la voiture.

« Voici ce qu'on a fait » de la marmelade communiste.

Arrivés à Novi-Afon (Abkhasie), en novembre, j'écris, le 4 décembre 1928, ma première lettre à une haute institution de Moscou, dans laquelle je dis tout ce que je vois, je sais et je pense. Je le dis de la façon la plus amicale, mais aussi la plus nette, la plus catégorique[7].

Puis, une quinzaine passée dans ce formidable cloî-

7. Voir les deux lettres, adressées au G.P.U., dans la deuxième partie de cette édition.

tre – superbe pays riant au soleil et à la mer Noire – nous prenons le train pour Moscou.

Gagry-Sotchi-Moscou. – Les braves Abkhasiens, qui ont tout fait pour nous être agréables, et qui vont me maudire! Mais n'y aura-t-il qu'eux pour me maudire? Toute cette « sixième partie de la terre » et toute cette Internationale qui lui ressemble, vont me maudire.

Soit. « Toute » et « toute », c'est une façon de parler.

Quand les malédictions cesseront, la vérité commencera à faire son chemin. Alors on me trouvera à mon poste, celui que je garde depuis ma venue au monde, celui qui restera.

Le Caucase riverain de la mer Noire, clémente de Batoum à Novorossisk, est très fréquemment habité par des Grecs et des Roumains. Il en est qui hurlent avec les loups, pour un plat de lentilles, à l'exemple de la plupart de ceux qui habitent les grands centres. Je n'en ai pas moins rencontré des hommes. C'est à eux, d'abord, que je dois la vérité qui m'a ouvert les yeux, avant de la devoir au monstrueux abcès qui va m'éclater tout de suite en pleine figure, comme une implacable confirmation de ce qui est et qui ne peut pas couver à l'infini.

Nous ne nous doutions pas plus de l'existence de cet abcès, que de ce qui se passe sur la planète Mars. Et cependant, nous sentions qu'une rupture définitive allait se produire en nous.

Aussi ne nous emballons-nous plus pour les splendeurs terrestres qui se déroulent sous nos yeux, pendant que l'auto nous emmène à travers la divine région de Soukhoum, Novi-Afon, Gagry, Sotchi, tête de ligne du Causase-Moscou.

Adieu les rêves, les projets! Rêves de dévouement à

la nouvelle Sainte Russie, que nous adorons. Projets de combats pour la défense de l'U.R.S.S., mère qui enfante l'humanité de demain.

Ne t'empresse pas de te réjouir, ô vermine blanche! Pourriture qui ne peux plus rien enfanter, sinon des cataclysmes, la misère, la lâcheté, l'égoïsme, l'esclavage, la débauche. Arrière, vous tous qui puez la sueur de l'exploité! le sang des autres et vos propres excréments!

Oui, nous sommes, pour le moment, des vaincus. Oui, nous ne nous entendons pas, entre frères de combat. Mais, soyez-en certains, nous ferons toujours un seul front contre vous, les croque-morts, et sommes prêts à mourir en vous frappant de toutes nos armes.

Nous, nous avons de l'estomac pour digérer notre pourriture, puis, y enfanter une vie nouvelle. Vous, vous n'en avez plus!

Moscou, suprême appel! – Les steppes vertes du mois d'août, les steppes grises de l'automne sont maintenant ensevelies sous la neige. Le patient, le confortable train russe les éventre en ahanant, bon buffle qu'il est.

Je connais tout cela. C'est mon second hiver russe. Et cependant, je n'en puis plus goûter le charme : mon cœur est mort.

Notre compartiment qui avait connu tant de discussions orageuses, tant d'éclats de rire, n'est plus maintenant qu'un croupissant dortoir. Nous ne nous parlons plus. Dans les gares, chacun descend pour s'acheter les vivres qu'il aime, remonte, bouffe, roupille, rêvasse, ou gémit, tout seul.

Le Crétois est plus calme que moi. Il comprend tout et l'admet. C'est pourquoi un tiède malentendu nous sépare quelque peu. Une chose entre toutes lui tient à cœur : nous avions convenu de continuer notre voyage au Turkestan et en Sibérie, jusqu'à Vladivostok et, si possible, jusqu'en Chine et au Japon. Or, pour ma part, je considère perdue la cause que je voulais défendre; je ne veux plus de billets de libre parcours, ni continuer de fastueuses réceptions qui m'obligent à sourire, sourire... et me taire. Et sans moi, il sait que tout se gâte.

Tout est déjà gâté, car je retrouve une Moscou qui est au courant de mon revirement. On m'en parle, avant que j'ouvre la bouche.

Au reste, Moscou parle d'un tas de choses à la fois et déballe un tas de saletés. L'odeur d'une de celles-ci m'a frappé dès le Caucase : de haut en bas on affirme que le soixantenaire de Gorki et les éditions fantastiquement arbitraires que l'on a faites de ses œuvres complètes ont coûté à la princesse en guenilles un million de roubles.

Je vais me renseigner à la source, car j'ai moi aussi mes petites et mes grandes entrées. On me répond, oui :

– L'homme auquel Gorki a confié ses intérêts soviétiques ne nous parle jamais par trente ou cinquante mille roubles, mais par cent mille et en dollars.

Je me souviens alors d'une réflexion d'Upton Sinclair, parlant de Jack London : Un homme ne peut guère avoir un contrat de trente-six mille dollars par an avec les Hearst Magazines et garder son âme en vie.

C'est juste. Et Jack London a payé cela en avalant du laudanum à l'âge de quarante ans.

Nous devons savoir avaler du laudanum ou, mieux, garder notre âme en vie.

L'exemple de pourriture ainsi donné du sommet de l'intelligence artistique, tout va à l'avenant, autour de nous. Laissons les cent petits scandales de tous les mois et de toute l'Union. Mais on ne peut pas ne pas rappeler l'horrible abcès de Smolensk, où, comité de soviet, comité de syndicat, milice, Guépéou, magistrature et rédaction de journal, se coalisent pour faire la bombe et manger la grenouille pendant près d'une année, en muselant la ville. Plus une femme, parmi celles qui leur plaisent, qui puisse leur tenir tête. Et l'abcès ne crève que lorsque, avec une de ces femmes, ils vont jusqu'au meurtre. Alors, on en fusillera quelques-uns, on en emprisonnera quelques autres; et l'un, on le nommera substitut du procureur dans telle région de Sibérie.

A Moscou même, j'assiste, coup sur coup, à plusieurs scandales semblables :

Plusieurs écrivains, plusieurs poètes des plus soviétiques, des plus prolétariens, entraînent un soir la femme d'un « camarade », maîtresse de l'un d'eux. On se saoule en commun, on donne des narcotiques à la folle, on se le passe à tour de rôle. Le matin, revenue à elle, la malheureuse se tue. Quatre ou six ans de prison.

Tout le comité du syndicat du bâtiment de Moscou se constitue en une ligue secrète pour la joie du bon peuple russe. Les types y contribuent chacun par... l'initiale de son nom. Cela donne, par hasard, un mot estimable et connu dans le monde du théâtre japonais : Kabouki. Ils s'appellent les Kabouki. Et qu'est-ce qu'ils font? Ma foi, des bombes carabinées, avec l'immanquable femme et sur le compte de la malheureuse caisse. Ainsi jusqu'au jour où, affolés par la vodka, une nuit, ils font irruption dans la rue, hommes et femmes, un pot de mayonnaise à la main. Et les miliciens les arrêtent au moment où les mâles barbouillent de sauce les fesses de leurs femelles.

L'article-feuilleton que les journaux publièrent ce jour-là est un chef-d'œuvre d'humour.

Peu après, le comité du syndicat des fonctionnaires et des employés de Moscou, s'étant fait construire une Maison du... peuple, ou des syndiqués, y installe des postes de radio pour la bagatelle de six mille roubles. Puis, les braves camarades vendent leurs logements en ville et emménagent dans les nouveaux locaux.

Staline, exploitant les deux scandales dans son animosité pour Tomski, président des syndicats-Okhranas, obtient des crapules bureaucratiques le vote qu'il leur demandait contre leur propre président, et les prend ensuite sous sa protection, en étouffant les deux affaires.

En province :

Un soviet de village couche à terre toute la population locale et lui passe une fessée soviétique.

Dans une ville de la Caspienne, deux communistes importants ramassent une femme dans leur auto, la conduisent chez eux et la violent. La femme est malheureusement l'épouse d'un membre du parti, lequel fait du tapage. C'est lui qui est exclu.

A Leningrad, trois scandales de tout premier ordre, dont un n'est pas public :

1° Tout le comité des Jeunesses communistes (je l'ai déjà dit) convaincu de vols, viols, crimes de droit commun;

2° L'administration supérieure, communistes, d'une prison de la ville, prélève des « droits en nature » sur toute belle femme qui veut approcher son mari enfermé. Procès plein d'horribles détails.

3° Ce n'est qu'une petite « bombe » (étouffée) mais

dont les héros sont de marque et le dénouement bien soviétique. Trois présidents : celui de la commission de contrôle, celui du Guépéou et celui du soviet de Leningrad, s'enferment une nuit dans un palace local, en compagnie de femmes et y grignotent jusqu'au matin la somme rondelette de sept cents roubles. Ça fait tout de même près de deux mille francs. Mais le Guépéou envoie deux limiers espionner son propre président et ses comparses. Les pauvres diables en rapportent ce qu'ils ont appris; une enquête est ouverte de Moscou, les noceurs sont absous (parce qu'ils n'ont dépensé que l'argent des gratifications anniversaires légalement dues) et les deux petits espions sont destitués!

Parallèlement à cette danse, se déchaîne sous mes yeux celle de l'arrestation en masse des opposants, petits et grands, et leurs déportations. On enlève l'homme où il se trouve : de son travail, dans la rue ou chez lui, sous les yeux de ses enfants qui crient. Aucun compte à rendre à personne. S'il y a condamnation, soyez heureux qu'on vous la communique, ainsi que le lieu de votre internement. Si le condamné se met à faire la grève de la faim, on vient lui fouiller les poches, pour voir s'il n'y a pas caché quelques morceaux de sucre, puis, on lui dit qu'il est libre de refuser les aliments et on ferme la porte. Si tel se suicide, qui peut le savoir? Si tel autre, à Leningrad, oppose une vigoureuse résistance, on l'amène de force, on lui fracasse le crâne, puis, on appelle sa femme et on lui offre cent roubles. On lui dit que son mari s'est suicidé et qu'on ne sait pas où est son cadavre.

Nous sommes à Moscou, le 19 décembre 1928 : j'écris ma seconde lettre à la même haute institution, où je compte des amis; je me complète; je demande qu'on me permette de dire le mal, tout en faisant confiance au pouvoir. Sans quoi je suis obligé de quitter la Russie. Et dehors, je dois parler ou avaler du laudanum, car je serai à Paris.

Ma chambre, au Passage, ne désemplit pas une minute. De discrètes tentatives sont faites pour me repêcher. Je lis à trois ou quatre intimes les copies de mes deux lettres. L'un me dit : « Tu es bon pour la Sibérie ! Je te prie de ne dire à personne que je connais ces textes-là. » Un autre proteste de toute son innocence soviétique : « Il y a du vrai, mais en général nous sommes sur le bon chemin et tu as tort de nous en faire un plat. »

Alors je vais frapper à la bonne porte; discuter, je veux savoir où vont les limites du « plat » et de la trahison[8].

– Dans votre bouche, un dixième de mal, mêlé à neuf dixièmes de bien, nous sera encore funeste.

– Donc, vous voudriez que j'écrive : Voici ce qu'on a fait... et patati et patata ?

– Certes, non. Ces livres-là, personne ne les lit et vous ne pouvez, ni devez les écrire.

– Alors ?

Jusqu'à quatre heures du matin : lutte des plus sincères, des plus amicales, des plus fraternelles, quand nous tombons écrasés d'épuisement, quand je suis prêt à tout, à tout, pourvu qu'on admette la vérité

8. Rencontre avec Agranov, chef du Guépéou, « main droite de Staline ». Une rencontre qui a duré de dix heures du soir à quatre heures du matin. Avant de se séparer, Istrati lui pose la question :
– Que dois-je faire, retourner en Occident ?
– Si vous êtes avec nous, vous serez soutenu; si vous nous attaquez, nous allons vous anéantir...
Et Istrati lui donne la réplique :
– Mais si vous frappez les ouvriers et les meilleurs amis révolutionnaires, rien n'existe plus, pour moi, et je vous frapperai sans pitié ! (Voir la lettre d'Istrati à Rolland, du 19 octobre 1929 et l'interview parue dans *La Roumanie littéraire*, mai 1933.)

publiquement dans l'intérêt même de la cause ouvrière dans le monde.

Non. Impossible. Les soirs se succèdent, le mois passe. Rien à faire. Aimablement, on se serre les mains, les yeux navrés, et on se sépare, chacun gardant sa mentalité.

La nuit noire, une forte voiture conduite par un Haïdouc me mène à l'hôtel. Je regarde les fenêtres endormies de toutes ces belles maisons et je me dis :

– Tout de même! Ce sont des ouvriers qui occupent aujourd'hui ces appartements-là!

L'AFFAIRE ROUSSAKOV OU L'U.R.S.S. D'AUJOURD'HUI

Je dis bien : « l'affaire Roussakov, ou l'U.R.S.S. d'aujourd'hui ».

Une « affaire », fût-elle des plus navrantes, si elle n'est qu'un cas isolé, si les traits essentiels, qui la caractérisent, ne révèlent pas l'esprit et les sentiments d'une large humanité, ne peut pas figurer dans un livre comme celui-ci, où tout se rapporte au général.

Mais l'affaire Roussakov n'est précisément qu'un symptôme. Entre les causes qui l'ont fait éclater et l'abominable dénouement qu'elle vient d'avoir, en passant par les multiples péripéties de son développement, toute l'Union Soviétique est là : économiquement, politiquement, humainement et surtout, hélas, moralement.

J'étais allé en Russie, non pour découvrir aux ouvriers de la « patrie prolétarienne » un bien-être matériel supérieur à celui que les pays bourgeois offrent aux leurs. Nullement. J'aurais même fermé les yeux sur l'absence de tout bien-être matériel (ce qui n'est pas les cas). Mais j'étais fermement convaincu que, du point de vue moral, du point de vue de la justice élémentaire, la « dictature du prolétariat » ne laissait rien à désirer, ne pouvait être que saine, puisque, s'il est très difficile de créer du confort, rien, absolument rien n'empêche d'être juste et honnête.

La monstrueuse révélation!

Encore, si j'avais, au moins, la consolation inhumaine de penser que seule la classe ennemie souffre de l'immoralité et de l'injustice « prolétariennes »; encore, si je pouvais me dire que cette ignominie a eu lieu, dans quelque coin de la Sibérie, où le contrôle est relâché; ou encore, si les faits m'étaient moins connus, si leur universalité était moins catégorique et ma patience à demander justice, moins louable...

Mais non, rien. C'est la classe ouvrière qui est la plus frappée dans l'U.R.S.S. L'affaire Roussakov a éclaté au cœur de la seconde capitale de la Russie; et des milliers d'abcès semblables éclatent ou sont étouffés d'un bout à l'autre de l'Union, mais chacun ne trouve pas, comme a trouvé le vieux Roussakov, un défenseur qui remue ciel et terre, du chef suprême de l'Union au dernier bureaucrate, pour lui mendier justice, justice, justice.

O Justice! O Prolétariat! Un prolétaire authentique, un homme qui est resté homme, après avoir gravi l'échelle de toutes les existences, un vieux frère, qui est resté votre frère, vous maudit de son meilleur cœur et vous crie : les « Affaires Roussakov », les milliers, connues, et les centaines de milliers, qu'on ne connaîtra jamais, vous porteront malheur et vous livreront, sur toute la terre, au sort que vous réservez vous-mêmes à la pauvre vie humaine, dans le pays de la justice et de la Dictature du Prolétariat.

Voici maintenant le visage de votre patrie :

Comme je l'ai déjà dit au cours de ce livre, j'ai fait la connaissance de Roussakov, par son gendre, l'écrivain français Victor Serge (Kibaltchitche), en novembre 1927, lors de notre visite officielle à Leningrad. Le vieux Roussakov, dont la famille compte six membres, et Victor Serge avec sa femme et leur garçon, habitent le même appartement, au 19 de la rue Jeliabov.

C'est la jalousie « jeune communiste » pour cet appartement – qui a onze pièces – qu'on trouvera à l'origine de l'odieuse provocation, aujourd'hui devenue une véritable affaire. Certes, l'appartement est grand et beau. Mais à sa beauté, le vieux n'y peut rien, puisqu'il l'occupe légalement. Quant à son étendue il est encore moins coupable, car neuf personnes ne détiennent que quatre pièces et un petit cabinet, les autres chambres appartenant à la Coopérative du Logement (le Jakt) et étant occupées par ses membres.

Comment me serais-je douté qu'une question d'appartement prendrait un jour de telles proportions, que l'on arriverait à demander publiquement la mise à mort d'un homme absolument innocent, de celui précisément qui couche sur un grabat, dans un cabinet obscur dissimulé derrière la salle de bains?

Enthousiaste, épris de l'« œuvre socialiste », et tels qu'ils me voyaient lors des fêtes du Xe Anniversaire, les pauvres diables ne me confièrent pas grand-chose de leurs soucis de gens vaincus. Ainsi j'ai su seulement que Victor Serge, étant un opposant (guère dangereux), sa famille, les siens, ne pouvaient s'attendre qu'aux rigueurs d'un régime impitoyable à l'égard de tous ceux qui ne sont pas dans la fameuse « ligne ». Or, justement, le vieux Roussakov l'était encore moins que son gendre.

Travailleur manuel depuis plus de quarante ans, révolutionnaire indépendant depuis toujours, Alexandre Ivanovitch Roussakov n'est autre que le brave Juif Josselevitch, ouvrier teinturier, de Rostov. Pendant la Révolution de 1905, il prend part à la défense du quartier juif de cette ville, contre les attaques des cent-noirs, voit sa demeure saccagée et se sauve dans le monde. Il roule sa bosse pendant quinze ans, traînant avec lui, comme tant de Juifs que j'ai connus, une femme vaillante et sept enfants, la plupart en bas âge. Et il reste révolutionnaire, il fait partout sa petite agitation.

Il la fait mieux à Marseille, où il demeure plus longtemps, rafistolant les vêtements des marins et n'oubliant jamais, lors de la livraison, de chantonner à ses clients sa vieille chanson de Juif errant, que les pogroms ont chassé de chez lui. Si bien qu'en 1919, le gouvernement français le trouve indésirable, l'enferme dans un camp d'internement et l'échange, en compagnie de plusieurs autres détenus, contre des officiers français, otages des bolcheviks.

Arrivé à Petrograd avec toute sa marmaille, il pleure de joie et baise la terre de la Révolution. Organisateur et travailleur infatigable, il dote la ville aux abois d'une blanchisserie qui marchait, nom de Dieu! s'écriait-il. Puis, il crée deux « maisons d'enfants ». Puis...

C'est tout. La « terre de la Révolution » n'a plus besoin de semence de cette qualité-là. (On verra que, traîné à la barre de la « justice » soviétique, l'accusation lui reprochera d'avoir, en qualité de directeur de la blanchisserie, travaillé comme tous ses camarades ouvriers : « C'est encore un mauvais exemple! lui lancera le camarade président du tribunal. Vous étiez directeur. Vous n'aviez pas à travailler. »)

Tel a été probablement l'avis des communistes de la nouvelle « ligne », qui écartèrent ce directeur et ses exemples. Que deviendrait l'Union soviétique, si tous les directeurs, présidents, secrétaires et autres bureaucrates, se mettaient au travail, tout comme des ouvriers qu'on « rationalise ».

Devenu un simple outil, qui roule d'une usine à une autre, Roussakov n'est nullement affecté :

– Pour moi, c'était la même chose, me dit-il. Comme directeur, mes enfants n'avaient pas de souliers, et comme ouvrier, ils n'en ont pas davantage. Quant au morceau de pain que je leur dois, pour ça, mes bras sont encore bons. Et d'une façon ou d'une autre, je ne demande qu'une chose : que je puisse gagner ma vie, pour moi et pour ma famille, comme je l'ai toujours fait. C'est tout, et qu'on me fiche la paix!

Ici commence le drame.

Dans tout pays bourgeois, un manuel qui ne demande qu'à gagner son pain, pourvu qu'on lui fiche la paix, ce n'est pas une « affaire ». C'en est une, une grosse, dans la « patrie du prolétariat ». D'abord, la paix n'existe pour personne, en Russie, pas même pour le bureaucrate, qui passe jour et nuit à se demander s'il est bien « dans la ligne », ou s'il ne s'est pas, par hasard, déplacé d'un millimètre en se mouchant ou pendant son sommeil. Quant au pain, c'est la grosse affaire.

Le pain, c'est toute la vie, quand la vie n'est plus qu'un enfer. Quand le droit de penser et de bouger n'est plus qu'un souvenir, avoir le pain assuré, c'est énorme, c'est tout. Le dictateur sait cela et en fait son profit. Il enfonce sa main, noire ou rouge, dans le ventre de l'homme et lui fait comprendre ceci : Mourir, c'est peu de chose. N'importe qui en est capable, cela se voit pendant les guerres et les révolutions. Vivre affamé et sans abri, c'est bien pire. Aussi, comme j'ai besoin de gouverner, je te demande ce que tu penses. Et selon ce que tu penses, tu auras ou tu n'auras pas le pain et l'abri.

– Ce que je pense? fait le bureaucrate. Mais je ne pense rien et je vous demande de me dire ce que je dois penser. Seulement, rappelez-le-moi tous les jours.

– Ce que je pense? réplique Roussakov. Eh bien, je pense que vous êtes des salauds, qui pliez tout le monde à votre seule volonté, qui monopolisez tous les moyens d'existence, en faites un instrument de torture, affamez celui qui ne danse pas au son de votre flûte et le jetez en prison quand il proteste à la face du ciel. Voilà ce que je pense.

Dites avec la franchise, la crudité qu'on voit, ces paroles-là et rien que ces paroles, n'entraînent nulle catastrophe dans nul pays que le diable a « bien voulu préserver d'une dictature ». Tout au plus, taxé de « rouspéteur », vous arrive-t-il d'être mis à la porte. La belle affaire! Un de perdu, dix de retrouvés, dit-on en France. (En Roumanie, ont dit mieux : pourvu qu'il y ait le lac; des grenouilles, tant qu'on en veut!)

Pourvu que je sois un ouvrier capable et qui veuille travailler. Du travail, s'il n'y en a pas comme des grenouilles, notamment du travail humain, il s'en trouve toujours. Et – ouvrier éternellement « rouspéteur », semblable aux braves Roussakov, qu'on mate en Russie à coups de trique – plus d'une fois par mois, il m'est arrivé trente ans durant de crier contre une injustice, de me défendre ou de prendre la défense d'autrui et de cracher mon venin à la figure du « singe » ou à celle de son valet. Eh bien, le plus grand malheur qui ait pu me frapper, ç'a été de recevoir mon congé ou, plus fréquemment, de faire mon baluchon, sans plus attendre ce désagréable coup de pied. Une fois dans la rue – cette rue bien plus large, bien plus belle quand vous sortez du bagne – j'allais faire ma petite promenade d'homme libre ou qui se l'imagine, le temps d'avaler mon amertume, puis, introduisant mon nez par l'ouverture d'un guichet : Bonjour, Monsieur, vous embauchez?

C'était tout, et c'était parfois assez amer.

Je ne savais pas qu'il pouvait y avoir pire et surtout pire que tous les pires imaginables.

Ce mal suprême, hommage à l'inépuisable égoïsme humain; ce crime de lèse-majesté, que la pensée universelle se chargera un jour de marquer de son fer rouge; ce comble du banditisme et de la terreur, a trouvé sa parfaite expression dans l'Union des Républiques Soviétiques Socialistes, sous le régime de la soi-disant Dictature du Prolétariat.

Tyrans qui écrasez la vie! Croyez-vous que toutes les gueules mangent du foin? Que toutes les lèvres peuvent être cadenassées? Que toutes les consciences peuvent être endormies? Et que plus jamais une voix ne retentira dans le désert?

Tout le monde sait ce qu'est le *Parti Communiste* : une arme de lutte, pour la prise du pouvoir par le prolétariat, dont le levier de commande est à Moscou. Mais le monde ouvrier, sait-il ce que sont les Syndicats Rouges?

Avant la guerre, quand il n'existait ni le rouge, ni le blanc, ni le noir, il y avait les syndicats ouvriers tout court, qui luttaient contre le patronat. Je demande : contre qui luttent, dans l'U.R.S.S., les Syndicats Rouges? Quelle est la raison de leur existence, de leur immense force, dans ce pays où le patronat n'est plus qu'un souvenir?

La voici : c'est pour détenir tous les moyens par lesquels un travailleur pourrait gagner sa vie et ne distribuer le travail que selon la façon dont pense celui qui veut manger en travaillant. C'est au moyen des Syndicats Rouges que le Parti fait la loi dans l'usine, la fabrique, l'atelier, le magasin, le bureau, le logement, partout. Personne ne peut trouver embauche, autrement que par le syndicat. Et, une fois chassé du syndicat, il ne vous reste plus qu'à vous brûler la cervelle : toute activité lucrative, toute possibilité de gagner votre vie, vous sont refusées.

Que l'on songe à l'épouvantable puissance ainsi mise entre les mains des hommes auxquels les écoles officielles disent que la morale et l'honnêteté sont des « préjugés bourgeois », et que seul le matérialisme existe réellement sur la terre. Que l'on songe que, même si les écoles communistes enseignaient exactement le contraire, ce serait encore une calamité sociale de livrer la majorité de la population à l'arbitraire d'une infime minorité d'hommes, lesquels, après tout, ne peuvent pas être des anges.

Cela dit, levons le rideau :

Le 1er février de l'année courante, démoralisé, vaincu, je venais de finir tous les préparatifs de mon départ de Russie et je me trouvais dans ma chambre de l'hôtel Passage, à Moscou, quand Victor Serge entre, très calme, mais pâle comme la mort :

– Voilà, fait-il, se laissant tomber sur une chaise : maintenant c'est à notre tour d'être dévorés.

Et il me lit une dépêche que les siens venaient de lui envoyer de Leningrad. Il y était question d'un article abominable, paru la veille dans le plus grand organe régional du parti, *Leningradskaïa Pravda*, la *Pravda* de Leningrad. Le vieux Roussakov y était dénoncé à la vindicte publique, comme un ennemi du prolétariat. On demandait son arrestation immédiate et un châtiment exemplaire. Quel châtiment? Eh bien, le titre de l'article l'indiquait nettement : *Kalganovskaïa poroda,* c'est-à-dire : *De l'engeance de Kalganov.* Or, Kalganov, fils d'un ancien propriétaire et assassin d'un président de coopérative, venait d'être fusillé, quelques semaines auparavant.

Les bras ballants, le regard fixé au sol, Victor Serge semblait anéanti.

– Voyons, lui dis-je. Tu ne vas pas me faire croire que quelqu'un au monde puisse confondre notre vieux Roussakov avec le blanc Kalganov. Ce n'est qu'une sinistre farce.

Il posa sur moi des yeux éteints :

– Mon pauvre vieux... Tu connais aujourd'hui ce pays comme peu le connaissent, mais personne ici n'a voulu te dire jusqu'où peut aller la puissance du mal. Nous avons tâché de t'épargner cela. Maintenant, le mal te saute à la gorge, malgré nos efforts. Pourquoi n'est-u pas parti huit jours plus tôt?

– Mais de quoi s'agit-il?

– Il s'agit de ceci : dans l'U.R.S.S., quand on est aux prises avec un individu isolé, ça va; les forces sont égales. Mais quand c'est une organisation, ou plusieurs individus – comme c'est aujourd'hui le cas – qui s'attaquent à quelqu'un, l'homme est perdu. C'est le pot de fer contre le pot de terre.

Nous allâmes chercher l'article. Le voici, intrégralement :

DE L'ENGEANCE DE KALGANOV

Il y a quelques semaines, a été fusillé à Moscou, Alexandre Kalganov, fils d'un ancien propriétaire, qui avait tué le président de la coopérative de logement Karavaïev. L'exécution de Kalganov a été un avertissement brutal adressé à l'élément koulak et nepman, en regain d'activité.

Mais il semble que la fin de Kalganov n'a pas exercé sur tout le monde l'action préventive attendue.

Le 26 de ce mois, la camarade Marie Svirtsieva,

membre de la direction de la maison nº 19, rue Jeliabov, entra dans l'appartement du citoyen Roussakov, pour examiner les réparations qui venaient d'être exécutées. Le citoyen Roussakov, locataire principal, s'approchant de Svirtsieva, lui demanda grossièrement pourquoi elle était venue. Sur sa réponse, qu'elle était venue comme membre de la direction, il se jeta sur elle avec des cris et des injures. « Dans votre direction, tous sont des bandits et toi-même en es un. »

Pour soutenir Roussakov, des chambres occupées par lui sortirent trois femmes et un homme élégamment vêtu, qui se mirent comme lui à offenser Svirtsieva. Quand Svirtsieva demanda, au citoyen qui venait de l'aborder, quel droit il avait de l'offenser, l'inconnu répondit qu'il était écrivain et que les lois n'étaient pas écrites pour lui. Ensuite, posant le doigt sur l'ordre du Drapeau rouge, dont était décorée la camarade Svirtsieva, l'écrivain s'écria : « Les gens qui portent ces ordres-là, nous les avons fusillés par paquets. »

La préparation verbale de l'agression ne fut pas longue. Une des femmes, la fille Roussakov saisit Svirtsieva par l'épaule, tandis que Roussakov la frappait au visage. Tous les cinq, Roussakov en tête, traînèrent Svirtsieva par le corridor, jusque dans l'antichambre, en la frappant avec tout ce qui leur tombait sous la main. Roussakov frappait Svirtsieva à coups de poing, sa fille opérait avec on ne sait quel objet lourd et l'« écrivain » cherchait tout le temps à arracher l'ordre du Drapeau rouge. Svirtsieva perdit connaissance et ne revint à elle que sur les marches de l'escalier couvertes de crachats.

En revenant à soi, la camarade Svirtsieva, soutenue par les habitants de la maison, alla à l'hôpital Perovskaïa trouver un médecin qui constata sur son corps de fortes contusions, des épanchements de sang, des bleus et des égratignures. Sa robe était déchirée. L'ordre du Drapeau rouge était tordu.

Qui est Roussakov? Sur les onze chambres de son appartement, il en loue neuf sur lesquelles il spécule à volonté. Dans une des chambres louées par lui, habitent deux komsomolki émigrantes de Roumanie, qu'il a, plus d'une fois aussi, rouées de coups et terrorisées, au point qu'elles craignaient d'en faire la déclaration à qui-de-droit. Dans les réunions de la maison, Roussakov suit toujours une ligne antisoviétique manifeste, fait des scandales, du désordre et essaie de briser les réunions. Il est venu de France, où il possédait un atelier de chapeaux.

Et qui est Svirtsieva? Voici quelques brèves données sur sa biographie de classe bien caractérisée. Vingt ans d'ancienneté comme ouvrière, une des organisatrices du premier congrès des femmes en 1918. Pendant la guerre civile, elle sert dans l'armée rouge comme cavalier. Elle travaille ensuite illégalement en Pologne. Pour ses mérites militaires, elle est décorée de l'ordre du Drapeau Rouge. Membre du soviet de Leningrad, membre du Parti.

Telles sont les biographies de classe de l'agresseur et de la victime. Il est absolument clair que dans le corridor à moitié noir d'un appartement bourgeois a eu lieu une rixe de classe bien caractérisée.

Roussakov est de la même pâte que le fusillé Alexandre Kalganov. Ennemi acharné de la société prolétarienne, lésé dans ses intérêts personnels, il a essayé de passer sa haine sur la militante sociale Svirtsieva. L'agression de Roussakov armé de ses poings tout comme celle de Kalganov, armé d'un couteau à cran d'arrêt, c'est une tentative d'attaque des éléments koulaks et nepmans contre nos rangs et notre travail créateur.

L'opinion prolétarienne exige l'arrestation immédiate de Roussakov. Il faut un large procès qui soit aussi exemplaire et qui porte le même caractère d'avertissement que le procès de Kalganov à Moscou.

Il faut châtier sévèrement les ennemis du prolétariat opérant sur le front du logement et de la vie quotidienne, qui attaquent nos militants avec le poing ou le couteau.

L'affaire Roussakov doit être extraite du corridor ténébreux d'un appartement bourgeois et portée dans un large procès exemplaire suivi d'une sévère sentence, pour ôter aux autres l'envie de l'imiter.

TOUR.

(*Leningradskaïa Pravda,* 31 janvier 1929.)

Ainsi, l'opinion prolétarienne exigeait l'arrestation immédiate de Roussakov, que le camarade Tour décrit, comme on vient de le lire, sans l'avoir jamais vu, ni interrogé, sans rien savoir de son existence, sans avoir jamais mis le pied dans son logement, sans avoir assisté à la scène de l'agression.

Je demande pardon aux ouvriers qui me lisent; mais d'une telle « opinion prolétarienne », sortie de la poche des Tour, des Mour ou des Cour, je me moque autant que de l'« opinion » qui s'exprime, dans la presse bourgeoise, démocratique ou réactionnaire, par la bouche de sa Tour à elle.

– Maintenant, dit Victor Serge, voici la suite logique : pluie de « résolutions » d'usine et autres; arrestation du vieux, de ma compagne et peut-être de moi-même; notre expulsion du logement qu'on veut nous arracher depuis si longtemps; enfin, « procès et châtiment exemplaires ».

– Maintenant, dis-je, nous allons déballer nos effets, prolonger nos visas et nos billets, et remettre notre départ jusqu'à nouvel avis : qu'en dis-tu, ma compagne?

– C'est ce que je pensais moi-même.

Quel bonheur, dans la détresse, d'avoir près de soi une grande compagne de vie!

Nous nous concertons sur la manière dont nous devrons nous y prendre pour agir le plus promptement possible. On devait surtout empêcher à tout prix l'arrestation de Roussakov, laquelle en entraînerait d'autres et déclencherait cette averse d'articles démagogiques, bien connue dans l'U.R.S.S., qui alimente la plèbe et permet au pouvoir de tenir.

C'est à ce moment que Victor Serge reçoit la première lettre de sa maison. La vérité : c'est une affreuse provocation; la femme de Victor est battue, ensanglantée par des coups de poing au visage que la cavalière rouge Svirtsieva lui assène en l'abordant, chez eux, rue Jeliabov. Nous courons!

Il se trouvait alors à Moscou, revenant de la frontière de Mongolie, où l'avait envoyé le gouvernement soviétique, le Dr Nikolaenko, anarchiste et homme. Il connaissait Roussakov mieux que moi. Il avait été son compagnon d'internement, à Marseille, et lui-même avait fait partie du groupe échangé contre des otages français. Un document rare, une photographie de l'époque, le représentait, ainsi que Roussakov, Victor Serge et quelques autres détenus politiques, devant la porte de leur prison et encadrés par des soldats sénégalais. (Plus tard, un camarade juge, auquel nous présenterons ce détail du passé révolutionnaire de Roussakov, contestera l'authenticité de ce document, objectant, à notre grande hilarité, que les Sénégalais ne lui paraissent pas assez noirs!)

Au « Petit-Paris », cette unique oasis de libre discussion dans Moscou la tyrannique, Pierre Pascal, son courageux amphitryon, gendre comme Victor Serge de Roussakov, et Nikolaenko, Victor Serge et moi, tenons conseil. Pascal et le docteur sont sceptiques :

– Rien à faire. On ne peut que se laisser dévorer.

– Mais, dis-je, on peut au moins secouer pieds et mains vigoureusement, comme lorsqu'on tombe à l'eau.

– Ça dépend de ce que tu entends par « secouer vigoureusement pieds et mains ». Dans les eaux soviétiques, trop bouger ne mène qu'à une prompte asphyxie.

Mais Victor Serge est de mon avis et nous tombons tous d'accord pour bombarder le pouvoir de télégrammes, que chacun rédige à sa façon.

Voici les dépêches expédiées de Moscou, le 1er février 1929 :

Par le Dr Nikolaenko :

Rédaction de la *Pravda* de Leningrad. – Connaissant depuis vingt ans par notre vie communiste d'émigrés en France l'ouvrier révolutionnaire Roussakov, je proteste avec indignation contre l'article calomnieux de Tour et j'exige une enquête impartiale.

Un télégramme analogue est adressé à la *Pravda* de Leningrad par Pierre Pascal.

Victor Serge télégraphie :

Rédaction de la *Pravda* de Leningrad. – Je proteste contre la campagne ignominieuse et calomnieuse faite dans la *Pravda* de Leningrad, sous la signature de Tour, contre le vieil ouvrier, émigré politique, Roussakov. Cette campagne achève une longue série de mesquines provocations provenant d'une komsomolka (jeune communiste) du type de Smolensk, à seule fin d'arracher une chambre, provocations qui ont amené une agression contre ma femme à son propre domicile.

VICTOR SERGE.

Et moi :

AU PRÉSIDENT DU VTSIK DE L'U.R.S.S. KALININE. – La *Pravda* de Leningrad a publié sous le titre « Kalganovskaïa poroda », contre le vieil ouvrier révolutionnaire Roussakov que je connais bien et dont l'innocence est facile à prouver, un article calomnieux qui constitue une intolérable provocation aux persécutions judiciaires et autres. Devant quitter l'U.R.S.S. dans 48 heures, je fais appel à votre esprit de justice et demande pour cette famille de travailleurs une réparation publique.

A la *Pravda* de Leningrad :

– Au sujet de l'article « Kalganovskaïa poroda », paru dans votre organe, je vous prie de prendre connaissance de ce qui suit :

Je connais la famille Roussakov pour avoir vécu dans son sein à Leningrad; je suis absolument convaincu, non seulement de son innocence, mais aussi des persécutions dont elle est victime et sachez que je suis prêt à agir avec la dernière énergie, ici et à l'étranger, contre de telles ignominies.

Ces télégrammes furent envoyés dans l'après-midi et le soir. Celui destiné à Kalinine mit en émoi les employés du télégraphe, qui me connaissaient, hélas, pour n'avoir fait que transmettre mes protestations les derniers temps : Moscou. Mais je n'avais pas encore importuné le président de l'Union. Et où trouver celui-ci? Chacun se le demande. On appelle un chef, un autre. On téléphone à droite, à gauche :

– Il y a un télégramme pour tovarichtch Kalinine.

– Envoyez-le à la Centrale.

Les employés rient tout bas. Je fais de même, malgré ce cœur qui ne s'attendait pas à un tel coup et n'avait aucune envie de rire.

Le lendemain, dès dix heures, je reçois le premier signe de réaction. Mais quelle réaction! C'est la rédaction moscovite de la *Leningradskaïa Pravda* qui me demande, incrédule, si c'est bien moi qui ai envoyé un tel télégramme au grand organe régional du parti; à Leningrad on ne le croit pas.

Alors je n'y puis plus tenir. Et oubliant que je téléphone du plein couloir de l'hôtel, je me déchaîne comme un homme qui n'a plus rien à perdre, puisque la foi est perdue :

– Ah, vous vous croyez victimes d'une mystification? On est si peu habitué ici, n'est-ce pas, à voir les gens relever la tête?

– Non... mais... « Protester, ici et à l'étranger », « ignominies »... Ça nous paraît un peu fort.

– Ça vous paraît un peu fort! Eh bien, tas de salauds! Tas de bandits! Assassins d'ouvriers! Oui, ce sont des ignominies, ce que vous faites, et je protesterai ici et à l'étranger!

Je hurle ainsi pendant dix bonnes minutes, coupant la parole à mon invisible interlocuteur, sans même savoir s'il m'écoute encore ou non. Les portes du couloir s'entrebâillent. Je sens plutôt que je ne vois des yeux grands ouverts, qui me regardent un instant et disparaissent.

Enfin, m'arrêtant, la voix du rédacteur conclut :

– C'est bien, camarade Istrati, je rapporterai ce que vous venez de me dire. Moi, je n'y suis pour rien.

Quand je rentre dans ma chambre, je trouve ma compagne contente, Haïdouque lumineusement heureuse de savoir que quelqu'un ose au moins mugir sa révolte contre la tyrannie. Mais Victor Serge, qui est là, est terrifié :

– Eh bien! Jamais homme n'a eu jusqu'ici l'audace de crier aux Soviets ce que tu viens de leur lancer à la figure, presque publiquement. Pour n'importe qui d'entre nous ce serait la Sibérie, sans plus.

Qui voudrait jamais croire que le premier effet du progrès social est qu'on ne peut plus se crier, entre frères de luttes, les mots que les bourgeois les plus rétrogrades se crient journellement : *assassins! bandits!* sans, pour cela, risquer un voyage vers quelque Sibérie? En quoi consiste-t-il, alors, ce droit de critique, ce droit de contrôle, cette prétendue faculté de l'ouvrier de pouvoir s'exprimer chez lui, agir, comme seule une république révolutionnaire doit le permettre? Est-ce un progrès, ou une barbarie digne de l'Inquisition, quand, toutes les libertés mortes, les plus abominables crimes, les plus monstrueux abus de pouvoir, s'épanouissent comme un nid de vipères au soleil, s'attaquent à l'homme et le dévorent, dans un silence de cimetière?

Je raconte en détail cette page de ma vie, avec tout ce qu'elle peut contenir de vaillant, non pour m'en enorgueillir, espèce de monstre, car je suis un vaincu, mais pour que l'humanité laborieuse et révolutionnaire puisse en tirer le plus d'enseignement possible, au profit de ses luttes de demain : oxygène pour les flammes qui dévoreront la générosité humaine.

Après m'être tu pendant huit mois, je ne suis pas ici pour miauler ma révolte. Des yeux que je n'oublierai jamais, des voix qui tonnent encore dans mon cœur, m'ont jeté sur les épaules des charges qui m'écrasent et que je ne peux plus soutenir. Je vois surgir sur mon papier l'image des hommes hâves, squelettiques, aux regards de fous, chancelant de colère autant que de privations et qui me disent :

– A la façon dont nos *Pravda* parleront de toi, nous saurons si, à l'étranger, tu as tenu ta parole ou si tu n'es qu'une fripouille.

Ce n'étaient pas des « blancs », ces hommes-là. C'étaient des émigrés politiques, ces polit-émigrants, épaves du fascisme, qui errent par dizaines de milliers, dans toute l'Union, où les pires canailles vivent confortablement au Liouxe, parce qu'elles sont « dans la ligne ». Et un de ces errants à quatre-vingt-dix kopeks par jour m'a crié une fois :

– Dis à nos camarades de là-bas qu'ils doivent toujours défendre l'U.R.S.S. au prix de leur vie et mourir en la défendant. Mais qu'ils ne fassent pas comme nous : qu'ils ne viennent pas ici, s'ils sont des révolutionnaires, goûter au pain de la Révolution.

C'était un de ces « rouspéteurs » à la Roussakov :

– Oui, je proteste contre l'iniquité! s'écriait-il. Pourquoi suis-je un révolutionnaire? Si j'étais de ceux qui se plient et se taisent, je ne serais pas ici, maintenant, et je me trouverais moins mal, en obéissant aux bourgeois qu'aux soviets, car rien ne me manquait dans mon pays, sinon de parler. Et je ne savais pas, en me réfugiant ici, que le droit de parler meurt sous toutes les dictatures.

La journée du 2 février, je la passe accroché au téléphone et à tracer – pour la justice, pour la presse et pour la présidence – la vraie physionomie de Roussakov. Je raconte la vie de l'homme et du révolutionnaire, et donne la version exacte de l'acte de banditisme, auquel s'était livrée l'hystérique décorée de l'ordre du Drapeau Rouge. Je conclus partout en disant : « Si je mens et si vous me prouvez que Roussakov est le " contre-révolutionnaire " décrit par Tour, je veux bien être fusillé en même temps que lui. »

J'espère qu'on ne peut pas être plus net.

L'article dans la poche, nous allons rendre visite à quelques-uns de ces grands amis rédacteurs, qui m'avaient si souvent demandé d'écrire pour leurs organes. La rédaction de la *Komsomolskaïa Pravda* – le plus important journal de Moscou, après la *Pravda* – me reçoit avec des cris de joie :

– Alors! vous nous apportez quelque chose?

– Justement : je viens vous apporter un article. Le voici. Il est modéré, pas long, et je vous prie de me le publier tout de suite, sans rien y changer. C'est une très grave question; je compte sur vous.

Un coup d'œil sur mon papier, et voilà que tous les nez s'abaissent vers le sol. Néanmoins, on me promet de le passer tel quel.

On va voir comment on a tenu promesse. Je publie ici cet article, pour permettre à chacun de se faire une idée de l'arbitraire communiste, de l'impossibilité dans laquelle se trouve un ouvrier de se défendre, lorsqu'une organisation l'accable de mensonges.

(Toutes les lignes entre crochets sont les passages supprimés par la rédaction.)

L'AFFAIRE ROUSSAKOV

« Depuis une année je parcours l'U.R.S.S. en tous sens. Je suis plusieurs fois passé par Leningrad. [Je m'y suis reposé plusieurs fois, auprès d'un ami, écrivain français, au sein d'une famille de braves gens.] J'ai connu là les soucis et les joies d'un vrai prolétaire russe, qui a longtemps lutté contre la misère, dans bien des ports du monde, à Hambourg, à New York, à Buenos Aires, à Marseille. Chassé de Russie en 1905, [par les pogroms et la répression], il avait fini par se fixer en France. Il vécut là de longues années, nourrissant avec peine, du travail de ses mains, sept enfants (j'en connais six personnellement) et consacrant ses soirées au syndicat des marins russes. Au temps de l'intervention en Russie, l'agitation à laquelle il se livrait lui valut d'être expulsé de France avec toute sa famille. Il arriva à Petrograd en plein hiver 1919 en qualité [d'otage bolchevik] échangé contre des officiers français arrêtés en Russie. [A l'heure de la famine et du péril mortel, ce vieil ouvrier amenait avec bonheur six de ses enfants au pays de la Révolution.]

« A Leningrad il fut successivement organisateur [de maisons d'enfants, gérant] d'une grande maison d'enfants installée à l'hôtel de l'Europe, directeur d'une blanchisserie. Puis il resta assez longtemps sans travail. Depuis près de deux ans, il est ouvrier à la fabrique de confection [Samoïlova]. Son stage d'ouvrier est de plus de quarante ans. C'est un homme encore vigoureux et qui garde de son passé d'agitateur un franc parler souvent courageux.

« Il s'appelle Alexandre Ivanovitch Roussakov. Il habite à Leningrad, rue Jeliabova, n° 19, KB 4.

« J'ai quitté sa famille le 30 décembre. Je la connais bien. Je l'ai vue vivre. J'étais au courant de ses petits ennuis. Je savais qu'une komsomolka, habitant le même logement, [l'obligeait depuis des mois] à soutenir des procès [et le dénonçait même comme un criminel], pour le chasser d'une chambre – plus exactement un coin de corridor, derrière une salle de bains – où il dort, et la lui prendre. Je sais que la crise des logements est grave dans l'U.R.S.S. et que les histoires de ce genre ne sont, [malheureusement], pas rares. Mais voici que l'on me communique un article révoltant publié par la *Pravda* de Leningrad, le 31 janvier, sous le titre " Kalganovskaïa Poroda ", et concernant cette affaire. Je me le fais traduire mot à mot. [Je rencontre ici deux écrivains français – Pierre Pascal et Victor Serge – habitant la Russie de longue date et qui connaissent très bien l'ouvrier Roussakov. Je rencontre un médecin qui le connaît depuis vingt ans, le Dr N. Je constate avec eux que l'article de la *Pravda* de Leningrad est une inqualifiable agression morale. Et j'en suis à me demander comment une chose pareille peut se passer dans la seconde capitale de l'U.R.S.S.? Comment se peut-il qu'on puisse calomnier, traquer, dénoncer ainsi au mépris et à l'hostilité de la population, comme un malfaiteur, comme un contre-révolutionnaire, un vieil ouvrier révolutionnaire, dont le passé et le présent sont en réalité irréprochables?] L'article de la *Pravda* le qualifie de " koulak ", de " nepman ", de " contre-révolutionnaire "! [Trois] mensonges inadmissibles et dangereux. [Je ne savais pas qu'il était permis de jouer ainsi avec ces mots]. L'article le présente encore comme un " spéculateur ". Quatrième mensonge. Comme un " ancien propriétaire d'une chapellerie en France ". Cinquième mensonge. Comme le " persécuteur de deux jeunes communistes bessarabiennes ". Sixième mensonge. Je ne dis rien du ton et des conclusions de l'auteur, [qui compare l'ouvrier Roussakov, à un assassin récemment fusillé!]

« On l'accuse avec sa famille d'avoir brutalisé une communiste venue dans son logement. Par malheur pour ceux qui montent cette histoire je connais trop bien les gens dont il s'agit. Cet incident a commencé par des violences exercées contre une jeune femme, probe et cultivée, la femme d'un mien ami, que je sais incapable d'exercer des violences contre qui que ce soit. Elle a été insultée, provoquée et frappée, chez elle, à son domicile, par une personne qui lui était inconnue, venue du dehors et entrée sans son autorisation. Si la personne qui a délibérément provoqué cet incident en a pâti elle-même ensuite, ne doit-elle pas s'en prendre d'abord à elle-même?

« Si l'on a réussi à mettre hors de lui, pendant quelques minutes, le vieil ouvrier ou quelqu'un des siens, à qui la faute? Toute patience a des limites naturelles.

« Depuis des mois, l'ouvrier Roussakov était en

butte aux attaques continuelles de la komsomolka en question, qui est allée jusqu'à le dénoncer calomnieusement à la milice criminelle. Dans quatre affaires successives montées contre lui, les tribunaux lui ont donné raison. (Ici la rédaction me fait dire exactement le contraire : " Les tribunaux lui ont donné tort!!! ") Il s'est adressé – [inutilement – de vive voix], à la rédaction de la *Pravda* de Leningrad, il y a quelques semaines, en demandant que l'on mît un terme à cette mesquine persécution. [Mon ami Victor Serge en a averti de vive voix deux membres de la fraction communiste de la maison (Jakt), à laquelle il avait déjà adressé, il y a plusieurs mois, une plainte écrite.] Toutes ces démarches n'ont servi à rien. Mieux : aucune réponse ne leur a été faite!

« [Je suis désolé de rencontrer dans une des capitales de la révolution de pareilles mœurs.] Je suis désolé de voir des komsomols et des communistes se conduire ainsi envers un ouvrier. Je suis désolé de voir la presse participer à une campagne aussi inqualifiable contre un travailleur. Je demande que cette affaire soit tirée au clair. Je demande pour l'ouvrier Roussakov, publiquement diffamé, une réparation publique. »

« P.-S. – Le scandale continue. Cet article terminé, j'apprends que Roussakov est déjà, en vingt-quatre heures, exclu du syndicat qui devait le défendre, et chassé de l'usine, [ce qui devrait le vouer à la misère, jusqu'à la fin de ses jours! Il est évidemment entièrement sans défense]. En ma qualité de vieil ouvrier, je demande pour lui une réparation complète. »
Moscou, le 2 février 1929.

Comme l'on voit, on ne s'était pas gêné pour défigurer mon article et même pour me faire dire que « les tribunaux avaient donné tort » à Roussakov, alors que la réalité et mon texte affirmaient exactement le contraire. Ce n'est pas là une coquille : tort, c'est tort; et raison, c'est un mot bien différent, même en russe. Puis, en dépit de l'urgence, de la gravité du cas et de la promesse faite, mon article, donné dans l'après-midi du 2, ne paraissait que le 5, et me faisait dire une atrocité.

Malgré cela, il fit une impression inouïe. C'était sans précédent : deux des plus grands organes du Parti se jetant à la tête les arguments opposés d'un même drame social. L'un avait dit : de l'engeance de Kalganov. L'autre répond : l'Affaire Roussakov. Et qui « réussit ce tour de force »? Un « sans parti », un « étranger »!

Il faut reconnaître que la *Komsomolskaïa Pravda* adoucit son arbitraire, en ajoutant à mon article une note de la rédaction, qui exigeait « une enquête et de la lumière ». Et le lendemain, elle rectifia la malencontreuse erreur. Quant aux passages supprimés, elle se refusa à toute mise au point. Roussakov pouvait maintenant mourir, j'avais obtenu pour lui, par la voie de la presse, tout ce que la presse soviétique était capable de faire, pour un ouvrier, dont n'importe quel « Tour » pouvait demander la mort, dans dix journaux et tous les jours.

Je ne le savais pas. Je fais des mains et des pieds. Je cours partout, par un froid de – 35°, toujours vêtu d'un pardessus de demi-saison, à l'exemple des « politémigrants » à quatre-vingt-dix kopeks par jour et malgré les treize mille roubles de droits d'auteur que les soviets m'avaient payés en quinze mois, mais que j'avais dépensés à ma manière.

Au cours de ces courses dans les rédactions, pour

sauver la vie d'un homme, le pain et l'honneur de deux familles, je me souviendrai toujours de l'entrevue que j'ai eue avec le fameux chroniqueur communiste Koltsov. Nous étions en très bons termes. Il nous reçoit, Victor Serge et moi, dans son cabinet de l'*Ogoniok*. Nous lui exposons le cas. Il nous écoute amicalement, calme, un peu blasé, étant l'homme le plus au courant en la matière.

Sur ma prière d'agir promptement et par sa grande autorité, il me dit :

– Je le veux bien, mais pour cela il me faut connaître la question à fond, classer les documents... Une semaine, quinze jours passeront.

– Mais, fis-je, à Leningrad, les « résolutions » d'usine et les réunions « ouvrières » du Jakt demandent qu'on fusille Roussakov « sans jugement ».

– Sans jugement, on ne le fusillera pas, mais il peut être fusillé après jugement. Qu'y pouvons-nous?

Et me montrant un tas de dossiers sur son bureau :

– Regardez ce que j'ai sur mes bras, rien que des affaires arrivées ce matin.

Il y en avait une cinquantaine. Victor Serge met le nez dans cinq ou six d'entre elles et tombe sur deux suicides pour cause de persécution bureaucratique.

– Dans la plupart de nos foyers, dit Koltsov, les ménagères se jettent de l'eau bouillante à la figure. Il y en a qui sont des épouses d'anciens commissaires du peuple.

Eh bien, pensai-je : elle est jolie, votre dictature.

Le 3 février, Roussakov arrive à l'improviste de Leningrad, où un mandat d'arrêt avait été lancé contre lui. Il n'est pas moins imperturbable, brave, gaillard même :

– Qu'est-ce qu'ils nous veulent, ces bandits-là? Cette fois, ils sont tout à fait fous!

Et il nous raconte, sincèrement, naïvement, la scène de l'agression. Provocatrice initiale : Roïtman, une jeune communiste, Juive de Bessarabie, cohabitante de l'appartement. Je la connais. Elle veut chasser les Roussakov et prendre leur logement. Déboutée de tous les procès qu'elle intente au vieux, elle décide, cette fois, d'accord avec le Jakt, dont la cavalière Svirtsieva, son amie, est un membre important, de faire le diable à quatre, pour obliger les Roussakov à s'en aller. Qui peut résister à un comité de maison, quand une tête ne lui va plus? Et ce comité délègue Svirtsieva et l'invite à procéder à une « inspection » de l'appartement.

Elle entre. Ouvre les portes. Roussakov sort de sa chambre et lui demande à voir le mandat qui la charge de cette inspection.

– Je n'ai pas de mandat à montrer à des « spéculateurs » et à des « contre-révolutionnaires », s'écrie-t-elle.

A ces paroles, Liouba, fille de Roussakov et femme de Victor Serge – frêle créature, incapable d'offenser un chat – intervient :

– Mais, camarade, comment pouvez-vous insulter ainsi mon père? Vous savez bien qu'il est un vieux révolutionnaire, ouvrier à la fabrique Samoïlova...

Un terrible coup de poing en pleine figure est la seule réponse; Liouba s'écroule ensanglantée, étourdie.

– Nous l'avons prise alors à trois et traînée à la milice, Elle voulait fuir.

Quelques jours plus tard, quand les juges instructeurs de Leningrad et le président de la rédaction de la *Pravda* m'objecteront que la cavalière rouge portait des bleus sur le corps, je leur poserai cette question, qu'ils laisseront sans réponse :

– Que feriez-vous si une Svirtsieva entrait chez vous et pochait un œil à votre femme, comme cela, sous prétexte qu'elle est décorée du Drapeau Rouge? Ne lui casseriez-vous pas la figure?

Ce poltron de Roussakov ne lui a même pas appliqué deux bonnes paires de gifles.

Le 4 février, je prie la présidence de bien vouloir me recevoir avec Roussakov. Le lendemain, à 11 heures, nous sommes reçus. Victor est avec nous.

Couloirs et salles bondés du monde le plus hétéroclite qui soit, hommes et femmes de tous les âges, de toutes les républiques, de toutes les apparences, portant les visages les plus diversement inquiets, chacun son papier à la main, chacun les yeux fixés sur la porte du sauveur. Ils sont là – depuis des jours, des semaines, des mois – à attendre leur tour et à traîner dans Moscou des misères, des malheurs, mille tristesses sans nom, que personne n'a le temps d'écouter. Mais le petit père Kalinine, meilleur que celui qu'on a détrôné et abattu, doit les écouter. Il est là pour cela. Il n'a pas autre chose à faire. On le sait, jusqu'au fond de la Sibérie, du Caucase et du Turkestan. Il doit recevoir tous les Roussakov et toutes les Roussakova. Il doit les écouter, ne fût-ce que le temps de leur prendre leur papier des mains et de leur dire :

– Alors, camarade, qu'est-ce qu'il y a?

– Il y a, tovarichtch Mikhaïl Ivanovitch, parce qu'un jour, juste comme je venais de...

– Bon, bon! on examinera ça, soyez en paix!

Le peuple n'arrive jamais à comprendre que l'illusion est sa seule part dans la vie, que les puissants se garderont bien de la détruire, tout comme les médecins qui vivent de l'espoir de leurs crédules clients.

Mais nous, qui venons demander au président autre chose qu'une poignée de main et qu'une promesse réconfortante, nous serons introduits directement dans le cabinet du secrétariat et reçus aussitôt, de la façon la plus sérieuse.

Une heure d'horloge.

Kalinine est un moujik nerveux, mais qui sait écouter, sait interroger. Il veut par-dessus tout comprendre. Il fouille fébrilement notre petit dossier, pointe les faits, confronte les dates, attrape une question de Roussakov, juste celle qu'il lui faut là, où il tient le doigt, commence à se débrouiller sans notre aide, puis, déjà à la page, discute en connaissance de cause.

Ses larges narines, son nez épaté flairent nos âmes et nos cœurs. Ses petits yeux furtifs lancent de brefs éclairs dans les nôtres, tout droit, mais se dissimulent aussitôt, pour que nous n'en saisissions par l'effet conscient.

Il préfère plutôt écouter Roussakov, qui lui parle comme un moulin tourne. Pour moi, il a de temps à autre des coups d'œil dépités, qui ont l'air de dire : « Sacré type embêtant! »

Kalinine s'étonne lui-même que la simple publication de l'article de Tour, le 31 janvier, ait pu, dès le lendemain, provoquer l'exclusion du vieux de son syndicat, ainsi que son congé de l'usine où il travaille depuis deux ans. Il ne sait pas si Roussakov est ou non ce qu'affirme Tour, mais il tient un fait flagrant : un travailleur est voué à la mort par la faim, vingt-quatre heures après la publication d'un article infamant, qui demande et peut demander contre lui tout ce qu'on veut, mais qui ne doit pas, sans procès, sans même une enquête, priver une famille de son pain. Kalinine sait ce que cela veut dire.

Tope-là! Il sonne, prend sa plume et écrit cette apostille sur la plainte de Roussakov :

> Au camarade Komarov (président du Soviet de Leningrad) ou au camarade Tchoudov (secrétaire du Parti, même ville) :
>
> « *Je vous prie instamment de débrouiller cette affaire. Je pense que c'est une très sombre histoire. Je vous prie de m'informer des suites.*
>
> (Signé) M.I. KALININE. »

Un secrétaire entre, prend le tout et revient avec une grosse enveloppe cachetée.

– Mets bien ça dans ta poche! dit le président de l'Union à Roussakov. Et file tout de suite à Leningrad!

Comme nous étions tous émus et le vieux prêt à pleurer, Kalinine eût pu ajouter : « Et sache une fois pour toutes, que même quand je vous reçois par l'escalier du maître, ce qui ne m'arrive jamais, c'est encore du leurre, encore de la poudre aux yeux des imbéciles comme vous trois! »

Mais cela, nous ne le saurons que six mois plus tard, quand je ne pourrai plus dire au premier magistrat du pouvoir communiste ce que je pense de la dictature « du prolétariat » et de ses apostilles, à lui.

Qu'il l'apprenne ici, en même temps que les ouvriers du monde entier, et qu'il sache, à son tour, que tout se paie ici-bas.

5 février. Sortant de la présidence, Roussakov file à Leningrad.

Nous récapitulons : la *Komsomolskaïa Pravda*, publiant mon article, a fermé la gueule à sa consœur de Leningrad; j'apprends que celle-ci ne ripostera pas. Koltsov m'a promis de publier un article sur l'affaire. (Il n'en soufflera mot. C'est un communiste qui tient à son confort.) Deux des plus hautes personnalités du Parti, auxquelles j'ai demandé audience, veulent bien me recevoir, mais l'une est brusquement frappée d'une recrudescence de maladie, qui l'en empêche; l'autre, qui me fait dire qu'à 11 heures une voiture viendra me prendre pour m'amener au Kremlin, téléphone à 10 h 45, qu'il vient de faire lui aussi une rechute, politique celle-là, dont les conséquences le rendent incapable de s'entretenir avec moi. Enfin, nous tenons une certitude : l'apostille de Kalinine. C'est un ordre venu de trop haut, pour que les bandits puissent se permettre de passer outre. Or, nous ne demandons que lumière et justice.

Conclusion : pouvons-nous prendre le train pour Paname? – On verra, demain, après-demain, quand le vieux nous télégraphiera, l'effet produit par l'apostille du nouveau petit père, dont nous étions alors à mille lieues de penser que la paternelle intervention fût un leurre, bien plus cruel que celui de son prédécesseur, le tsar de tous les gibets.

Mais le lendemain, 6 février, un document me tombe sur la tête, qui me fait douter à l'avance de l'efficacité de l'intervention présidentielle. C'est une réponse de Rafaïl, président du comité de rédaction de la *Pravda* de Leningrad, à une lettre bien amère, que je lui avais écrite le 4, pour lui confirmer et renforcer mon télégramme du 1er.

Voici cette réponse :

Leningrad 5 février 1929, 23 heures.

Moscou, à Bandine.

Prière de transmettre aujourd'hui même ma lettre à P. Istrati :

Cher camarade, reçu aujourd'hui votre lettre du 4 février. La rédaction de la *Pravda* de Leningrad a, dès le lendemain de la déclaration à Roussakov, commencé l'enquête la plus prompte, circonstanciée et détaillée sur cette affaire de logement. Dès avant d'avoir reçu votre lettre, nous avons chargé un camarade responsable du parti d'étudier toutes les circonstances de l'affaire. Vous pouvez être tout à fait tranquille : s'il est établi que l'article publié contient des inexactitudes, que la coopérative de logement a consciemment calomnié Roussakov, ou qu'une faute quelconque a été commise, nous réhabiliterons rapidement et énergiquement Roussakov.

Je ne dispose pas en ce moment de documents, me permettant de vous communiquer quelque conclusion définitive que ce soit.

La *Pravda* de Leningrad, organe du comité régional du Parti, considère toujours avec attention et tact les faits qu'elle publie. Je ne pense pas que vous puissiez avoir des raisons, quelles qu'elles soient, de mettre en doute les mœurs de notre pays et de notre presse. Je ne doute pas que si vous aviez été à Leningrad et si vous aviez été en possession des documents que nos journalistes possèdent en ce moment, vous eussiez vous-même exigé un jugement public impartial. Vous eussiez vous-même insisté pour la publication de ces documents. Voilà ce que déclare l'assemblée générale de la fabrique Samoïlova :

« Mettant à profit l'étiquette d'ouvrier, se grimant en prolétaire à la fabrique, Roussakov est en réalité un vil appendice de la contre-révolution intérieure, un misérable cent-noir et un petit-bourgeois antisémite acharné.

« Soutenant à l'atelier une agitation de pogrome manifeste contre l'U.R.S.S., Roussakov n'ose pas dépasser les éruptions verbales; mais en qualité de " maître d'un logement ", le petit-bourgeois Roussakov ne se gêne plus et passe de l'agitation de pogrome à des actions de pogrome. »

Permettez-moi de vous assurer que l'affaire Roussakov sera étudiée aussi rapidement que possible par des camarades impartiaux et faisant autorité.

Salut communiste. RAFAÏL,
Pour copie conforme : *Illisible.*

Ecoutez maintenant, « Prolétaires de tous les pays », et « unissez-vous » au moins pour ne pas être trop bêtes. Ecoutez et comprenez. C'est facile. Nous travaillons sur des documents officiels, authentiques.

1° Le cher camarade Rafaïl fait publier un article, dont les accusations sont si accablantes pour l'inculpé, qu'il est comparé à un assassin qui venait d'être fusillé. La conclusion de l'article : faire de Roussakov ce qu'on a fait de Kalganov. C'est de l'engeance de Kalgonov, titre et conclusion. Conséquence foudroyante et sans précédent, qui étonne franchement Kalinine même : exclusion du vieux de son syndicat; sa mise à la porte de la fabrique; mandat d'arrêt lancé contre lui. C'est clair.

2° Je demande : sur quels documents lui permettant de tirer une conclusion définitive s'est basé Rafaïl pour livrer un homme à la vindicte publique et pour le jeter sur le pavé, en attendant les balles? Je réponds : sur aucun! Et la même réponse sera donnée par le long et meurtrier développement d'une instruction qui durera six mois; qui comportera deux procès, dont le premier finira par un acquittement triomphal, dans les applaudissements de toute une salle bondée d'ouvriers; dont le second – œuvre d'un rebondissement de tyrannie communiste – avortera pitoyablement et condamnera trois innocents à des peines si bénignes (3, 2 et 1 mois de travaux obligatoires!) que jamais la justice soviétique ne se lavera d'une telle honte; jamais elle ne pourra prouver à la face de l'Internationale que ces peines-là sont bien celles que mérite un spéculateur, un misérable cent-noir convaincu d'agitation de pogrome, un vil appendice de la contre-révolution intérieure, un espion français, un petit-bourgeois antisémite acharné, un monstre qui torture depuis des mois deux komsomolki, un contre-révolutionnaire, enfin, pour lequel l'organe du Parti et cent « résolutions ouvrières » avaient demandé la peine capitale, allant même jusqu'à exiger que Roussakov soit « fusillé sans jugement ».

Par conséquent : aucun document permettant de ruiner deux familles, neuf bouches, de les ruiner dans ce sens qu'elles crèvent de faim depuis six mois et qu'elles en crèveront aussi longtemps qu'elles resteront au pouvoir de leurs persécuteurs. Aucun document permettant d'exiger promptement la mort d'un homme.

3° Mais quand je demande au camarade Rafaïl de réparer tout aussi promptement un geste dont il ne pouvait ignorer les horribles conséquences, que me répond-il, le cher frère? Voici : Je ne dispose pas en ce moment de documents me permettant de vous communiquer quelque conclusion définitive que ce soit.

Entendez-vous cela, ouvriers? Il ne « dispose » pas de documents pour réparer, mais il en a « disposé » pour détruire!

VINGT-QUATRE HEURES ONT SUFFI POUR JETER UN HOMME HORS DU SYNDICAT-OKHRANA, HORS DE L'USINE-OKHRANA! CINQ JOURS NE SUFFISENT PAS POUR DEMANDER AU MOINS SA RÉINTÉGRATION DANS CES MÊMES OKHRANAS QUI LUI ASSURENT UN PAIN ABSOLUMENT IMMANGEABLE LORSQU'ON LE GAGNE AU MILIEU D'UNE INQUISITION COMME JAMAIS LE MONDE N'EN A CONNU!

4° Mais, peut-être le grave « militant responsable » – ainsi que s'intitulent là-bas les assassins du plus grand idéal humain – peut-être que vraiment il ne peut pas demander cette réparation, parce qu'il possède des documents qui lui ont permis véritablement de frapper Roussakov. Rt en effet, il en possède. Il possède des DÉCLARATIONS. Nous ne discutons plus ces DÉCLARATIONS, ces RÉSOLUTIONS, qu'on jette sur le dos de la classe ouvrière et à l'aide desquelles on étrangle tous ceux qui osent broncher, c'est-à-dire cent trente sur cent cinquante millions d'habitants. Nous ne dirons pas que ces DÉCLARATIONS, ces RÉSOLUTIONS sont – dans tout pays non communiste et non fasciste – des chiffons dont on se torche le derrière. Non. Nous les prenons au sérieux, puisqu'on nous le dit gravement. C'est Rafaïl qui nous le dit. Ecoutez :

« ... Vous eussiez vous-même exigé un jugement public impartial. Vous eussiez vous-même insisté sur la publication de ces documents. Voilà ce que DÉCLARE l'assemblée générale (l'assemblée générale!!!) de la fabrique Samoïlova : " Mettant à profit l'étiquette d'ouvrier, se grimant en prolétaire à la fabrique, Roussakov est en réalité un vil appendice de la contre-révolution intérieure, un misérable cent-noir et un petit-bourgeois antisémite acharné. Soutenant à l'atelier une agitation de pogrome manifeste contre l'U.R.S.S., Roussakov n'ose pas dépasser les irruptions verbales; mais en qualité de ' maître d'un logement ', le petit-bourgeois Roussakov ne se gêne plus et passe de l'agitation de pogrome à des actions de pogrome! " »

Bon. Cela au moins est clair. Et c'est une « DÉCLARATION D'ASSEMBLÉE GÉNÉRALE ». Se fondant sur elle, la *Pravda* de Leningrad a assommé neuf créatures humaines.

Mais quand s'est-elle tenue cette « assemblée »? Quand a-t-elle tenu ce langage?

Eh bien, apprenez-le, ouvriers du monde entier, et

ne l'oubliez plus jamais : CETTE ASSEMBLÉE S'EST TENUE ET CES DÉCLARATIONS ONT ÉTÉ FAITES LE 1er FÉVRIER, ET L'ARTICLE MEURTRIER QUI SE BASE SUR L'UNE ET SUR L'AUTRE, EST DU... 31 JANVIER! LE FAUSSAIRE RAFAÏL, LE FAUSSAIRE JOURNAL DU PARTI, LE FAUSSAIRE COMMUNISME BUREAUCRATIQUE SE BASENT, POUR ÉCRIRE UN ARTICLE ET POUR TUER DEUX FAMILLES, SUR LES DÉCLARATIONS D'UNE ASSEMBLÉE QUI S'EST TENUE UN JOUR APRÈS LA PUBLICATION DE CET ARTICLE ET QUI S'EST FONDÉE JUSTEMENT SUR CET ARTICLE POUR FAIRE SES DÉCLARATIONS DICTÉES PAR L'ORGANE DU PARTI ET POUR JETER A LA RUE UN TRAVAILLEUR QUI PASSE QUARANTE ANS DE SA VIE A « SE GRIMER EN PROLÉTAIRE » ET A « METTRE A PROFIT L'ÉTIQUETTE D'OUVRIER! ».

Ainsi, quatre organisations communistes se fondent les unes sur les « DÉCLARATIONS » des autres pour assassiner des travailleurs et pour réaliser ce tour de force qui est de ne plus savoir à la fin laquelle est responsable des déclarations qu'elles s'attribuent les unes aux autres : le Jakt (coopérative du logement) provoque une agression; la *Pravda* la relate, fulmine, demande la mort; le syndicat lit la *Pravda* et exclut Roussakov; la fabrique Samoïlova chasse un homme que le syndicat avait exclu; la *Pravda* se documente d'après les déclarations de la fabrique; le Jakt tient ensuite des assemblées où il lit la *Pravda* et demande l'exécution immédiate du monstre. Puis, quand j'irai tout à l'heure à Leningrad et que je regarderai Rafaïl dans les yeux, il me montrera des documents, des déclarations, des résolutions dont toutes les usines de Leningrad le bombardent. Ces usines se basent sur la *Pravda*, celle-ci se base sur les usines, et tout l'échafaudage d'une dictature se base sur le Guépéou pour mater des millions de malheureux et pour compromettre à jamais des leçons qui avaient leur raison d'être quand je les lisais, il y a vingt ans, dans Kautsky.

Eh bien : c'est cela que vous voulez étendre sur toute la terre? Merci beaucoup. Cela, Mussolini l'a « édifié » avec bien plus de franchise et sans offenser la classe ouvrière sans dire, comme vous, que c'est elle qui l'édifie. Non, Mussolini a au moins le courage de ses crimes. Pour mater l'Italie, pour la museler, pour la rendre paisible comme un cimetière, il n'a pas eu besoin de fabriquer des résolutions ouvrières et des déclarations d'assemblées d'usine. Il a dit :

– C'est moi qui frappe, non la masse! C'est moi qui dicte, non le prolétariat! C'est moi qui suis responsable de tout le mal.

Ainsi au moins le prestige et l'honnêteté du prolétariat restent debout.

Plaie bureaucratique! Ne parle plus au nom du prolétariat! Gouverne, oppresse, tue, mais tais-toi!

Le 6 février, vingt-quatre heures après le départ de Roussakov, je pars pour Leningrad, en compagnie de Victor Serge, qui rentre chez lui, pour voir sa femme battue, le visage portant encore les traces de l'agression. Le vieux est chez le juge instructeur.

Nous trouvons la maison plongée dans cette atmosphère de terreur, qu'ont connue toutes les familles persécutées, la veille des arrestations en masse. N'était ma certitude absolue de la nature irréprochable des gens au milieu desquels je me trouvais, il y avait là de quoi se demander s'il ne serait pas plus prudent de tirer son épingle du jeu. Mais le doute ne m'était pas possible. Je connaissais, pour y avoir quatre fois séjourné, l'être et son âme. Le fond du cœur de chacun des membres de ces deux ménages et la moindre particularité de leur caractère m'étaient familiers. Leur travail, leur parfaite sobriété, la modestie et souvent la dureté de leur existence au jour le jour, les multiples soucis qui découlaient de la maigreur de leurs salaires et de l'indépendance de leurs convictions, sous un régime bureaucratique absolutiste, tout cela nous l'avions débattu pendant de longues soirées, touchant parfois jusqu'aux plus intimes détails de la vie d'une nombreuse famille.

Certes, ce n'étaient pas des « communistes », mais je vous prie de me dire ce que c'est qu'être aujourd'hui communiste en Russie? Et puis, finissons-en une fois pour toutes, avec les équivoques : ne doit-il plus y avoir que les communistes qui puissent vivre sur la terre? Et que faut-il faire de l'ouvrier, du paysan, de l'intellectuel, de l'employé, de l'écrasante majorité humaine, qui ne comprend rien au communisme, mais qui peine? Doit-on la chasser de son labeur? L'expulser de son logement? L'envoyer en Sibérie? La tuer?

Si un Roussakov et un Victor Serge – l'un trimant, dur à l'usine, l'autre traduisant les œuvres de Lénine en français, les deux collaborant, tout en « rouspétant », à ce que les soviets font de mieux – si de tels hommes sont des « contre-révolutionnaires » dignes du gibet, je me demande ce qu'il arriverait à la pauvre humanité le jour où le communisme des Svirtsieva et des Roïtman, le communisme qui pille et viole toute la ville de Smolensk, celui des « Kabouki » à la mayonnaise sur les fesses, celui des komsomols qui s'amusent à la Smolensk, celui des juges soviétiques qui dansent au son de la flûte du Guépéou, celui enfin qui est maître aujourd'hui dans l'U.R.S.S., je me demande ce qu'il arriverait au monde, le jour où ce communisme-là se ferait fort de lui imposer sa justice et de lui apprendre à vivre.

Non, non. Cent fois non. Le monde n'est que trop misérable pour qu'on se permette d'augmenter encore son mal. Et si ma classe a la mission historique de le transformer, en l'améliorant, elle n'a pas la mission de le tuer.

Je suis conscient de ce que je fais ici. Je sais quelle est la portée de ces paroles. Mais on pourrait m'accuser de tout, sauf de légèreté et de malhonnêteté, car j'ai attendu un an pour écrire ce livre et je ne l'ai écrit qu'après avoir plongé au fond de l'abîme soviétique, où j'ai trouvé le plus haut magistrat de l'Union en parfait accord avec la femme Svirtsieva.

Voici cet accord :

Il me frappe dès que je suis à Leningrad, qui n'est pas un petit village de la Sibérie. Forte de son pouvoir, la Svirtsieva trône à l'embouchure de la Neva. L'ordre de Kalinine n'est qu'une farce. Le juge sait que cela ne compte pas, puisque tous les communistes sont d'accord. Aussi, à notre arrivée, nous apprendrons qu'on n'a pas même permis à Roussakov de porter l'enveloppe aux cinq cachets présidentiels à ses destinataires, Komarov ou Tchoudov. Et nous trouverons le vieil homme, l'enveloppe dans sa poche, assis depuis de longues heures, devant un jeune beau monsieur, qui est le juge d'instruction et qui le cuisine, le chicane, le découd, abuse de sa simplicité, triche avec sa bonnc foi, profite de toutes ses maladresses et fait tout son possible pour trouver dans ses réponses la permission de le mettre sous les verrous, l'interrogatoire fini.

Notre entrée « sans frapper » n'a pas l'air de nous rendre sympathiques au juge. Qu'importe! Nous déclinons nos noms, serrons fortement la main du « misérable cent-noir » et nous inquiétons du sort de la salutaire enveloppe :

– Je l'ai là, mais on m'a ordonné de venir tout de suite ici.

– Le camarade juge le sait?

– Bien entendu, mais il s'en moque.

Je prie Victor de dire en russe au jeune bureaucrate que s'il arrête l'inculpé avant que nous ayons pu prévenir le président du soviet de Smolny de l'existence du pli, je fais un rassemblement sur la Nevsky, en criant tout ce que je sais du communisme et de sa dictature. Mais Victor me calme, disant seulement au juge que je lui demande de me fixer aujourd'hui même un rendez-vous, pour faire ma déclaration, ce qui est accepté. Puis nous prenons le pli-chiffon et courons à Smolny.

Là, l'accueil est différent. Komarov nous reçoit immédiatement. Bureau modeste. Homme qui porte un visage paisiblement marqué de gravité. Il lit, nous écoute, paraît sincèrement attristé. Il est de ceux qui n'ignorent rien et ne peuvent rien. C'est le cercle vicieux.

Je le prie de me permettre de faire une enquête personnelle à la fabrique Samoïlova. Il prend le téléphone, parle. Un grand jeune homme entre. C'est Tchoudov, le secrétaire du Parti de la région de Leningrad. Sérieux, simple, sympathique.

Peu après, nous quittons Komarov pour suivre Tchoudov dans son bureau, à l'autre bout de cet immense bâtiment où la longueur des couloirs est telle, que Lénine proposait à Trotsky d'instituer un service de courriers cyclistes, entre leurs cabinets de travail, que toute cette longueur séparait.

Le bureau de Tchoudov est le modèle de ce que devraient être l'ordre, la sévérité, la netteté, la simplicité communistes, dans les affaires matérielles comme dans les affaires morales. Je ne connais rien dans l'U.R.S.S., qui en donne une image plus exemplaire, depuis l'aspect de l'homme qui occupe ce bureau, jusqu'au plus petit détail de l'austérité qui y règne.

Ici on nous donne l'autorisation écrite qui nous permettra de pénétrer à Samoïlova, par une autre porte et dans un autre but que ceux que j'ai connus pendant une année de triomphales et bien inutiles visites à tant de fabriques, d'usines, d'institutions, dont les tragédies intimes n'étaient pas faites pour que je les connaisse.

De Smolny, nous retournons à la maison, où nous trouvons le vieux. Marquons un point : l'apostille de Kalinine a servi au moins à suspendre toute arrestation préventive. Le mandat d'arrêt a été annulé. En avant!

En avant, c'est l'enquête que vient faire dans l'appartement le correspondant de la *Komsomolskaïa Pravda* de Moscou. Grand gaillard plein de foi. On lui permet d'ouvrir toutes les portes, d'interroger tous les locataires et de découvrir si Roussakov « spécule », non pas sur neuf chambres, mais sur une seule.

On n'a jamais publié le résultat de cette enquête, et pour cause.

Le comité de rédaction de l'honorable torchon, la *Leningradskaïa Pravda*, se réunit pour m'écouter et pour me donner des explications. Enfin, cher camarade Rafaïl, à nous deux maintenant, entre écrivassiers! Mais voici Tour, dandy en culotte, qui me tend la main. Je dis :

– Qui êtes-vous?

– Tour.

– Je ne donne pas la main à des « Tour »!

Et je laisse la sienne dans le vide. L'impression est

des plus pénibles. Rafaïl est tout sucre d'orge. Salamalecs.

– Si ce n'était pas vous, camarade Istrati, qui aviez écrit cet article à Moscou contre notre organe, nous avons ici des « résolutions d'usines »...

– Pardon! Je ne suis pas venu ici pour examiner vos « résolutions d'usines », mais pour qu'on me prouve que Roussakov est : 1° espion français; 2° antisémite cent-noir; 3° spéculateur pour neuf chambres sur douze; 4° ancien fabricant en France et tout ce que vous avez encore affirmé.

Il n'en est rien. Tout s'explique. Il dit avoir écrit l'article d'après la « résolution » prise par le Jakt : quatre personnes du comité de maison! La Roïtman est la principale metteuse en scène de l'affaire.

Cela suffit, dans l'Union soviétique, pour mettre en branle tout un monstrueux appareil politique et judiciaire, fusiller un travailleur et obtenir une chambre de plus. N'est-ce pas là un cauchemar?

Je fais ma déclaration au juge d'instruction, dont la procédure s'attarde particulièrement à préciser si le témoin (ou l'inculpé) est des nôtres ou des leurs, comme si on n'avait jamais vu les nôtres finir en parfaites crapules et les leurs mourir comme un Lénine.

– *Origine* : Ouvrier.

– *Parents* : Ouvriers.

– *Instruction* : Appris à lire et à écrire.

– *Avez-vous fait de la prison en régime bourgeois?* : Oui. (J'en goûterai peut-être aussi en régime communiste.)

Etc., etc. Paperasses. Déclaration qui se fera applaudir au premier procès et qui ne sera pas même lue au second, par ordre d'en haut : casser l'imprudent acquittement et condamner; nous devons avoir toujours raison; nous sommes infaillibles.

Justice communiste, que l'histoire jugera.

Fabrique Samoïlova.

Pour aller au bureau de la direction, nous traversons, en plein midi, la stolovaïa (restaurant) et je suis aussitôt frappé par l'impression la meilleure que j'aie jamais eue, d'une foule ouvrière surprise dans le cadre de son travail.

Une jeunesse étourdie, sympathique – hommes et femmes – grignote un reste de repas et danse au son d'un gramo. Tous bruyants, grisés, visages épanouis. Les signes de fatigue, que je connais bien, sont inexistants chez quelques-uns, visibles chez la plupart, selon qu'on est seul à se nourrir, ou qu'on a d'autres bouches que la sienne à alimenter. Pas de salopettes. Chacun porte ce qu'il trouve, et ça fait un peu foire bariolée. Propreté moyenne. Liberté totale de s'ébattre.

Notre entrée attire toutes les attentions. Les museaux s'allongent. Les yeux s'ouvrent tout grands. Le tapage diminue jusqu'au silence complet, mais tous les visages témoignent d'une vive curiosité. On nous suit jusque dans le bureau du « camarade directeur », envers qui on ne se gêne pas.

C'est là que le comité de fabrique nous reçoit, et c'est tout de suite bien différent. Un seul garçon sympathique, qui pris au dépourvu par nos promptes questions, laisse échapper quelques vérités.

– Qu'est-ce qui a provoqué la convocation de l'assemblée du 1er frévrier et le congé de Roussakov?

– L'article de la *Pravda*, paru la veille; les membres du comité de maison où habite Roussakov et l'exclusion de celui-ci de son syndicat, faite le jour même et sur l'intervention des mêmes membres du Jakt et après la lecture du même article de la *Pravda*.

Or, la loi est formelle : un ouvrier ne peut être congédié que pour crime ou délit commis à l'usine ou pour incapacité de travail (art. 47).

– Roussakov était-il un mauvais ouvrier?

– On ne peut pas dire ça.

– Est-il jamais venu ivre à son travail?

– Jamais.

– S'absentait-il?

– Non.

– Se disputait-il avec ses camarades?

– Non, mais il criait tout le temps contre la hausse des loyers et la diminution du prix du travail aux pièces et il nous traitait de « bandits ».

C'est tout ce que je voulais savoir.

La raison de notre arrivée à l'usine s'est, pendant ce temps, répandue comme une traînée de poudre. On s'écrase à l'entrée du même bureau. Le directeur n'y pénètre qu'à grand-peine.

C'est un porc, ce directeur, depuis sa cervelle, jusqu'à son énorme ventre. Et autour de lui commence à se rassembler tout ce que la dictature « du prolétariat » a de plus porc et de plus sauvagement stupide.

Ecoutez comment elle est renseignée sur le ménage des Roussakov :

– Est-ce qu'il n'y a pas, partout chez lui, des icônes et des veilleuses?

– Imbéciles, Roussakov est un Juif : Josselevitch! Voilà votre documentation!

(Et aurait-il quarante mille « icônes et veilleuses » pendues à son nez, encore aurait-il droit au travail et à la paix. Brutes!)

Nous n'avons plus besoin de palabrer. Mais avant de quitter le bureau, nous tendons un piège au directeur. Il y tombe de toute sa masse :

– Nous espérons pouvoir prouver l'innocence de Roussakov. Et alors il faudra bien que vous lui accordiez à nouveau du travail.

– Ici, jamais.

Merci. Venant d'un tel âne, ce coup de pied aux lois les plus précises du soviétisme, quand elles plaident en faveur de l'ouvrier, cela porte.

Pour prononcer ce « jamais » absolu, le « camarade » directeur a oublié qu'il faut d'abord convoquer une assemblée d'usine, et lui faire prendre une « résolution ».

Je quitte Leningrad, Moscou et l'U.R.S.S., bien plus misérable qu'au temps où j'étais moi-même un de ces ouvriers qu'on écrase sous tous les régimes. Exploiter les hommes, les faire vivre d'un morceau de pain noir, en leur enlevant même le pitoyable droit de rouspéter, puis fusiller celui qui a crié un jour, rien que crié, un peu plus fort que de coutume, cela n'existe nulle part sur la terre, pas même chez Mussolini.

Et voici la fin, l'accord parfait entre le sommet du pouvoir et la dernière hystérique du communisme :

1° Huit mois de procédure, durant lesquels les inculpés crèvent la faim.

2° Liouba Victor Serge dépose le 31 janvier une plainte appuyée d'un certificat médical, prouvant qu'elle a été victime d'une agression dans son propre logement. Aucune suite, contrairement à la loi. La plainte a été reçue. On s'est assis dessus.

3° Premier procès, du 12 au 15 avril, au tribunal populaire du rayon central : effondrement lamentable de tout l'échafaudage. Détail que je fourre dans les oreilles de l'Internationale : réduite à l'extrémité, l'accusation demande le huis clos, pour faire des révélations; on le lui accorde et qu'est-ce qu'elle déclare? « NOUS ÉTIONS MIS LÀ PAR LE GUÉPÉOU POUR ESPIONNER VICTOR SERGE. » Affolement du tribunal, qui rouvre la séance publique et acquitte tous les inculpés, dans les applaudissements d'une salle bondée d'ouvriers, ce qui prouve que la Russie, de même qu'elle peut être humaine, peut avoir de vrais juges, mais attendez.

4° Maintenant, la loi est formelle : dommages-intérêts à payer à l'homme privé de son travail depuis le 1er février; réintégration; réparation publique par voie de la presse, laquelle ne souffle mot.

Allez-vous faire f... Il y a mieux à faire.

5° Fin avril : sur demande du procureur de la ville, le tribunal régional casse l'acquittement, comme contraire aux données, forçant ainsi à condamner. Et en effet, du 10 au 12 mai, le tribunal régional permet à l'accusation de faire tout ce qu'elle veut, d'aller jusqu'à crier en pleine séance : « Nous n'avons pas besoin d'intellectuels dans l'U.R.S.S.! » On écarte la déposition du Dr Nikolaenko, affirmant que la Svirtsieva est atteinte d'hystérie. On écarte son véridique témoignage en faveur de Roussakov. On refuse de lire ma déposition, alors que je suis le seul témoin qui ait vécu chez les Roussakov et qui les connaisse. On terrorise tous les témoins de la défense et on ne tient pas compte de leurs déclarations.

Et quelles sont les peines auxquelles on arrive au prix de tant de violences? D'après les articles du code, se rapportant au cas présent, les accusés devraient être condamnés à des peines allant de six mois à trois ans de prison.

On n'inflige que : trois mois à Roussakov; deux mois

à sa femme, et à Liouba Victor Serge (la battue), un mois – mais, six mois de quoi? De prison? Non. Le législateur soviétique est généreux, il ne veut pas priver ces gens de leur liberté, il les punit seulement de travaux obligatoires.

Qu'est-ce que cela veut dire, en langage communiste, travaux obligatoires? Une chose bien simple : LES CONDAMNÉS VIENDRONT A LA PRISON COMME S'ILS ALLAIENT A LA FABRIQUE, AVEC CETTE DIFFÉRENCE QU'ILS NE SERONT NI PAYÉS NI NOURRIS. BIEN PLUS, ILS AURONT A EXÉCUTER, A TÂCHE, UN TRAVAIL DONT LA QUANTITÉ QUOTIDIENNE NE LEUR EST JAMAIS CONNUE ET QUI LEUR EST DISTRIBUÉ DE LA FAÇON LA PLUS ARBITRAIRE QUI SOIT, A LA TÊTE, SELON LE DEGRÉ DE LA SOUMISSION, SELON LA SOMME DE MOUCHARDAGE DONT VOUS ÊTES CAPABLES.

Aucun règlement n'est affiché. Personne n'ose demander communication de celui qui pourrait exister. C'est un lieu immonde, où l'on peut devenir fou ou « apprendre à vivre ».

Voilà le visage de la « Patrie prolétarienne ». Voilà sa justice.

Elle frappe impitoyablement tous les Roussakov qui osent broncher devant la « ligne » établie. Elle frappe jusqu'à des révolutionnaires étrangers, qui se sont fait condamner à mort chez eux, en défendant l'U.R.S.S. et que la « Patrie prolétarienne » a réclamés et reçus chez elle, comme étant ses meilleurs fils, à l'exemple de ce Francesco Ghezzi que j'ai bien connu, dont la foi est irréprochable et que le Guépéou vient de condamner à trois ans de prison, sans procès et sans fournir d'explications.

D'un bout à l'autre de l'empire, maté par la trique du fascisme communiste, les Sibéries gémissent des cris des Roussakov, des Ghezzi, d'autres hommes encore, que le communisme créateur et justificateur du fascisme mussolinien a d'abord employés à sa sale besogne, puis, jetés en prison.

Il n'est plus du tout question de socialisme, mais d'une terreur qui traite la vie humaine comme un matériel de guerre sociale, dont on se sert pour le triomphe d'une nouvelle et monstrueuse caste qui raffole de fordisme, d'américanisation, de produits Coty, de toilettes parisiennes, d'une caste cruelle, avide de domination et si belliqueuse, qu'elle est prête à sauter à la gorge de cette Chine, coupable d'avoir osé se débarrasser d'une concession qui date du tsarisme, et qui demeure une honte dans laquelle les révolutionnaires n'ont pas à tremper. (Ô, *Temps*! te voilà enfin aux côtés des « communistes » pour accuser la Chine d'avoir « violé un contrat », semblable à celui que tous les impérialismes possèdent, et dont ils veulent imposer le respect!)

Cette caste, ignorante, vulgaire, perverse, est en majorité constituée par une jeunesse venue au monde depuis le début de ce siècle. Elle ne sait et ne veut rien savoir de ce qui avait fait la grandeur et la force de l'idéalisme révolutionnaire russe d'autrefois, aujourd'hui objet de musées, haillon miteux qu'elle a scrupuleusement catalogué parmi les choses mortes. Elle ne connaît que les « mots d'ordre » d'un pouvoir dont elle est le ciment et l'armature. Déploiements de bannières : *Internationale* écoutée debout; « coins de Lénine »; haut-parleurs; immenses calicots couverts de phrases; des phrases pour juger la vie; des phrases toutes faites pour remplacer les idées; le Guépéou pour remplacer les arguments; la censure pour éviter, la critique : un universel vide, dont elle se gargarise et se sert pour dominer.

Pour lui arracher des mains quelques-unes, au moins, des victimes que cette caste dévore, nous n'avons rien épargné. Mais toutes les démarches faites par les intéressés, là-bas, depuis mon départ, tous mes télégrammes et toutes mes lettres d'ici, à Kalinine, à Rafaïl, au procureur Krilenko, sont restés sans effet et sans réponse.

Voici la fin de ma lettre du 1er juillet, au procureur de la R.S.F.S.R., Krilenko :

« ... J'ai dit : si cette famille est coupable, je veux être condamné avec elle et partager son sort. Or, voilà que, après avoir été brillamment acquittés en avril dernier, trois de ses membres, Roussakov en tête, viennent d'être condamnés avec un tel déni de justice, qu'il m'est impossible de ne pas vous signaler le scandale et de ne pas rappeler ici que je me solidarise avec les condamnés; je suis prêt à venir à Leningrad et à subir la même peine.

« Je vous prie, camarade Krilenko, de ne pas prendre cette déclaration pour une phrase : si ce jugement devient définitif, je vous demanderai de me faire partager le sort de ceux avec lesquels je me suis solidarisé; au besoin, je vous le demanderai publiquement, non sans avoir d'abord soumis l'affaire au jugement public de l'Internationale communiste. »

Le jugement est devenu définitif le 3 juin. Le 5 juin, l'humaine *Pravda* communiste publie cette fois le verdict, en qualifiant les accusés d'éléments antisociaux et en comparant une nouvelle fois Roussakov à Kalganov.

Ô, Kalganov! Assassin qui as ouvert le ventre d'un président à la Svirtsieva et qu'on a fait passer par les armes : permets à un ennemi de ta « classe » de tremper ses yeux dans ton sang et de demander si tu n'étais pas, après tout, un Roussakov poussé au désespoir, puisque, depuis ton geste, des ouvriers authentiques ont répété ton acte de vengeance, ont tué des présidents pareils à celui dont la terreur a armé ton bras et t'a fait commettre ce crime, à dix ans de distance du jour où s'est accomplie une expropriation que tu as grandement eu le temps d'oublier. Mais tu n'as trouvé personne, personne au monde, qui intervienne en ta faveur, pour « emmerder » les Kalinine, les Krilenko, les Komarov, les Tchoudov, les Rafaïl; tu n'as trouvé que le sombre couloir où un « communiste dans la ligne » fait marcher un bruyant moteur, pendant qu'un autre « communiste dans la ligne » fait partir la balle, que reçoivent à bout portant, et sans le savoir, tous ceux qui osent crier : au secours!

Au nom de quarante ans de souffrances et d'une vie que je tiens à la disposition de tout homme honnête pour l'examiner, je demande justice pour tous les Roussakov et pour tous les Kalganov, qui vivent et meurent dans l'Union des Républiques Soviétiques Socialistes d'aujourd'hui.

CONCLUSIONS POUR COMBATTANTS

N'est combattant, à mes yeux, que celui qui subordonne ses intérêts individuels aux intérêts de l'humanité meilleure qui doit venir.

Je crois en cette humanité. Elle existe aujourd'hui, comme le soleil existe pendant la nuit. Plus d'une fois ma boue l'a touchée. Plus d'une fois, dans mes innombrables heures de détresse, sa main m'a relevé de terre.

Tout ce que j'ai fait de bien et de beau, c'est à elle que je le dois. Je n'ai pas fait que du bien et du beau : j'ai eu ma part de boue; je l'ai encore; je l'aurai toujours. Mais je suis malheureux quand cette boue me déborde et heureux à mourir, quand j'attrape un rayon de lumière de la belle humanité.

C'est pourquoi je veux lui consacrer toutes mes forces, aider tous ceux qui combattent pour elle.

Je ne crois plus à aucun « credo ». Je ne veux plus écouter ce que les hommes disent, mais seulement regarder ce qu'ils font :

– Montrez-moi ce que vous pouvez retrancher de votre vie et je vous dirai à quel prix vous estimez la vie des autres.

Nous n'échappons à l'avilissement qu'en soudant

notre existence à tout ce qui vit. Ce n'est qu'ainsi que nous devenons libres : en sentant tout ce qui fait autour de nous le bien et le mal.

Une flamme, après mille autres, vient de s'éteindre, sur une vaste terre riche d'espoirs. Ce n'est plus aujourd'hui sur cette terre-là, que le souffle froid de l'égoïsme, qui glace la vie.

Mais c'est toujours la terre d'où jaillissent les plus belles flammes qui réchauffent l'humanité. Par cela elle est sacrée et pleine d'avenir.

Aidons-lui à ouvrir ses entrailles généreuses à notre âme assoiffée de bien et de beau.

ALLONS VERS L'AUTRE FLAMME.

II

Documents annexes

Nous publions ci-après un certain nombre de documents qui se rapportent au sujet traité dans cet ouvrage.

ITINÉRAIRE DU VOYAGE DE PANAÏT ISTRATI EN U.R.S.S.

Invité par Voks, à l'occasion du Xe anniversaire de la révolution d'Octobre, Panaït Istrati part en voiture avec Christian Rakowsky, quittant Paris le 15 octobre 1927, par la porte de Pantin.

Le voyage en auto s'achève à Francfort, d'où ils prennent le train rapide vers Berlin-Riga. Ils arrivent, le 19 octobre 1927, à Siébège – à la frontière de l'U.R.S.S. D'ici, il envoie à Romain Rolland, une carte postale : « Comme vous le voyez, je suis parti... Je suis heureux! Terre nouvelle! Tout est lutte et espoir chez les vaincus. Je vais avec les vaincus! Amitié! »

20 octobre 1927 : Arrivée à Moscou. Déclaration faite au quotidien *Pravda.* Il avoue son intention de quitter l'Occident et de s'établir en U.R.S.S. Hébergé à l'hôtel International, Tverskaïa Ulitza, n° 61.

31 octobre 1927 : Visite à Leningrad, avec les autres invités étrangers. Rencontre avec l'écrivain révolutionnaire Victor Serge.

Début novembre 1927 : Retour à Moscou. Logé à l'hôtel Passage, qui devient sa résidence pendant toute la durée de son séjour.

Panaït Istrati assiste à la grande parade, sur la place Rouge, en l'honneur du Xe anniversaire de la révolution d'Octobre, aux côtés des délégués français : Francis Jourdain, Paul Vaillant-Couturier, Léon Moussinac et d'autres invités s'étrangers.

13 novembre 1927 : Rencontre avec l'écrivain grec Nikos Kazantzakis, à l'hôtel Passage. Une rencontre qui devint grande amitié.

De ce jour-là, Nikos Kazantzakis devient « le compagnon de route » dans son périple soviétique.

16 novembre 1927 : Départ en excursion officielle : Moscou-Ukraine-Géorgie-mer Noire. « Notes de voyage », envoyées à Romain Rolland.

20 novembre 1927 : Panaït Istrati traverse le Caucase.

6 décembre 1927 : Retour à Moscou.

10 décembre 1927 : Panaït Istrati arrive à Kiev. Rencontre avec des vieux révolutionnaires.

22 décembre 1927 : Odessa. Avec Nikos Kazantzakis, ils préparent leur voyage en Grèce.

25 décembre 1927 : Lettre collective, adressée à Staline : « Nous allons maintenant en Grèce, crier notre enthousiasme de ce que nous avons vu dans l'U.R.S.S. » (Restée sans réponse.) Départ d'Odessa, vers Athènes, sur le bateau *Tchitcherine*.

31 décembre 1927 : Arrivée au Pirée, puis Athènes.

3 janvier 1928 : Accueil enthousiaste. Violentes attaques dans la presse réactionnaire grecque. Visite à l'hôpital Sotiria, pour tuberculeux. Visite à la prison Singros où il prend la parole en faveur des détenus communistes.

11 janvier 1928 : Conférence au théâtre Alhambra, suivie d'un meeting, place Omonia, où l'on chante *L'Internationale*. Bagarre dans la rue avec la police.

15 janvier 1928 : Inculpé d'agitation communiste, les autorités ne lui renouvellent pas son permis de séjour.

Il se retire à Kifissia, jusqu'à la fin du mois. Là-bas, il termine *Les Chardons du Baragan.*

6 mars 1928 : Retour en U.R.S.S. à Kiev. Nikos Kazantzakis est resté à Athènes, pour suivre leur procès. Acquitté, il rejoint Istrati, à Kiev, en avril 1928.

28 avril 1928 : Voyage avec N. Kazantzakis sur le Dniepr, pour les fêtes du 1er Mai et en hommage au poète Tarass Chevtchenko.

Fin mars 1928 : Voyage à Mourmansk. Ensemble ils visitent Alexandrovsk, les îles Solovievski, Arkhangelsk. Puis rentrent à Moscou. Malade, Panaït Istrati cherche un climat plus doux et part pour Yalta en Crimée. Les médecins lui imposent « de rester immobile, un mois durant, sur une chaise longue, de ne plus fumer et d'être sage ».

Début mai 1928 : Retour à Bekovo, à quarante kilomètres de Moscou. Séjour avec Kazantzakis, Eleni Samios et Billili. Intervention de Panaït Istrati en faveur de Victor Serge.

28 mai 1928 : Rencontre avec Maxime Gorki, dans le bureau de la maison d'éditions Gossizdat (article dans *Les Nouvelles littéraires* du 16 juin). « C'est un gaillard qui fume comme un Turc et m'a dit qu'il voudrait boire avec moi " une bouteille de bon vin français ". »

1er août 1928 : En route vers la République autonome de Moldavie, où il rencontre une vieille amie, la doctoresse Ecaterina Arbore.

30 août 1928 : Nijni-Novgorod, d'où commence « le grand voyage ».
Istrati visite l'hôpital où se trouvait, malade, Henri Barbusse.

3 septembre 1928 : Panaït Istrati erre trois jours à

Kazan, où il cherche en vain l'ombre de Mikhaïl : « Je me demande s'il a vraiment existé. »

9 septembre 1928 : Erivan.

10 septembre 1928 : Saratov – Pokrovsk – Stalingrad.

18 septembre 1928 : Astrakhan. Il retrouve Christian Rakowsky en exil.

20 septembre 1928 : Istrati prend le train pour Tiflis en Transcaucasie et traverse les hauts cols caucasiens par la fameuse route militaire Tiflis-Vladicaucase. Il arrive à Tiflis le 30 septembre.

15 novembre 1928 : Bakou et la région vinicole de Telav (Kakhétie).

27 novembre 1928 : Batoum et l'Azerbaïdjan.

1er décembre 1928 : Soukhoum en Abkhasie, puis à Novorossisk, transporté sur le bateau *Lénine*.

2 décembre 1928 : Rostov, d'où il remonte à Kiev, réclamé par les studios Voufkou.

19 décembre 1928 : Retour à Moscou. Envoi de deux lettres à Guerson, secrétaire du G.P.U., dans lesquelles il précise sa position.

30 décembre 1928 : A Leningrad, dans le foyer de Victor Serge, où, avec Kazantzakis et sa femme, ils fêtent ensemble le Nouvel An.

L'affaire Roussakov.

11 janvier 1929 : Préparatifs de rentrée en France.

15 février 1929 : Retour à Paris.

20 mai 1929 : Istrati annonce à Romain Rolland, dans une carte postale, qu'il a terminé le premier volume de la trilogie *Vers l'autre flamme* : « Ami, j'ai cassé la vaisselle. »

15 octobre 1929 : Sortie du premier volume de *Vers l'autre flamme* : « Ce sera, écrit-il, un terrible pétard dans toute l'Europe, car ces volumes sont, comme leur titre l'affirme : *Feu et flamme* ! »

DEUX LETTRES ADRESSÉES A GUERSON, SECRÉTAIRE DU G.P.U.

Novi-Afon (Abkhasie), le 4 XII 1928

Cher camarade Guerson, secrétaire du Guépéou,

Nous sommes au terme de notre seconde tournée dans l'U.R.S.S. Après le Nord et la Volga, nous venons de finir la Transcaucasie. Auparavant, j'avais déjà visité, sans Kazantzakis, la République moldave et la Crimée. Ainsi, il ne nous reste plus que le Turkestan et la Sibérie, c'est-à-dire encore six mois de voyage.

Mais, avant de me décider à cette dernière tournée, il est utile que je vous parle en toute franchise, car, plus je fouille la vie soviétique, plus ma responsabilité devient lourde devant ceux qui, en Europe, attendent que je dise ma pensée. (Tout ce qui pourrait paraître dans les journaux, signé par moi et Kazantzakis, n'est écrit que par ce dernier, sans un mot de moi, je le dirai publiquement, me réservant ensuite de dire tout ce que je pense, si bon me semble.)

Or, cela ne m'est pas facile.

Sur l'Union soviétique, trois genres d'écrivains peuvent se prononcer facilement, à savoir :

1) Les neutres, faiseurs de livres plus ou moins bienveillants, tels Duhamel, Viollis etc.

2) Nos ennemis, tel Henri Béraud, détracteurs professionnels de l'Union.

3) Nos amis, tel Henri Barbusse, apologistes tout aussi professionnels.

Je puis vous dire que le genre Kazantzakis, auquel j'ai donné tout mon concours, est celui que je crois le plus honnête et le plus courageux, tout en étant réservé, mais ce n'est encore pas ma façon de dire les choses.

Vous me comprendrez facilement quand je vous dirai que, pour moi, le problème soviétique est un drame intime. Je suis un révolté de naissance et un vieux révolutionnaire. Je ne suis pas venu dans l'Union pour chercher des sujets de livres, mais pour voir si je ne peux être utile à la cause prolétarienne.

Aujourd'hui je sais que je peux lui être utile, à une condition : c'est de ne pas écrire comme Barbusse.

Quand un écrivain renonce à tout sens critique et devient la cloche fêlée d'une idée, il n'est plus un homme écouté et il ne sert plus la cause qu'il croit défendre, il la compromet.

Je pense exactement la même chose du révolutionnaire militant qui fait comme Barbusse : il tue l'idée.

Pour cela, je ne veux pas dire que nous devons nous livrer à des bavardages et à des commérages qui nous plongeraient dans le chaos bourgeois, mais il y a ici des maux dangereux qu'il faut nommer par leur nom.

Il y a, dans le Parti, des hommes indignes de leur place et qui font tout pour s'y maintenir. Ceux-là ne sont plus des révolutionnaires, encore moins des communistes.

Il y a, pour l'ouvrier du Parti, la peur de critiquer ces hommes-là, la peur de perdre son gagne-pain et même de se voir emprisonner.

Il y a des hauts fonctionnaires communistes qui se plaisent à mener une vie qui offense la dure existence de l'ouvrier. J'ai même vu des membres du Guépéou en uniforme, exhibant dans les kurorts des épouses aux toilettes peu convenables.

Il y a une espèce de soi-disant « écrivain prolétarien », qui n'est rien moins qu'un parasite, vivant sur le dos de la classe ouvrière. Cet homme-là aime trop les banquets où il peut vider des bouteilles, débiter des sottises politiques et crier : « Vive la littérature prolétarienne! »

Il y a, enfin, une inhumaine persécution des membres de l'Opposition, qu'il faut tenir à l'écart, c'est entendu, mais qu'il ne faut pas pousser à la folie et au suicide.

Je vous dis tout cela, en bon communiste, en bon bolchevik.

Je n'ai pas besoin de vous dire que je n'ai pas vu que cela, en parcourant l'Union. J'ai vu aussi et surtout l'œuvre socialiste, qui m'a, à chaque pas, fait crier de joie. Mais, si vous voulez que j'en parle avec force, il faut me permettre de dire aussi le mal, de le dire avec mesure, avec pitié, avec ménagement, mais de le dire.

Je vous demande ce consentement, je le demande au Parti.

Si vous me l'accordez, j'écrirai mes impressions sur l'Union Soviétique. Si non, je me tairai, en public et en particulier, ici et à l'étranger.

Je vivrai seul.

Votre dévoué

PANAÏT ISTRATI.

Dans quinze jours, je serai à Moscou et viendrai vous voir.

*

Note du 15 mars 1929 (adressée à Romain Rolland) :

Quand j'ai pris cet engagement, je me figurais, dans ma naïveté, que les hommes du pouvoir sont de bonne foi, qu'ils ignorent la pourriture au-dessus de laquelle ils trônent, et je croyais qu'il suffisait d'une voix puissante et amie qui leur signale les maux pour qu'ils se ressaisissent.

Depuis, l'horrible affaire Roussakov m'a prouvé que le pouvoir est conscient du mal qui ronge la Révolution, mais qu'il ne supporte aucune critique. Cela me délivre de mon engagement, car on ne peut plus rien attendre de ce pouvoir; il ne fera rien si on le traite avec douceur; il faut frapper.

P.I.

*

Moscou, le 19 XII 1928
Hôtel Passage

Cher camarade Guerson,

Me voici à Moscou, depuis trois jours. Etant très occupé en ce moment, je voudrais, avant de vous voir, compléter la lettre-programme que je vous ai envoyée de Novi-Afon, le 4 XII dernier.

Mon attitude définitive (je l'espère au moins) se résume ainsi :

1) Aucun retour complaisant vers le capitalisme et la bourgeoisie, lesquels seront à détruire malgré les défaillances idéologiques et morales du régime soviétique.

2) Les maux actuels du régime soviétique sont, à mes yeux, remédiables, à condition de les frapper.

3) Confiance absolue dans la classe ouvrière soviétique, qui doit trouver la force et les moyens de guérir les maux de son propre régime et d'entrer dans une voie de réalisations socialistes plus efficace et moins féconde en erreurs.

4) Je ne crois nullement que ce redressement incombe à l'Opposition, ainsi que le pensent certains oppositionnistes obtus, par contre, laissée à elle seule, l'Opposition est capable d'erreurs tout aussi graves.

5) Je ne vois qu'un seul moyen de sortir de l'impasse critique actuelle; c'est :

a) de cesser de combattre l'Opposition par des moyens de terreur;

b) proclamer le droit de critique *dans le Parti* pour tous les membres, même pour les exclus pour faute d'oppositionnisme; et

c) de créer le vote secret, dans le Parti et dans les syndicats.

Voilà ce que j'appelle être aujourd'hui un bon communiste.

Je voudrais être ce communiste par tous les moyens dont je dispose. Ici, il m'est impossible, sans le consentement du Parti. Et à l'étranger, – où ma parole sincère pourrait déclencher une polémique ignoble dans le camp adverse, – je ne voudrais pas combattre non plus sans avoir votre approbation, car je ne suis ni un oppositionniste, ni un anarchiste, mais un collaborateur de l'œuvre soviétique.

Je crois profondément dans les forces vives qui se taisent aujourd'hui au sein de la classe ouvrière, *laquelle doit vraiment dicter, ce qui n'est pas le cas en ce moment.*

C'est là, mon programme. Je suis prêt à mourir en le soutenant.

Votre sincère,

PANAÏT ISTRATI.

L'OPINION DE ROMAIN ROLLAND SUR LES DEUX LETTRES ADRESSÉES AU G.P.U.

Au mois de mai 1929, Panaït Istrati envoie à Romain Rolland les deux lettres qu'il avait adressées au secrétaire du G.P.U. Après les avoir lues, l'écrivain français lui répond :

Mercredi 29 mai 1929

Je viens de lire à Madeleine vos deux lettres au Guépéou. Elle en est profondément émue et les trouve, comme moi, MAGNIFIQUES.

Mais comme moi, – elle pense *que vous ne pouvez pas, que vous ne devez pas* les publier en ce moment, ni surtout les laisser publier par Boris[1], ou les amis de Serge[2]. Ce serait un coup de massue que les malheureux assèneraient à la Russie tout entière, dans l'illusion d'écraser la mouche de pourriture qui lui ronge les yeux. Vous avez fait ce que vous deviez, ce que vous pouviez. Vous ne pouvez rien de plus. Ces pages sont sacrées. Elles doivent être conservées dans les archives de *la Révolution éternelle*. Dans son livre d'or. Nous vous aimons encore plus et *vous vénérons*, de les avoir écrites. *Mais ne les publiez pas!* Malgré vous, cela

1. Boris Souvarine.
2. Victor Serge.

prendrait aujourd'hui l'aspect d'un acte de vengeance, qui en diminuerait la grandeur. Et hélas! cela ne servirait en rien à la Révolution russe, mais à la réaction européenne, dont les oppositionnistes font aveuglément le jeu. Situation tragique, déchirante. Mais il faut supporter virilement ce qu'on ne peut pas empêcher.

Vous avez fait ce que doit. « Advienne que pourra! »

Quant à un plan d'action pour vous, je n'en vois pas de réellement efficace, à l'heure présente. Il est évident que ces hommes au pouvoir sont trop compromis, dépendant trop les uns les autres de leur concours matériel, pour tenir compte de tout ce que vous direz. Leur *ultima ratio* est la force. Tant qu'ils l'auront, ils en useront.

Et malheureusement, leur force détruite, aucune autre n'est de taille à se maintenir à la tête de la Russie révolutionnaire. On ne peut que hâter le processus de décomposition – les guerres civiles, dont ceux qui profiteront seront les puissances d'argent en Europe et Amérique.

Votre rôle est de sauver des ruines, les flammes d'idéalisme héroïque que vous avez recueillies, çà et là, dans les peuples de Russie et d'en réchauffer – sinon la génération actuelle – du moins celle de demain, qui est enfant aujourd'hui, afin qu'elle puisse reprendre un jour le combat.

ROMAIN ROLLAND.

INTERVIEWS

UNE HEURE AVEC PANAÏT ISTRATI : RETOUR DE RUSSIE

– *Votre arrivée, Istrati, est aussi imprévue que votre départ.*

– Mon départ, vous souvenez-vous, le 15 octobre 1927, fut décidé par l'affection : mon vieil ami Rakowsky quittait l'ambassade de la rue de Grenelle. Mon arrivée d'aujourd'hui fut également décidée par l'affection : des devoirs impérieux me rappelaient en France. J'ai été formé à l'école du révolté-né, et je ne conçois pas que ce qui est du domaine de la foi puisse devenir une profession.

– *En effet, Istrati, vous ne dépassez jamais la limite où la vocation tourne en utilité. Dans votre préface à* Kyra *vous avez écrit : « Je ne suis pas un écrivain de métier et je ne le serai jamais. »*

– Parfaitement, Lefèvre. Je ne suis pas non plus un révolutionnaire de métier et je ne le serai jamais. Contrairement aux révolutionnaires bourrés de doctrine dont la plupart trahissent à tour de bras, ma route, depuis 1902, n'a jamais dévié. Je suis resté le révolutionnaire sentimental qui a soudé son destin à celui des vaincus du cuirassé *Cneaz Potemkine*, au débarquement desquels j'assistai en 1905, à Constantza. Je me souviens du grand Matouchenko, le chef des révoltés dont le regard et le dur visage exprimaient cette foi révolutionnaire qui jamais ne devient profession. Je vois encore la souffrance profonde que trahissaient leurs faces brunies tandis qu'ils vendaient pour trois francs les rubans de leurs bérets portant l'inscription « Cuirassé *Cneaz Potemkine* ». Et, comme cela se passe à présent pour certains livres à tirage limité, quelques semaines plus tard, les richards de la ville s'arrachaient ces mêmes rubans à coups de billets de cinquante francs.

Ce fut un des épisodes de la révolution russe de 1905, quand, Gorki emprisonné, le monde entier se leva pour protester.

– *Mais Gorki, aujourd'hui, est fêté par un peuple en délire?*

– Oui, il a été fêté comme jamais roi ne le fut. Les peuples sont toujours prêts à fêter, mais ils sont également prompts au jugement le plus sévère.

– *Est-il vrai, comme on me l'a rapporté, que des ouvriers d'usine appellent maintenant le romancier populaire d'un autre nom, et que Gorki (l'amer) est devenu « statki » (le sucré)?*

– C'est vrai, hélas! Sans même peut-être qu'il soit fautif, car Gorki est un homme douloureux, mais c'est toujours ainsi quand les officiels – fussent-ils révolutionnaires – s'en mêlent; les hommes les plus sincères doivent renoncer à une partie du meilleur d'eux-mêmes.

– *Comment se fait-il que Maxime Alexievitch « l'amer » accepte de se faire porter en triomphe d'un bout à l'autre de la Russie, puis la quitte, s'enferme dans un silence prudent, et aille vivre à Sorrente, réussissant cette inquiétante conciliation de donner son adhésion à la révolution prolétarienne et de choisir comme patrie permanente le pays où règne Mussolini?*

– C'est qu'il aime le soleil, comme moi!

– *Réponse d'Oriental, Istrati! En somme le peuple russe croit toujours aux faux dieux!*

– Pas tant que cela. Les peuples n'ont pas dit leur dernier mot, ils ne le diront peut-être pas de sitôt.

TROTSKY ET L'OPPOSITION

– *A propos, que signifie cette histoire de l'opposition trotskyste? Une telle croisade contre Trotsky me semble marquée du plus pur esprit fasciste?*

– Les dirigeants bolcheviques ne sont pas des fascistes. Ils croient dur comme fer que Trotsky est un contre-révolutionnaire et que son Opposition est néfaste à la Révolution.

– *Mais vous n'êtes pas de l'avis des dirigeants?*

– Non, pas du tout. Trotsky, ou l'Opposition, c'est la réserve d'or de la révolution russe. Sans cette réserve, vraiment, je ne sais pas comment il y aura un progrès révolutionnaire en Russie et dans le monde. Ce serait déjà le piétinement, l'enlisement...

– *Est-il vrai que les ouvriers des usines, par de nombreuses résolutions, ont déclaré : « Il n'y a plus de place pour Trotsky et les trotskystes dans l'Union soviétique?*

– Non, ces résolutions sont postérieures à l'expulsion de Trotsky et elles ne signifient rien. L'organisateur de l'Armée rouge fut exilé en Turquie par la volonté de quelques hommes. Cependant, ces hommes n'en sont pas moins des révolutionnaires eux-mêmes.

Je puis le dire, je ne suis pas trotskyste. Je ne suis que l'homme de la rue.

– *En somme, la révolution russe se calme. Demain, elle recevra la visite du pape et signera un concordat. Notez bien que je ne juge pas, je constate simplement que plus ça change, plus c'est la même chose. Qu'avez-vous gagné à nous quitter, Istrati? En partant, vous avez déclaré avec cette belle jeunesse qui vous caractérise : « Je pars pour vivre toute ma vie en Russie. » Mais, sans doute, vous êtes-vous rendu compte que la France était encore le pays où les révolutionnaires peuvent respirer le plus librement. Je demeure surpris qu'un individualiste aussi forcené que vous ait mis seize mois à s'en apercevoir.*

– Mon cher Lefèvre, cela se voit que vous n'êtes pas allé en Russie. Ce pays-là est aujourd'hui le seul qui permette tous les espoirs aux vrais révolutionnaires. Ceux-là mêmes qui commettent de graves erreurs en ce moment, n'en contribuent pas moins au renouvellement du monde. C'est la chaudière où bout le meilleur de l'âme humaine de demain. Ne nous érigeons pas en juges, ne regardons pas uniquement du côté négatif.

– *Vous êtes bien bon! Le jour où Trotsky sera tué à Constantinople par l'un des trente mille wrangéliens qui végètent en Turquie, trouverez-vous que cela sera si négatif pour « le vieux Léon »?*

– Je suis heureux de vous entendre poser cette question. Elle est sur les lèvres de tous ceux qui, en Russie et dans le monde, croient à une vie nouvelle assise sur des bases vraiment révolutionnaires. Quand vous parlez des révolutionnaires qui doivent pouvoir « respirer », vous oubliez que là où toute nouvelle vie commence à germer, la respiration est d'abord très difficile. C'est pourquoi je comprends les violences des mêmes frères bolcheviks qui se prennent au collet, mais le prolétariat doit lutter de toutes ses forces pour éviter à notre soif d'espoir, des catastrophes irréparables. Pour moi, Staline et Trotsky sont tous deux de bons révolutionnaires. Je n'ai vu de vraiment contre-révolutionnaire, en Russie, que ce funeste appareil bureaucratique composé de rongeurs, communistes ou sans-parti, qui grignotent et menacent d'écroulement la belle œuvre sortie de la révolution d'Octobre.

ISTRATI TÉMOIGNE...

– *Somme toute, rentrez-vous content ou non?*

– Je rentre raffermi. J'étais parti armé uniquement d'élans. Je reviens cuirassé de certitudes. En voici quelques-unes : une classe ouvrière révolutionnaire comme nulle part ailleurs; un pouvoir communiste qui a fait et qui fait tout son possible pour relever cette sixième partie du monde faites de ruines, d'ignorances, d'égoïsmes.

J'ai parcouru la Russie de l'océan Glacial aux monts Ararat, la Volga, la Crimée, l'Ukraine. Partout on trouve la marque de la même volonté créatrice.

A Alexandrovsk, à quarante-cinq kilomètres de Mourmansk, là où l'océan Arctique pénètre dans le golfe de Kola, vous voyez se dresser au milieu d'une émouvante solitude polaire un « Institut océanographique » dont le directeur, savant, en même temps que communiste d'élite, vous parle avec ferveur de la civilisation prolétarienne à ses débuts. Il est là, aux confins du monde, le pionnier éloquent d'une cause qui a encore besoin d'être défendue.

A l'autre extrémité de cette immense terre, dans le

terrible désert sablonneux du delta de la Volga, vous rencontrez un homme aux jambes paralysées qui court à l'aide de ses béquilles et vous montre avec orgueil une tentative cyclopéenne : la lutte de l'homme contre l'envahissement des sables voyageurs qui chassent les villages et qui menacent d'entraver la navigation du plus grand fleuve du monde.

Avec les mêmes yeux de fanatique, cet infirme, le tovarichtch Orloff, vous expose les étapes de cette lutte : il s'agit de millions d'hectares de dunes traîtresses qu'on doit d'abord fixer à l'aide de plantes spéciales dont les racines sont longues de huit mètres, puis il faut rendre fertile tout ce désert qui, jusqu'à ce jour, causait d'incalculables ravages.

Dans la pauvre République tatare de Kazan, où l'effroyable trachome (maladie des yeux) avait fait et continue à faire des milliers de victimes chaque année au sein d'une brave population paysanne, s'élève aujourd'hui le grand institut Lénine contre le trachome. C'est une installation des plus modernes et qui ferait honneur à tout pays civilisé. Jeunes savants enthousiastes; un dévouement sans borne; les plus larges moyens à leur disposition.

Au cœur du sauvage Caucase, vous rencontrez des écoles et des « stations agronomiques » bâties au-dessus d'anciennes prisons tsaristes. Le paysan vous les montre et vous dit, souriant : « C'est nous qui avons fait cela. »

A quarante kilomètres de Moscou, la Troudovaïa Komouna prouve, à qui la visite, comment, par des moyens civilisés, on peut réintroduire sans danger dans la société les bandits les plus authentiques.

Il y a là, hommes et femmes, cinq cent vingt individus jouissant des mêmes avantages que les ouvriers libres. Pas de garde-chiourme, pas de murailles. Ils ont formé leur propre police, s'administrent eux-mêmes, se marient et vivent d'un labeur honnête.

Quant aux fameux bezprizoniés (enfants abandonnés), les trois quarts d'entre eux – et ils étaient nombreux! – sont déjà casés dans des maisons d'éducation où ils trouvent les soins et les conseils les plus fraternels.

Mais sur ce chapitre, si je dois continuer...

– ... *D'autant que ce n'est pas précisément sur ces réformes, sur ces améliorations – dont je reconnais l'excellence, mais qui n'ont rien de spécifiquement révolutionnaire (je veux dire qu'elles ne procèdent pas d'un esprit révolutionnaire et qu'elles auraient pu être très bien opérées par un régime bourgeois) – que je voulais vous interroger. Notre ami Barbusse n'est-il pas là pour commenter les statistiques, lui qui juge opportun de consacrer tout un reportage à sa visite « au plus vieil homme du monde »?*

Après un séjour de seize mois dans l'U.R.S.S. – le plus long séjour qu'y ait fait un écrivain français – nos lecteurs attendent de vous des déclarations plus courageuses. Ce que nos lecteurs veulent savoir de vous, c'est ceci : Les citoyens de l'U.R.S.S. ont-ils perdu complètement le goût de dominer, qui est si foncièrement ancré dans l'âme humaine? Ont-ils définitivement renoncé à toute sympathie pour les choses irrationnelles? Enfin, ont-ils étouffé en eux les désirs de luxe, de superflu? Une dernière question : Ont-ils le culte de la liberté d'esprit, cette liberté d'esprit qui fleurit si magnifiquement chez nos écrivains et nos penseurs dans les années qui précédèrent notre Révolution?

– Vous êtes dur, Lefèvre. Ne m'accusez pas de manquer de courage surtout. Dans mon livre sur l'U.R.S.S., je tâcherai de répondre à toutes ces questions brûlantes. Mais n'oubliez pas que la Révolution fait son chemin en passant par-dessus toutes les inconséquences doctrinaires et même en fermant les yeux sur celles dont se rend parfois fautif tel ou tel communiste.

– *C'est vraiment s'en tirer à bon compte; allons, puisque vous ne voulez pas livrer ici toute votre vérité, demeurons modestement sur le plan littéraire et parlez-moi de la vie et de leurs œuvres. Dites-moi surtout s'ils peuvent créer joyeusement dans la liberté nécessaire à tout artiste?*

– Je vous le dis franchement : toutes les vérités ne m'intéressent pas, et ce n'est pas gentil de soupçonner que je vous cache je ne sais quelle vérité. C'est une vérité banale que de dire, par exemple, que le communisme n'a pu être réalisé aussi promptement qu'on l'eût désiré. Est-ce que cela prouve autre chose que ceci : nous ne sommes pas assez nombreux à vouloir la réalisation du communisme. Et peut-on parler d'échec le lendemain de la plus grande révolution de l'Histoire, dans le pays le plus arriéré du monde?

Vous invoquez « la grande et sainte liberté de création littéraire » là où, dès le début et franchement, on a déclaré que toutes les libertés ayant fait jusqu'ici faillite, on entendait créer le nouveau monde au moyen d'une dictature prolétarienne faisant table rase des anciennes libertés qui menaient droit à l'esclavage. Dites-moi à quoi aboutit en Occident la liberté de créer selon son bon plaisir? Pour ma part, – et tout en maudissant toute entrave à la liberté, – je crois que cette liberté stérile, lâche, dont nous jouissons dans les pays bourgeois met le lecteur et l'artiste devant une totale impuissance. Dans cet ordre d'idées, n'êtes-vous pas aussi un mécontent? Et peut-on se laisser entraîner à des conclusions sévères en jugeant la Révolution russe d'après le peu de résultats acquis actuellement et en prenant pour des valeurs comparatives ce goût, ces modes qui s'étalent aujourd'hui dans le domaine artistique et littéraire des pays occidentaux?

Mais je ne veux pas confondre votre question avec d'autres questions. Aussi, je vous réponds : « Non, sous le régime soviétique actuel, un artiste ne peut pas créer à sa fantaisie, et le poncif prolétarien est aussi pesant que les autres poncifs. » C'est un des problèmes qui m'inquiètent le plus après avoir constaté avec quelle désinvolture on encourage tous les soi-disant créateurs qui veulent marcher avec la « ligne »; néanmoins, en dépit des rigueurs d'une conception étroite, des œuvres ont surgi. Citons : Babel et sa *Cavalerie rouge,* Gladkov et son *Ciment,* Serafimovitch et son *Torrent de fer*; il y en a encore une douzaine de la même valeur, dont Pilniak et son *Armée nue,* Lebedinski et sa *Semaine.*

– *Et maintenant, vous allez rester en France?*

– Autant que je suis capable de rester quelque part!

Je retournerai en Russie sans doute, mais, pour le moment, il y a la Roumanie où je compte faire d'abord un long séjour, puis l'Amérique que j'ignore totalement et qui me tente, puisque nulle part ailleurs je n'ai entendu, comme en Russie, parler de l'Amérique avec un enthousiasme si nostalgique et si insistant.

– *Le confort matériel, la mécanisation à outrance de la vie, serait-ce donc l'idéal des Soviets?*

– Ma foi, j'en ai bien l'impression, et, pour moi, cet américanisme est plus une menace qu'un idéal.

Réglementer toute l'existence jusque dans ses moindres détails, la bourrer de vitesse, la caser dans ces merveilleuses boîtes que sont les jours qui passent, faire semblant d'être au-dessus de tout ennui, de toute angoisse et de croire que la vie ne doit être que joie d'un bout à l'autre, voilà ce que j'appellerais la fin de la vie. J'ai vu des Américains et des Anglais s'amuser. Des années durant, j'ai vécu tout près d'eux dans les pays de tourisme dont on n'apprend rien, je sais ce que c'est que leur amour, leur amitié et j'affirme que le vieil Orient, voire la France affectueuse, n'ont rien à gagner en troquant leur monnaie sûre contre le dollar-or de la froide joie anglo-saxonne.

– *Est-ce que la joie russe n'est pas la sœur jumelle de la joie américaine?*

– Un peu. Naturellement, je parle de la joie russe d'aujourd'hui, celle d'hier je l'ignore. Je me souviens d'un jeune garçon communiste ou d'un komsomol tout ce qu'il y a de plus authentique nouvelle vie. Parlant d'amour avec lui et des souffrances que l'amour occasionne parfois, le jeune homme me répondit avec une belle assurance : « Souffrir en amour? Pourquoi? *Iest? iest; niet? niet!* » C'est-à-dire : Il y a? il y a; il n'y a pas? Il n'y a pas? Voilà l'amour de l'avenir. Eh bien, je crois qu'il n'y aurait pas énormément de romans d'amour à écrire après cela! Croyez-vous qu'en échange la vie présenterait le même charme, la même complexité?

Nous lisons qu'en Amérique les divorces se font

aussi facilement que les mariages. C'est la même chose en Russie. Pourquoi, alors, le mariage? Est-ce là l'amour? Je trouverais plutôt que c'est l'hypocrisie ou l'intérêt.

LA JOIE, LE BONHEUR, LA FAMILLE...

– *Mais, Istrati, s'amuse-ton en Russie?*

– L'amusement en Russie consiste presque complètement en sports d'allure américaine et en fêtes officielles. Ceci à propos de la jeunesse. Pour les vieux, lorsqu'ils ont fini leur labeur quotidien, ennuyeux s'il s'agit de bureaucrates, assez pénible, s'il s'agit des ouvriers, nous avons pour les premiers le cercle restreint de bavardage politique en mangeant et buvant sec, pour les seconds... s'ils sont de la « ligne », ils s'évertuent à se convaincre eux-mêmes que tout va pour le mieux dans la république rouge; s'ils ne sont pas de la « ligne », c'est le débat ardu, passionnant, sur les maux, les plaies du régime et à qui mieux mieux de proposer un remède, l'anarchiste proposant la « commune libre », le communiste préconisant le « droit de libre discussion » dans le Parti et la suppression de la justice administrative. Certes ce n'est pas toujours de l'amusement.

Quant à la gaieté franche, sans entrave – celle qu'on voit dans les pays capitalistes chez les ouvriers qui se retrouvent, la journée finie dans un sympathique « bistrot » de quartier, – elle n'existe pas. D'abord des « bistrots » il n'y en a pas et ce qui voudrait les remplacer ne sont que de tristes lieux où l'on se saoule sans joie, où l'on n'a rien à dire à son voisin de table, et où souvent vous apercevrez des hommes au visage défait qui se parlent à eux-mêmes. Un orchestre composé de musiciens, que l'on dirait atteints de coliques, raclent leurs instruments ou s'époumonent ridiculement.

– *Et la vie de famille, que devient-elle dans tout cela? Existe-t-elle encore?*

– Oui, elle existe, et parfois plus intense qu'ici. D'abord la femme est plus libre que dans les pays capitalistes, elle est l'égale de l'homme, toutes les possibilités lui sont ouvertes et elle peut faire de sa vie ce que bon lui semble. Pour l'enfance également on fait là-bas plus que n'importe où ailleurs : jardins d'enfants, écoles primaires, écoles supérieures tout cela est à la charge de l'Etat.

Quant au foyer proprement dit, cela dépend de la région et du ménage. La province est plus favorisée que la capitale actuelle et que celle d'hier au point de vue confort et facilité de vie domestique. Et le ménage uni, intelligent, instruit est bien plus intéressant pour l'observateur que celui dont les époux sont presque étrangers l'un à l'autre et remplissent leur vie de cuisine politique et d'ambitions quotidiennes.

Mais, tout compte fait, la vie soviétique est plus émouvante à mes yeux de révolutionnaire que cette vieille vie bourgeoise, aimable mais banale que j'avais quittée sans regret et que je retrouve malgré moi.

Certes il y a là-bas des laideurs, des cruautés qu'on ignore ici. Néanmoins, c'est de ces laideurs, de ces cruautés, que l'humanité verra surgir la vie saine et plus juste de demain.

– *Si on vous demandait : où vous placez-vous dans la politique communiste? Que répondriez-vous?*

– Je réponds tout de suite que je me place à côté de l'ouvrier conscient qui a fait la Révolution et qui, dans l'usine, supporte aujourd'hui le fardeau d'une clique de parti et d'une clique syndicale dont le seul but est de parvenir et de dominer. Aussi je ne connais ni Trotsky, ni Staline, ni Boukharine – c'est-à-dire : la gauche, le centre et la droite – mais simplement les révolutionnaires capables de rendre demain aux Soviets un pouvoir qui n'est plus, depuis longtemps déjà, un pouvoir prolétarien.

Sans quoi, un jour viendra où les mots « communiste » ou « bolchevique » deviendront, aux yeux du prolétariat, plus odieux que celui de « social-démocrate ».

– *Et quel sera le titre de votre livre sur la Russie ?*

– VERS L'AUTRE FLAMME.

FRÉDÉRIC LEFÈVRE.
(Les Nouvelles littéraires,
du 23 février 1929).

PANAÏT ISTRATI NOUS PARLE DE L'U.R.S.S. : SON OPINION SUR LA LITTÉRATURE PROLÉTARIENNE

Panaït Istrati, qui a passé seize mois en Russie, en Ukraine et au Caucase, vient de rentrer à Paris. On connaît le tempérament passionné de ce révolutionnaire indépendant qui magnifia dans plusieurs livres les luttes du peuple roumain contre l'oppression. Parti pour Moscou dans un grand élan d'enthousiasme, l'auteur des *Haïdoucs* a parcouru en tous sens les vastes plaines sur lesquelles flottent le drapeau rouge des Soviets. Il a pris contact avec les milieux dirigeants aussi bien qu'avec l'ouvrier des usines et le paysan des campagnes. Connaissant le roumain et le grec qui se parlent dans certaines Républiques de l'Union puis, vers la fin de son séjour, étant parvenu à se tirer d'affaire en russe, il a pu gagner la confiance des diverses couches de la société soviétique, nepmen, spécialistes, ouvriers sans parti, étudiants, communistes, soldats rouges. Il revient avec un livre *Vers l'autre flamme* qui paraîtra prochainement. Témoignage d'un révolutionnaire qui se place en dehors de toute discipline de parti, ce livre, malgré les critiques qu'il contiendra sur certains aspects de la phase actuelle de la révolution, confirmera pleinement l'adhésion d'Istrati à la cause du prolétariat révolutionnaire.

C'est sur ce point que tout d'abord j'ai voulu interroger Istrati, car dans certains milieux réactionnaires on tente d'exploiter à des fins politiques la partie critique des déclarations qu'il a faites la semaine dernière à Frédéric Lefèvre et que *Les Nouvelles Littéraires* ont publiées. Je lui demande :

– *Rentrez-vous déçu, comme certains le prétendent ?*

– Déçu ? Et pourquoi ? Ce n'est certes pas pour avoir constaté que la lutte est dure, que les hommes y mettent de la passion et qu'il faudra un jour changer de tactique. Je n'ai jamais pensé qu'il y ait quelque chose de perdu. J'étais au courant de la lutte d'idées qui mettait aux prises les révolutionnaires russes. Je savais que je me trouverais en présence de plusieurs tendances révolutionnaires. Où ma surprise a été sincèrement douloureuse, ce fut le jour où je me suis convaincu que les frères révolutionnaires allaient un peu loin dans les moyens employés par eux pour soutenir leurs convictions.

Je sais comment s'y prenaient les minoritaires d'aujourd'hui dans leur lutte forcément souterraine pour exprimer leur opinion : il n'y avait là rien d'hostile au régime soviétique, mais une lutte de tendance au sein de ce régime. Ils discutaient, avec des arguments toujours révolutionnaires, la politique de la majorité. Or, les majoritaires eux-mêmes ne niaient pas certains résultats négatifs d'une politique où une large collaboration de tous les communistes n'a pas été possible.

Y a-t-il là vraiment de quoi décevoir un révolutionnaire qui sait que la lutte sera longue et que ce n'est pas en onze ans de pouvoir qu'on peut enfanter le monde nouveau vers lequel nous tendons de toutes nos forces? Quand, dans ma vie, il m'est arrivé d'être réellement déçu, je ne cherchais plus à manifester de faux espoirs, mais je me retirais au pays des ours. Aujourd'hui, au contraire, convaincu que nous ne sommes que dans l'une des premières phases de la réalisation du socialisme en Russie soviétique et de la marche du socialisme dans le monde, je crois que la réserve d'énergie prolétarienne est si grande que toutes les possibilités sont ouvertes à ceux qui veulent combattre aux côtés du prolétariat sur le terrain de la lutte des classes. Et à ce point de vue, je considère que *Monde*, en réalisant le programme que lui trace son appel « A Tous », peut jouer un grand rôle. C'est à ce titre que je lui ai promis ma plus fraternelle collaboration.

Certes, un certain nombre d'idées préconçues et de clichés du socialisme d'autrefois ont fait faillite devant les nécessités de la pratique constructive du socialisme. Ainsi, on peut facilement constater en U.R.S.S. qu'il ne suffit pas de se dire communiste 100 p. 100 pour qu'instantanément on puisse aider utilement à l'édification. Plusieurs abcès qui ont crevé dans ces derniers temps aux yeux de tous ont prouvé que tout au moins certains éléments soi-disant responsables et qui se disaient dévoués à la réalisation du socialisme ne peuvent pas remplacer de bons techniciens, non communistes, mais qui, par leur travail consciencieux et compétent, servent le mieux le communisme.

Le prolétariat renferme en lui toutes les forces qui lui permettront dans l'avenir de mettre de l'ordre dans la confusion qui règne aujourd'hui, qui porte un préjudice que personne ne conteste, mais qui peut être vaincue par un renforcement du contrôle des masses sur les agissements d'une bureaucratie que la presse soviétique ne cesse de dénoncer avec véhémence. Mais ici, il ne suffit pas de dénoncer.

– *En quoi consiste, d'après vous, le travail positif réalisé jusqu'ici par le pouvoir communiste?*

– Il consiste surtout dans les intentions. Et ce n'est pas peu dire, croyez-moi. Des hommes sincères ont voulu et veulent réaliser le socialisme. Personne ne pourra jamais contester cela. Souvent, devant les résultats obtenus, je suis resté interdit d'admiration. A quelques-uns de ces résultats j'ai fait allusion dans *Les Nouvelles littéraires.* Il y en a d'autres, et il faudrait les chanter, non les décrire. Des ennemis avérés du communiste m'en ont parlé eux-mêmes, en Russie, avec une admiration sans réserve.

Il s'agit plus particulièrement de ce qu'on veut édifier à la campagne et dans les villes. Il y a là des traces irréfutables d'une volonté franchement communiste, qui veut mettre le prolétariat sur la voie qu'il doit suivre demain. La place me fait défaut pour insister ici sur l'effort fait pour les collectifs, certaines branches d'industrie, le plan des irrigations et des routes dont une partie est déjà exécutée.

Puis il y a l'œuvre d'éducation. J'en parlerai en détails dans mon livre. Je me contenterai ici de vous signaler un fait symbolique : vous savez que les écoles primaires et les salles de lecture se multiplient avec une rapidité inconnue ailleurs. Cette soif de s'instruire se manifeste parfois sous des formes qui résument par elles-mêmes la formidable transformation sociale qui s'opère là-bas. C'est ainsi que dans le delta de la Volga une ancienne église flottante créée par le tsarisme à l'usage des pêcheurs est devenue aujourd'hui une salle de lecture dont le drapeau rouge hissé au haut du mât annonce à tous les travailleurs des pêcheries la fin d'un régime d'ignorance et l'avènement d'une culture nouvelle. Je vous assure que je n'ai pas pu contempler ce symbole sans que je sente mon sang m'étrangler d'émotion. Et la même émotion vous saisit, lorsque, tard dans la nuit, rentrant chez vous par les rues d'une grande ville comme Moscou ou comme Leningrad, vous contemplez l'interminable file des somptueuses bâtisses autrefois occupées par la sinistre solitude de quelques aristocrates dégénérés, et qui aujourd'hui abritent de nombreuses et bruyantes familles ouvrières. Pour mieux vous représenter l'effet que cela produit, figurez-vous un habitant de Belleville ou de Ménilmontant qui traverserait, la nuit, le faubourg Saint-Germain ou les Champs-Elysées et se dirait, en regardant les milliers de fenêtres sombres et silencieuses : « Derrière tous ces rideaux il n'y a plus que des ouvriers, leurs femmes et leurs gosses. »

Tout de même, vous ne me direz pas qu'il n'y a pas de quoi se sentir convaincu du grand avenir qui s'ouvre devant les travailleurs du monde, depuis que le bolchevisme, vigoureux et précis, a rompu avec la politique lâche et opportuniste des anciens partis socialistes. Voilà pourquoi je vous dis que nous devons tous, grands et petits, nous jeter sur la pieuvre bureaucrate qui menace d'étouffer l'élan irrésistible de la révolution d'Octobre et l'anéantir si demain la coalition des forces noires de la réaction capitaliste voulait attenter à ce grand îlot de foi et d'espoir prolétarien.

Istrati a dit tout cela avec une profonde conviction et si, à certain moment, une douloureuse crispation creuse sur sa face des plis durs, une grande flamme brûle dans son regard. Je ne veux pas le quitter sans lui parler de la littérature prolétarienne. Il explique :

– Littérature prolétarienne? J'ai lu *Porte Clignancourt* de Tristan Rémy : c'est un beau livre de la vie ouvrière. J'en dirai autant du *Train fou* d'Henry Poulaille. Mais moi-même, je ne suis pas un écrivain prolétarien si l'on fait de ces mots une formule rigide. Je vois un grand danger dans le poncif prolétarien comme dans les autres poncifs...

– Mais, Panaït, il n'est pas question, pour nous, de préconiser un académisme nouveau. Nous avons écrit dans le nº 3 de Monde *: « La confusion s'aggrave en Russie par le fait que la littérature prolétarienne est devenue officielle et bénéficie de l'appui des autorités. Il en résulte l'envahissement d'un poncif nouveau, mais cela ne prouve pas que la littérature prolétarienne soit un vain mot. »*

– J'ai remarqué en son temps cet article de *Monde* et je m'en suis grandement réjoui. J'y ai vu la possibilité d'une critique efficace échappant à la stérilité de tout ce qui est officiel. L'erreur est dans l'exagération. Quand la *Pravda* écrit : « Le camarade Barbusse croit à l'existence historique de Jésus; il est tombé plus bas que les bourgeois, plus bas que le pope Renan », et que les orthodoxes vous disent qu'étant donné la crise du papier on ne peut plus imprimer que les œuvres littéraires « dans la ligne », eh bien! permettez-moi de vous dire en révolutionnaire indépendant que c'est de cette façon-là qu'on arrivera à étouffer toute personnalité prolétarienne courageuse et originale, et qu'on créera les parasites prolétariens comparables aux parasites qui infestent le monde littéraire bourgeois.

Il ne faut pas oublier que nous sommes ici en présence d'un problème infiniment compliqué. Il ne s'agit pas d'imposer l'hégémonie des écrivains prolétariens mais d'aider ceux-ci à gagner le droit historique à cette hégémonie. Il faudrait être plein de tact envers les écrivains qu'on appelle les « compagnons de route ». On ne peut admettre un monopole de l'édition d'aucun groupe même le plus prolétarien : cela signifierait la mort de la littérature prolétarienne. Et il faut en finir avec tout esprit de suffisance prolétarienne chez les romanciers et les poètes comme chez les critiques.

– *Vous ne niez pas, cependant, que de grandes œuvres soient nées.*

– Je connais, parmi les écrivains prolétariens, de très grands créateurs, mais ce sont ceux-là mêmes qui échappent à cette étroitesse d'esprit que je condamne. Gladkov, l'auteur du *Ciment,* – que les Editions sociales internationales ont publié dans la traduction de Victor Serge – est un grand écrivain de la vie nouvelle. *Le Torrent de fer* de Serafimovitch, *La Semaine* de Lebedinski sont de grandes œuvres. Babel a écrit cette magnifique *Cavalerie rouge* et Pilniak, dont on a traduit *L'Armée nue,* vient d'écrire une nouvelle tout à fait remarquable que l'on connaîtra prochainement en France. D'autres œuvres de très grande valeur sont nées dans ces derniers temps. Et dans la pléiade de vrais poètes qui ont chanté la révolution, n'oublions pas surtout celui qui sans doute est le plus grand de tous : Tikhonov. La vie soviétique, si riche et si profonde permet malgré tout d'espérer un bel essor de la littérature et de l'art sortis de l'âme ouvrière.

. . . .

Je quitte Istrati sur ces paroles de foi. Nos lecteurs le retrouveront bientôt dans les colonnes de Monde.

A. HABARU.

(Monde, *du 2 mars 1929.)*

CONFIANCE

Réponse ouverte à une lettre mi-fermée

Vous m'écrivez, madame[1], une lettre fort sincère, que vous a inspirée la lecture de *Vers l'autre flamme.* C'est un document bien caractéristique, par son origine et sa philosophie, ses conceptions de l'existence et de la nature humaine. On y voit une classe, votre classe bourgeoise, avouer, par la plume d'un de ses membres les plus représentatifs, sa déchéance morale, son désespoir, son scepticisme, sa résignation. Si je compare votre lettre à d'autres témoignages que j'ai reçus de personnalités semblables à la vôtre, je dois conclure à l'existence d'un état d'esprit franchement démoralisant, qui règne dans les sphères jadis les plus actives, les intelligences les plus courageuses de la pensée française.

En effet, depuis mon retour de Russie et le cri de révolte que m'a arraché l'actuelle dictature du prolétariat, nombreux sont les gens de votre qualité et de votre monde qui m'ont fait part de leur désappointement, de la perte de toute foi dans une force agissante au service du bien général. C'était pour donner le change sur la déception que j'apportais de mon camp

1. Lucie Delarue-Mardrus.

et, comme vous le faites vous-même, pour « saluer » mon « courage » de l'avoir dite publiquement. C'était aussi pour confondre les deux déceptions en une seule, faire table rase de tout esprit révolutionnaire et m'obliger de reconnaître que *le bien acquis à ce jour est tout ce que nous pouvons espérer de ce monde.* »

Mais c'est vous qui vous exprimez le plus clairement : « *Avec mes moyens paisibles et ma douceur de femme, restée dans la classe où je suis née, je suis arrivée au même résultat que vous...*, c'est-à-dire à la *solitude,* à l'isolement, étant convaincue *que l'humanité que nous cherchons n'existe et n'existera jamais que dans quelques individus. La collectivité est toujours un monstre.* » Et plus loin : « *Tant qu'il y aura des humains sur la terre, les gros mangeront les petits. L'univers est établi sur des bases de férocité.* »

La conclusion? C'est la vôtre : « *Nous sommes donc en face d'un* cas *désespéré. Devant cela, que reste-t-il à faire? Nulle révolution n'ira aussi loin que les Evangiles, et les Evangiles sont une faillite. Ce qui reste à faire? Essayer, individu, d'aider, d'améliorer, de sauver des individus. Pour ma part je n'ai jamais cherché autre chose, et je me donne beaucoup de peine pour cela, aussi bien dans mes livres que dans ma vie privée.* »

Vous êtes, madame, bien bonne de vous donner « *beaucoup de peine pour cela* », mais votre façon de me confondre avec vous et votre classe, je ne la trouve pas très correcte, malgré votre sincérité. Je me sens tout aussi mal à l'aise, vous voyant philosopher avec moi sur le thème de « *la faillite des Evangiles* », sur celui de « *l'humanité que nous cherchons* » et des « *gros* » qui « *mangeront les petits* ». Un excellent ami, médecin bourgeois très humain, m'a dit un jour que tout cela c'est de la biologie et que j'ai tort de vouloir changer l'ordre des choses.

Je ne connais pas la biologie, ni les Evangiles. Il se peut aussi que je vous aie tous beaucoup réjouis, en écrivant mon dernier livre, où, peut-être, ne me suis-je pas clairement exprimé. Etant un ouvrier authentique, il m'arrive fréquemment de mettre le pied dans le plat. Parfois je bredouille. Souvent j'écume. *Mais je sais toujours ce que je veux.* Et cent fois vous me jetteriez en bas du toit, autant de fois je retomberais sur mes pattes. Sachez donc que mon dernier livre ne se prête pas à la philosophie et que je ne l'ai pas écrit à votre intention.

Remarquez encore ceci : je ne suis pas de ceux qui rendent votre classe seule responsable de tous les malheurs qui arrivent à ce monde. A ma classe même ne me lie que la souffrance qui vient de son ventre. C'est tout. Pour le reste, j'appartiens à la vie. Cela me permet de causer avec vous en toute liberté. Je vous crois bonne, juste, généreuse. Je suis convaincu que si le commandement du monde vous était confié, vous vous appliqueriez à créer un ordre social équitable, tout en vous réservant, à vous et à vos proches, d'aimables privilèges. Mais puisque vous dites être restée dans votre classe et que c'est cette classe qui gouverne le monde, – je sais bien comment, – il est utile que chacun de nous garde sa place : vous, la vôtre; moi, la mienne. Et aussi longtemps que nous garderons nos places respectives, toute dissertation traitant de « *l'univers* » qui « *est établi sur des bases de férocité* », sera impossible.

Je vais plus loin : à votre place et m'adressant à un homme pour lequel votre ordre bourgeois est une offense à la justice, je serais gêné d'étaler un scepticisme si confortable. Est-il besoin de connaître Descartes, ou suffit-il de manquer de pain, pour comprendre que la partie n'est pas égale? L'abominable malentendu!

Vous avez, de votre côté, le bien-être, les cendres des Evangiles pour vous consoler, toutes les armées de terre, de mer et des airs pour vous défendre. Nous, nous n'avons que nos deux bras vides, misérables quand ils ne sont pas occupés et tout aussi misérables quand ils le sont. Cela est comparable à la situation d'un homme que vous obligeriez à s'asseoir sur un tas de braise, puis, vous asseyant en face de lui, mais dans un fauteuil, vous lui demanderiez :

– Que pensez-vous, mon ami, de ce « *cas désespéré* » qu'est la faillite des Evangiles?

– Je pense, madame, que mon derrière brûle!

C'est de cette façon-là que vous philosophez avec moi, convaincue que notre situation est la même et que nous sommes tout à fait d'accord. Vous me le dites dès le début de votre lettre : « *Vous avez quitté tous les bateaux, même ce dernier : le communisme russe. Vous voici donc tout seul dans votre île de Robinson. Est-ce seulement maintenant que vous vous apercevez de votre solitude? Il y a longtemps que je la connais, pour ma part.* »

Vous connaissez, non seulement la vôtre mais la mienne aussi, car vous ajoutez, vers la fin de votre lettre : « *Il y a longtemps que j'ai deviné dans vos livres et, mieux, dans vos yeux, ce que vous étiez. Mais maintenant, après ce que je viens de lire, je vois que vous êtes en plus, resté dans l'absolu, comme un petit enfant.* »

Il suit de là que vous, dans votre classe, moi, dans « *l'absolu* », nous sommes tous deux convaincus qu'il ne nous reste, pour toute ressource de vie, que la caravelle de la résignation et une prudence circonspecte.

Non. Ce n'est pas ça. Ce que *j'étais*, ce que *je suis*, vous l'avez mal « deviné » dans mes livres et plus mal encore dans mes yeux, qui n'ont fait que divertir votre haute société, un soir de mélancolie.

D'abord, je n'ai « quitté » aucun « bateau », pour la bonne raison que je n'y suis jamais monté. Ma vie durant, je n'ai fait que *louvoyer* autour d'un seul bateau : celui qui portait les revendications de ma classe.

Contrairement à vous, qui êtes toujours restée dans votre classe, moi je suis sorti de la mienne dès l'âge de douze ans. A cet âge des rêves, je m'étais aperçu que les rêves de ma classe n'étaient pas les miens. (Avez-vous lu *Mes départs*?) Ma classe faisait rester sa progéniture dix ans chez le même gros épicier, pour en faire un aussi gros et même plus. Ma bonne mère n'a pas voulu faire autre chose de moi. Si elle n'a pas réussi, c'est parce que je m'y suis refusé, dès l'âge des rêves.

Puis, arrivé à l'âge de la conscience, je m'aperçois, comme pour les rêves, que ma classe n'a pas plus de conscience que la vôtre. La « conscience de classe », – dont parle certaine doctrine, indiquant par là votre férocité à vous défendre et notre devoir de vous attaquer, – n'est donc que *la conscience des appétits de classe* (on le voit dans votre Etat bourgeois et dans l'Etat prolétarien). Merci pour la conscience! N'ayant pas d'appétits, je n'ai pas non plus cette conscience-là. Je n'ai que ma conscience, tout court. Et des désirs. Je ne vis que de désirs. J'en suis blindé.

Mais puisque votre classe donne l'exemple de l'engouement pour tout ce qui est ventre et rien que ventre, pourquoi voulez-vous que je ne me solidarise pas avec les appétits que vous suscitez chez les miens, qui, eux, ont au moins l'excuse d'avoir faim depuis des siècles?

J'ai pris leur parti, dès mon adolescence, avec, dans le cœur, la grosse tristesse de savoir que si notre besoin de pain est le même, nos aspirations ne le sont pas. Je n'ai pas moins combattu, à mes heures, dans le rang et hors du rang, avec l'âme qu'on sait. C'est ce que j'appelle avoir *louvoyé* autour du bateau qui porte les revendications de ma classe.

Il paraît que vous n'avez pas fait de même. Les Evangiles ayant fait faillite et le pain vous étant assuré, vous vous êtes complu dans une solitude boudeuse entre vos livres et votre charité. Sans sortir de votre classe. Et sans la défendre. Ni « absolu », ni solidarité.

C'est, peut-être, de la vraie sagesse, mais, là, nous ne pouvons plus nous entendre.

Pour pouvoir comprendre la situation de ma classe et, par cela même, vous rendre compte de la distance qui vous en sépare, vous manquez d'un critérium qui est l'essentiel de notre existence : *Vous ne soupçonnez pas ce que signifie batailler sa vie durant, pour un morceau de pain, et ne l'obtenir qu'à son corps défendant. C'est une mort sans fin.*

A intelligence et sensibilité égales, la lutte pour le pain arme l'homme d'une haine contre la société et d'un désir de la combattre qu'aucun scepticisme ne peut atténuer. Jugez-en :

A l'âge de douze ans, ton certificat d'études en mains et rien du tout, deux bras affectueux te prennent par les épaules et te conduisent dans la rue, où ils t'abandonnent : « Maintenant, va-t'en, mon enfant; je ne peux plus te nourrir; cherche, seul, ta nourriture. » Et te voilà parti à la recherche de ton « absolu », et l'existence n'est plus qu'une agonie.

Là-dessus, vous dites : « Je sais que l'humanité que *nous cherchons* n'existe... », etc.

Non! Ce n'est pas *nous qui cherchons* l'humanité, c'est *vous. Nous,* nous ne cherchons que notre nourriture, tout comme les chiens errants. De l'humanité que vous cherchez, nous n'avons cure. Cette humanité-là, que vous la trouviez ou non, rien ne vous empêche, à midi tapant, de déplier votre serviette, en vous disant, ainsi que vous me l'écriviez : « *Il faut nous y résigner, et faire de notre mieux dans notre sphère, nous autres qui sommes si étrangement pourris d'honnêteté et de pitié.* »

Nous autres... Qui? Vous et moi? – Par exemple! – Je n'ai pas les moyens, madame, d'être « *pourri d'honnêteté et de pitié.* Nous n'avons pas la même honnêteté, ni la même pitié. Ce sont, chez vous, deux aspects trompeurs de la même vertu facile. Elles ne vous coûtent que les débris qui tombent de votre table. Chez moi, elles font partie d'une sève qui pourrait un jour me coûter la vie. Car ma haine de votre ordre n'est pas celle d'un homme de cabinet; elle est celle d'un homme de la rue. Et dans cette affreuse rue de notre siècle mécanique, il pourrait arriver que je me sépare non seulement de ma classe, mais peut-être aussi de mon dernier ami.

Ma classe et mes amis ne descendent dans la rue que pour faire main basse sur leur chère usine, votre ignoble bagne, leur suprême divinité, alors qu'à mes yeux l'usine n'est bonne qu'à « sauter », dût-elle me sourire de sa « rationalisation » la mieux assaisonnée, capitaliste ou soviétique. Dans la rue, je suis *l'homme sandwich :* entre le collier de l'usine et les poux, je préfère les poux. Mais, mon droit, d'abord, de me gratter à mon aise! Sans aucune rationalisation.

Vous voyez jusqu'où va ma solitude.

Elle a été presque totale depuis le jour où j'ai ouvert des yeux conscients sur la vie. Elle le restera jusqu'à ma mort. Rien ne me va de tout ce qui fait l'orgueil de votre civilisation. Rien non plus, de ce qui fait l'orgueil de ma classe, là où elle exerce son pouvoir et rationalise la vie encore plus cruellement que vous, au nom de la liberté à venir.

Cela ne peut pas se passer autrement, je le sais, mais pourquoi dois-je souder ma cheville à toute cette vermine humaine? N'ai-je pas ma propre colonne vertébrale, mes propres poumons, mes membres, mes yeux? Pourquoi, alors, m'oblige-t-on à emprunter ceux des autres, quand je me trouve très bien comme je suis et ne fais de mal à personne?

Broie-toi donc, dans les rouages que tu te forges toi-même, vermine des deux côtés de la barricade! mais n'accapare pas ce qui n'est pas ton œuvre : ma part de terre, d'air, de soleil, de rivière, de forêt; et ne me force pas d'aimer ce que tu aimes, ni de haïr ce que tu hais. Pour aimer et pour haïr, je suis mieux organisé que toi : je te devance de mille siècles. La preuve en est que, en dépit d'un accord universel pour le gâchage meurtrier de l'existence, j'ai réussi, *quand je l'ai voulu et tout seul,* à te fausser compagnie, à violer ta conspiration et tes lois, et à vivre comme il m'a plu.

Elle fut si belle, ma vie, que malgré ses souffrances je ne puis la comparer qu'à celle des bêtes qui vivent loin de l'homme. Tout ce qui a fait ses immenses joies, je l'ai obtenu sans argent : l'air, le soleil, la rivière, l'ami, l'amante. Seule, la poignée de patates ou quelques bananes, utiles à ma chaudière, m'ont obligé un jour sur trois, de venir baisser ma lourde tête devant ta lourde bêtise. C'est ce que je ne te pardonnerai jamais, car, un seul jour de vaillante peine sur dix auxquels a droit ma tête, suffirait à alimenter ma chaudière, n'était ta criminelle bêtise qui oblige les hommes à planter plus de poteaux de télégraphe que de bananiers ou de patates.

Et le monde veut plus que jamais des poteaux de télégraphe, le nouveau monde surtout, dont se targue ma classe. Il veut dépasser l'ancien. Vous construisez des « gratte-ciel »? Voici des « maisons-montagnes »! Etes-vous parvenus à supprimer la cervelle du travailleur? Nous lui supprimerons aussi l'âme, « qui d'ailleurs n'existe pas ». L'humanité future vivra au rythme d'un délice commandé par un dictateur universel.

Je ne marche pas!

Je veux jouir, souffrir, peiner, suivant le rythme d'un cœur qui bat sa cadence au fond de mon propre abîme. J'ai toujours été ainsi. Ne pouvant pas m'expliquer le mystère de l'existence, je lui ai obéi en hurlant tantôt de joie et tantôt de douleur. Ce fut là ma seule obéissance. Toute autre me répugne, d'autant plus que je ne suis en rien dangereux à mon prochain, au contraire, je lui cède ma seule chemise quand je me convaincs qu'il en a plus besoin que moi. Et je n'ai aucune convoitise. Il est facile de n'en pas avoir. Pour ce faire, il suffit de ne pas vouloir ce qui vous est tout naturellement refusé. Mais rien de ce qui fait la joie du corps et de l'âme ne vous est naturellement refusé, et rien de tout cela n'est au pouvoir de l'homme. Quant à ce que les hommes vous refusent et qui est votre droit naturel, il faut savoir le leur arracher à tout prix, coûte que coûte. Là, je suis pour aider mon frère l'homme. Néanmoins, beaucoup de ce qu'on croit être son droit naturel n'est que du superflu ou de la vanité. Là, je ne m'en mêle pas. Broyez-vous!

C'est cela que *je suis* : solitude et solidarité.

Je maudis l'homme, mais j'ai confiance dans cette magnifique brute : un jour, il s'apercevra qu'il gâche sa vie et celle de ses semblables. Alors il viendra au respect des lois dont les rouages sont faits de sang, de pensée et d'âme, et dont le suprême équilibre est la contemplation. Aujourd'hui il les méprise, sacrifiant leur parfaite harmonie aux ignobles manifestations de son égoïsme matérialiste. Mais cela ne peut pas durer. L'égoïsme est un instinct qui dévore l'homme, par la masse de satisfactions qu'il exige de lui. Bientôt il l'aura vidé de tout désir. Ce sera, alors, la résurrection de la belle vie : celle qui fera comprendre à l'homme que l'égoïsme est le véhicule de la mort quotidienne.

Vous n'en croyez rien : « *L'univers est établi sur des bases de férocité. Où que vous tourniez votre regard, à travers les quatre règnes, il n'est question que de cela. Seul l'humain a prétendu changer la loi. Il a inventé la justice, la charité, l'altruisme, etc. Mais les forces de la terre sont là.* »

Oui : *ces* forces sont là, et *les autres* aussi! Vous ne les voyez pas? Elles sont tout aussi imposantes que leurs sœurs malfaisantes. A l'heure qu'il est, leur voix apocalyptique tonne sourdement dans tout l'univers. Jamais cette voix n'a tonné si puissamment. Elle couvre parfois la voix des autres, l'oblige au silence. En voulez-vous une preuve indiscutable? La voici :

Figurez-vous qu'un jour, place de la Concorde, deux hommes montent sur le piédestal de l'obélisque et crient, l'un : « Je veux la guerre, la ruine, le pillage, la suppression de toutes les libertés! » – L'autre : « Je veux la paix, le travail, la liberté! »

Il n'est guère utile de trop méditer, je pense, pour savoir lequel des deux sera tout de suite chassé à coups de bâton, par la foule indignée.

Un autre exemple :

Vous découvrez sur une route solitaire un homme étendu à même le sol, respirant à peine : n'irez-vous pas lui porter secours? Et, vous apercevant qu'il est votre pire ennemi, oseriez-vous l'abandonner? A moins que vous ne soyez un monstre, je me passe de votre réponse : elle ne peut être que dignement humaine.

Un troisième exemple, que j'ai vécu : dans un village, deux familles voisines se haïssent à mort; une nuit, la demeure d'une d'entre elles flambe : l'autre famille oublie tout et va promptement l'arracher des flammes.

Je ne fais pas du mélodrame. J'affirme :

L'égoïsme, la férocité, le crime collectif, sont des malfaiteurs que la majorité des humains veut de tout cœur bannir de la vie. C'est un désir plus universel que cette « loi » du mal dont vous parlez. Nous ne vivons, ne créons, ne progressons que par ce désir. C'est lui qui a l'avenir. C'est lui qui l'emportera.

Si le mal nous déborde chaque jour, malgré notre désir du bien, c'est, en grande partie, parce qu'aucun ordre social, aucun pouvoir d'Etat, ne viennent le déclarer délit public. C'est aussi parce que le couteau n'est pas encore arrivé à l'os. Mais jamais il n'a pu vivre autrement qu'en voleur, en assassin craignant la lumière. Jamais humain sensé n'a osé en faire parade sans soulever une universelle indignation. Jamais il n'a réussi à se faire légitimer, à être reconnu, à acquérir droit de cité. Aucun artiste, aucun écrivain ne peut faire son apologie sans se couvrir de honte. (Quand Nietzsche vante la force et dit qu'il faut écraser le faible, je ne peux comprendre qu'une seule force : celle qui sert l'humanité.)

Où voyez-vous, là, de l'invention? Mais regardez donc le bolchevisme : pensez-vous qu'il soit sorti de la tête d'un fou? il n'est pas même sorti d'une tête, il a jailli du cœur de la terre. Et pourquoi est-il si universellement populaire? (Les sauvages mêmes le comprennent!) Parce qu'il parle *marxisme*? Non, mais parce qu'il parle *humanité*. S'il n'est pas tout de suite victorieux, c'est dans la stupidité dogmatique de ses maîtres qu'il faut chercher l'explication.

Aussi je garde toute ma confiance en l'homme, cette ignoble brute. Et je l'aiderai de toutes mes forces, mais pas à votre manière : « *Essaye, individu, de sauver des individus.* »

Non, je ne peux pas sauver des individus. Nous ne pouvons sauver que l'humanité ou rien. Pour moi, les individus sont les arbres que je touche quand je traverse la forêt. Certes, j'ai le souci des arbres, souci souvent héroïque, – et par là je suis plus ami que chrétien, – mais c'est la forêt qui me préoccupe. Et c'est par là que je suis *révolutionnaire*. Dans mes livres. Dans ma vie privée. Et dans mes yeux les meilleurs. (Si parfois vous avez aperçu en eux quelque lueur de désespoir, c'est parce qu'il m'arrive aussi de songer à tout ce qui existe *et qui eût mieux fait de ne jamais exister*, mais là, ce n'est que le côté par lequel je mourrai. Je l'estime. Je ne l'aime pas. Je ne peux pas aimer ce qui m'aide à mourir lamentablement. Mais j'aime, par-dessus toutes les valeurs de la vie, ce qui m'aide à croire dans l'éternité de ces valeurs. Et pour *croire*, mon désir me suffit.)

Non, je ne peux pas sauver des individus. *On ne sauve pas les arbres, quand on laisse anéantir la forêt.* Et vous ne sauvez rien du tout. Bien plus, vous avez peur d'étendre votre désir de salut à l'humanité entière, car cela implique une large renonciation. *C'est pourquoi vous restez dans votre classe.* Il est vrai que vous ne la défendez pas. Mais que faites-vous pour lui dire ouvertement votre mépris? Rien. Vous vous contentez de lui sourire sceptiquement et de jouir de tous les privilèges qu'elle vous octroie, tout en lui reprochant la « faillite des Evangiles ».

Ainsi, votre solitude n'est qu'une solidarité déguisée, hypocrite. Elle n'est pas la mienne. Vous fermez les yeux sur les ignominies de votre classe et vous vous taisez, adhérant ainsi à tous ses crimes. Je ne fais pas de même. Et le jour où, ma classe s'étant assise à une immense table, je me suis convaincu de sa criminelle gloutonnerie, vous avez vu comment je l'ai frappée sur le groin, après le lui avoir tendrement embrassé.

Moyens paisibles. Douceur. Résignation. Charité chrétienne. Solitude. Ce sont, là, des vertus et l'attitude de votre classe, dans ce qu'elle renferme de plus intelligent et de plus généreux, à cette époque sanglante. C'est donc le meilleur de votre classe qui trompe la mienne, l'endort, en lui chantonnant : *Il n'y a rien à faire. Le monde est et restera ce qu'il a toujours été.*

Abdication commode et apparente, cette morale accapare les espaces. Elle domine l'univers.

Par son art :

Elle détient tous les moyens de manifestation artistique et inonde la terre d'œuvres béatement sentimentales, sottement pacifistes, lâchement neutres, où tout est marchandise, commerce, argent. Un petit conte ou article stupide d'un auteur de marque se paye de cinq à dix fois plus que la journée de travail la mieux rétribuée d'un mineur, d'un souffleur verrier, d'un électricien. C'est du charlatanisme authentique, de l'invitation au brigandage.

Par son enseignement officiel :

Elle falsifie sciemment la vérité contemporaine, élève des monuments aux morts et prépare les jeunes esprits pour de futures hécatombes humaines. Empoisonnement méthodique des peuples avec la sueur des peuples. Escroquerie.

Par ses Eglises :

Terrorisme clérical. Jamais, depuis un siècle, l'hypocrisie divine n'a, plus qu'aujourd'hui, manifesté son féroce vouloir de broyer l'homme dans les affres de l'obscurantisme. Jamais elle n'a rencontré plus de complaisance dans votre classe voltairienne, qui découvre en elle un parfait complice pour une domination à deux.

Par sa politique :

Locarnienne, naturellement : « Arrière les fusils! » mais elle entretient trente millions d'hommes en armes, dix millions de plus qu'en 1914. Voici un échantillon de sa bonne foi; le sénateur Borah écrit, à la date du 30 novembre, dans le *Collier's Weekly* : « Pendant que le Premier ministre Mac Donald, en tournée pacifique aux Etats-Unis et en conversation avec le président Hoover, parlait de désarmement, les deux pays – Angleterre et Etats-Unis – dépensaient ensemble environ *soixante mille dollars par heure*, soit un million cinq cent mille francs, *pour la préparation de la guerre!* » (*Le Matin* du 1er décembre.)

C'est cela votre civilisation, que vous connaissez mieux que moi, parce que mieux informée. Géante sangsue, collée sur le corps sain de l'humanité qui peine, elle dévore aujourd'hui et anémie tout ce qui est énergie créatrice par la pensée laborieuse et par les bras de l'ouvrier. Savants et travailleurs ne vivent que de miettes. On s'est pâmé à propos des cinquante mille dollars que l'Amérique a offerts à Mme Curie pour l'achat d'un gramme de radium; mais, qui s'est scandalisé d'entendre que la même Amérique a voté deux cent mille dollars, rien que pour promener à Londres sa délégation à la conférence navale « à cinq »?

Cette civilisation, qui prétend avoir des médecins et encourager la science, pour le bien de l'humanité, est installée en Egypte, aux Indes, et se partage la Chine, mais que fait-elle pour enrayer les ravages du trachome dont 95 % *des fellahs sont atteints,* ainsi que *15 millions de Chinois qui ont la vue si faible qu'ils se dirigent à peu près sûrement vers la cécité totale?* (nous dit le Dr Henri Bouquet). Rien que dans ces trois pays, qui goûtent du bonheur de votre civilisation, *un million* d'êtres humains sont déjà complètement aveugles. Et il ne s'agit là que d'un mal qui, pour terrible qu'il soit, n'en est pas moins entièrement maîtrisable, si l'on s'y prend à temps. Que devons-nous penser des autres fléaux – la tuberculose, la syphilis, la misère, l'ignorance – qui font rage dans les couches des populations dont la seule faute est de souffrir sans se révolter?

Vous parlez de mon « courage ». Je ne suis ni plus courageux ni plus lâche que la moyenne des humains. Mais je sais que je n'ai qu'une vie à perdre. Je sais encore que cette vie m'est insupportable si je dois me taire et adhérer à cet ordre qui fait le bonheur de quelques-uns, des plus mauvais, et le malheur d'une humanité absolument innocente, pour laquelle aucun Pouvoir n'a jamais rien fait d'entièrement humain, pour laquelle seul le bolchevisme ose et voudrait faire aujourd'hui ce que nulle organisation n'a jamais osé.

Les travailleurs de toute la terre supportent aujourd'hui le fardeau d'un régime, d'une technique et d'un progrès dont ils ne connaissent que les vices, le gaspillage, la supercherie, la menace, le crime. Montagnes quotidiennes de papiers qui renferment notre bavardage stupide. Les masses l'ignorent et elles font très bien. Avalanche, publicité effrénée des produits commerciaux, des pilules Pink aux articles Coty, et dont le plus absurde vaut plus cher que le pain d'une nombreuse famille pendant toute une semaine. Et parallèlement à cette industrie, en apparence inoffensive, l'industrie du meurtre et du mouchardage, avec ses armées, sa police, ses engins.

Mais ce qu'un tel régime et une telle technique ont de vraiment civilisé, – l'éclairage électrique, le gaz, le télégraphe, le téléphone, l'hygiène, la médecine honnête, le véritable enseignement, la vraie éducation, la distraction instructive, l'habitation saine, – 90 % de l'humanité l'ignorent, dans ce premier tiers de notre XXe siècle.

Comment pouvez-vous tolérer un ordre social pareil? Comment pouvez-vous supporter la vie? Comment ne sentez-vous pas la fausseté de votre résignation et tout ce qu'elle comporte de criminel?

Aussi, ne vous faites pas d'illusions sur ma solitude, ni sur ma brouille avec les Soviets. Je ne suis pas brouillé avec le *bolchevisme*, mais avec les *mauvais bolcheviks* et leur *incompréhensible sabotage, conscient et inconscient*, de la Révolution. Celle-ci, au même titre que la souffrance des hommes, qui m'est bien connue et que je n'oublierai jamais, garde toute ma confiance, tout mon espoir de salut et toute ma combativité.

J'ai toujours été et je reste le soldat passionné, le franc-tireur de la mêlée sociale, aux côtés des vrais révolutionnaires et pour une humanité meilleure.

PANAÏT ISTRATI.

Vienne, décembre 1929.
(In Europe, *du 15 octobre 1930.)*

LETTRE OUVERTE
A MAURICE CONSTANTIN-WEYER

Dans la revue *La Voix*, du 8 décembre 1929, Panaït Istrati a publié une « lettre ouverte », adressée à Maurice Constantin-Weyer, comme réponse à l'article de celui-ci, paru dans *Le Journal de l'Ouest*. Romain Rolland considérait cette « lettre ouverte », comme une « verte réponse » et la signalait à Jean Guéhenno, redacteur en chef de la revue *Europe*.

« Nous ne ferons pas, à nos lecteurs, l'injure de leur présenter Panaït Istrati, le grand écrivain prolétarien qui a donné toute sa force et sa générosité à la cause de travailleurs. Il y a deux ans, il partait pour la Russie, plein d'enthousiasme et de foi, mais aussi de sincérité, et aujourd'hui l'auteur de *Vers l'autre flamme* dit leur fait à Staline et à toute cette bureaucratie pseudo-révolutionnaire, qui n'est qu'un bloc de satisfaits. En somme, un dissident du communisme, mais le grand soldat de la Révolution, basée sur la justice. »

Vous venez de publier, Constantin-Weyer, dans *Le Journal de l'Ouest* (Poitiers) du 19 novembre, un compte rendu : *Deux grands reportages : de Rome disciplinée à Moscou criminelle*, où vous nous jetez, Henri Béraud et moi, dans les bras l'un de l'autre.

Je vous remercie pour la compagnie et surtout pour les conclusions que vous en tirez, mais sachez qu'elles sont pour moi une terrible claque, qui me vient de vous. De vous que j'aimais bien. De vous, que je n'aime plus. Et croyez-moi, quand je n'aime plus quelqu'un, je le frappe.

Déjà l'affreuse dédicace, que vous avez mise en tête de votre beau livre : *Un homme se penche sur son passé*, m'avait éloigné de vous, l'ami et écrivain. Y parlant des « inquiétudes » de notre temps, vous les taxez de « mode » et du « goût du jour », et vous êtes fier que : « le héros de cette histoire n'est pas inquiet ».

Je ne sais pas quelles « fortes secousses » il faut à votre héros et à vous-même pour être inquiet : un amour contrarié? Une déveine au jeu? Une indigestion? Je ne sais pas davantage quelles « inquiétudes » sont, pour vous, « mode » et « goût du jour », mais je connais les inquiétudes qui ne sont ni l'une, ni l'autre. Elles sont là, sur nos bras, dans notre cœur, bras et cœur d'hommes meurtris par le crime universel, crime d'exploitation du travailleur, crime de son emprisonnement, crime de son envoi au massacre périodique.

Voilà les seules inquiétudes qui existent pour des hommes aux bras et au cœur d'ami.

Je pensais que vous étiez cet ami-là : *l'ami de la lutte juste pour la justice.* Vous ne l'êtes pas. Tant pis pour vous, Constantin-Weyer. Tant pis pour tous ceux qui vous ressemblent et dont vous êtes le représentant typique : écrivains et artistes heureux, quiets, rassasiés, orgueilleux de leur cynique égoïsme, que vous, le premier et le plus qualifié, n'avez pas honte d'étaler publiquement.

L'avenir, tout proche, vous jugera. Déjà le présent vous juge. Le meilleur *présent* : celui qui peine, qui gémit et qui ne croit plus à rien, au communisme pas plus qu'au fascisme, à vous pas plus qu'à moi. Mais, moi, le jour de ce jugement dernier, je pourrai, sans rougir, regarder dans les yeux de mes juges. Vous, pas. Vous vous êtes jugé vous-même.

Certes, il est permis à quiconque de mourir gras et satisfait. Libre donc à vous d'étaler votre quiétude, mais, en ce cas, ne vous mêlez pas du supplice des hommes. C'est ce que vous ne faites pas.

Sachant bien la sympathie qui nous liait réciproquement et qui vous autorisait à parler au nom de mes sentiments, mais sachant aussi que ces sentiments renferment la plus haute dose de haine qu'on puisse éprouver à l'égard du fascisme, vous venez, dans votre compte rendu *louer* ma révolte contre votre « *Moscou criminelle* » et *gronder* Henri Béraud pour avoir « souffert de la contrainte » et pour s'être « indigné » contre votre « Rome disciplinée ». Vous allez, dans votre inconscience, jusqu'à dire que vous n'êtes pas « *assuré que cette souffrance ait un caractère universel et que l'Italie la ressente* ». Vous vous dites encore « *mal convaincu que le régime de Mussolini soit mauvais* », *vous qui n'êtes pas* « *allé en Italie depuis 1897* ». Et dépassant toutes les limites du bon sens et de la plus élémentaire humanité, vous concluez ensuite que « *s'il faut choisir entre la discipline fasciste (même avec ce qu'elle peut avoir d'irritant) et cette torture organisée qu'est le régime communiste, vous n'hésiterez certainement pas* ». Ainsi, sans avoir vu l'Italie fasciste, ni rien entendu de ses crimes; sans avoir vu la Russie communiste, ni rien entendu de ce qu'elle *proclame* dans le monde, mais simplement vous appuyant sur le livre de Béraud et sur le mien, vous donnez votre préférence au régime de Mussolini.

Eh bien, je déclare ici qu'un de nous deux est bon à être pendu à la lanterne. Car, de deux choses l'une : ou Henri Béraud parle d'une « souffrance » qui l'a « indigné », lui, et qui vous laisse, vous, indifférent, et en ce cas vous vous mettez plus bas que le dernier fabricant d'obus; ou bien mon livre est une plaidoirie du fascisme, et alors je suis digne du gibet.

Comme je sais n'avoir pas écrit une plaidoirie du régime mussolinien, mais puissamment crié *ma révolte de partisan*, devant le *fascisme communiste*, permettez-moi de vous dire qu'entre nous deux tout lien humain cesse d'exister. Et si vous avez un peu de dignité, vous ferez bien de ne plus « reparler » de mon livre, ainsi que vous le proposez, croyant me rendre un service.

Vous avez fait votre choix, entre la « *discipline* » de Rome et la « *torture organisée* » de Moscou, étant convaincu que cette « discipline » n'a contre elle qu'un brin d'huile de ricin... *irritante*. (Pauvre Constantin-Weyer!) Moi, je n'ai pas fait de choix, entre *deux crimes et deux disciplines*. Je les mets, les quatre, dans le même sac, puis...

Puis, je fais ce que vous ne faites pas : je me tourne vers ceux qui subissent les crimes et les disciplines, je me range dans leurs rangs et je les aide à briser, tout ce qui peut être : « *Moscou criminelle* » et « *Rome disciplinée* »[1].

PANAÏT ISTRATI.

1. Dans *La Voix*, du 15 décembre 1929, Maurice Constantin-Weyer a répondu à la « lettre ouverte » de Panaït Istrati, affirmant en conclusion :

« Je ne vous ai pas non plus accusé d'avoir voulu écrire une plaidoirie du régime mussolinien. Je ne suis d'ailleurs pas fasciste, et c'est d'une autre discipline plus haute et plus traditionnelle, à mon avis, que je rêve. Mais puis-je m'empêcher de conclure de votre éblouissante et cruelle tête de chapitre, *Vers l'autre flamme*, qu'un excès de discipline vaut encore mieux que le brigandage ?

« J'aime mes amis tels qu'ils sont, Panaït, même lorsqu'ils ne pensent pas comme moi. Je suis un soldat et pas un apôtre. Cela me permet, dans les moments de trêve, de tendre la main à mes adversaires. Vous ne m'aimez plus, dites-vous. Voici encore où l'Occident et l'Orient ne sont pas d'accord. Car, moi, Panaït, je vous aime encore. »

Témoignage sur la Liberté

L'HOMME QUI N'ADHÈRE À RIEN

Dans, *Monde*, du 11 mars, mon amie Magdeleine Paz, faisant le compte rendu de mon dernier ouvrage *La Maison Thüringer*, déclare nettement que « par rapport à mes autres livres, c'est un livre réactionnaire » que j'ai écrit là. Elle ajoute : « Ce n'est pas autre chose qu'une défense de la bourgeoisie que prononce Istrati. » Et sa conclusion est « Cordonnier, tiens-toi à tes chaussures! » (Ordre qui m'a été intimé par tous mes amis politiques et que je rapporte moi-même, dans la préface dudit ouvrage.)

Puis, Magdeleine Paz s'écrie : « Qu'Istrati était émouvant, que son message était précieux lorsqu'il n'était encore qu'un conteur! »

Mon ami Philippe Neel, parlant, il y a plus d'un lustre, de *Mes départs* dans *Les Nouvelles littéraires*, me disait la même chose, mais pour une raison exactement contraire à celle de Magdeleine Paz : il blâmait mon penchant à vouloir prendre la défense de la classe ouvrière.

Ainsi, de tous côtés, on me recommande *de me tenir à mes chaussures*. On me le recommande même au moment où ma main n'est presque plus en état de conduire la plume, au moment où le directeur du sanatorium d'où j'écris ces lignes me dit ouvertement : « *Toute journée que vous vivez est une journée volée à la mort!* »

Magdeleine Paz sait cela. Et pour me prouver son bon cœur (bon sans conteste!), écrit : « Oh! je sais bien, il paraît inhumain, cruellement inhumain de dire de dures vérités à un homme malheureux et désabusé, et qui gît seul, au loin, sur un lit de malade. Mais n'est-ce pas plutôt lui faire la pire injure que de taire un émoi sincère devant son attitude au moins déconcertante? »

Certes, oui, ce serait me faire la pire injure que de m'épargner, simplement parce que je suis en train de liquider mon compte avec la vie. C'est pourquoi je remercie ma destinée de ne pas avoir de semblables égards pour moi, des égards dus uniquement aux hommes pour lesquels l'existence a été confortable et qui la regrettent.

Je suis habitué à être traité durement. N'a-t-on pas entendu les camarades de Magdeleine Paz crier *urbi et orbi,* lors de mon retour de Russie, que je suis un « *agent de la Sigourantsa*[1] » et un « *vendu à la bourgeoisie* », cependant qu'on me refoulait d'Egypte et on m'arrêtait en Italie? Et a-t-on vu un seul de mes grands amis y venir à mon secours, prendre ma défense? Pas un seul. Probablement parce qu'aucun n'était certain que je sois un homme honnête. Ce fut, alors, la plus grosse de toutes les douleurs morales que j'aie connues dans ma vie. Ce fut à ce moment-là que ma vitalité, qui effraie les médecins, reçut le coup de grâce : j'avais cessé de croire à la beauté de la plus belle vie, *celle de lutter contre tous et d'être frappé par les siens, mais de se sentir compris par quelques-uns, par*

1. La Sûreté, police secrète roumaine.

ceux à qui on doit le meilleur de soi-même. Non, il n'y avait plus de beauté nulle part. L'existence n'est donc, pour l'homme sincère, qu'une abominable escroquerie!

Et, quand même, je ne veux pas céder à la mort injuste, à la mort qui vous ferme la bouche, *tandis qu'on doit parler*. Parler cruellement, sans pitié, dans ce siècle où le mensonge social règne dans toutes les classes et s'empare journellement des plus beaux cerveaux! Tout de même, cela doit être permis à un homme qui ne s'est pas fait bâtir des villas avec l'argent de ses livres, à qui son éditeur fait en ce moment l'aumône de lui envoyer tout juste de quoi pouvoir faire face à ses dettes, à ses engagements moraux! Oui, je veux laisser ma peau sur ce papier blanc que j'ai tant aimé!

Mais, non! Un des derniers amis vient me dire *non*! Catégoriquement. Crève, mais ne parle plus! Tu n'es pas un « guide ». Les guides, c'est nous. A nous les affaires du monde!

Magdeleine Paz écrit : « Lorsqu'il *contait*, tout simplement, par sa seule parole, il faisait sourdre la révolte; depuis qu'il veut instruire, il la bafoue. Le bel enseignement, en vérité, que celui qui consiste à répudier tout effort d'organisation, à confondre indistinctement les victimes et les bourreaux, à dénier à tous ceux qui triment, saignent et souffrent, tout espoir de libération! »

Eh bien, oui, je le répète à la face du monde : toute « organisation » ne profite et ne profitera jamais qu'aux organisateurs! Voilà ce que je veux « conter » encore avant de mourir. Tous ceux qui veulent faire de l'homme la bête d'un troupeau, sont ses assassins. Quels qu'ils soient, Magdeleine Paz comprise. Malgré elle. Malgré sa bonté vraie. Pourquoi? Mais parce que je suis convaincu que les révoltes des bergers ne sont que des révoltes commanditées, quoi qu'il leur arrive, parfois, à ces bergers de se casser le cou, eux aussi, au beau milieu de la commandite, ou de l'illusion.

Et c'est pourquoi je crie, sur mon grabat : *Vive l'homme qui n'adhère à rien!* Je le crie dans mon dernier livre et le crierai, si j'échappe encore une fois à la mort, tout le long des livres qu'il me reste à écrire. Ce sera là tout mon Adrien Zograffi, son conte universellement haï : *la délivrance de l'homme par le refus d'adhésion à tout, à tout, même à ce travail technique, trop bien « organisé » contre lui, des deux côtés de la barricade.*

Oui, il faut essayer cela aussi : *retour de l'humanité, pour un siècle, à la vie nomade, à cette vie où la société n'a pas d'emprise sur l'individu.* Et si cela ne lui réussit pas davantage, eh bien, que l'homme revienne à son existence grégaire, jusqu'à l'extinction des mondes, pour le bonheur de ses tyrans, démocrates ou absolutistes.

C'est du reste, là, ma foi de toujours : la révolution d'un seul, par le refus d'adhésion à quoi que ce fût. Certains critiques disent, de mon dernier livre, que j'attribue à Adrien adolescent mes idées et sentiments d'aujourd'hui. Erreur! Ma vie, pour parler comme La Palice, est toute contemporaine et donc facile à fouiller. On ne s'imagine pas facile à fouiller. On ne s'imagine pas jusqu'à quel point je fus le vrai révolté de mon siècle, l'homme qui, enfant même, devine instinctivement le crime de l'obéissance à la mentalité traditionnelle : celle de la famille, celle de la société, puis, celle de l'idéal du troupeau. Ainsi, j'ai refusé d'obéir à ma mère, la quittant à douze ans, pour aller gagner mon pain et disposer de ma vie; j'ai refusé d'être l'esclave d'une seule profession, en pratiquant mal une douzaine; puis, je me suis rendu, un peu malgré moi, impropre au service et, encaserné quand même, j'ai fait toutes les folies, contre ma santé, réussissant au bout d'un mois à me faire exempter; j'ai échappé à deux guerres, fuyant loin de mon troupeau national, qui bêlait en chœur avec ses maîtres; j'ai refusé de fonder une famille, sans jamais imposer à une femme quelque progéniture involontaire; je n'ai jamais voulu être le membre d'un parti ou d'une société ou d'une « organisation » professionnelle, et lorsqu'on m'a fait inscrire de force, je n'ai jamais payé plus d'un mois de cotisation. Enfin, jamais une usine, un atelier ou autre moyen de gagner ma vie, même dans les occasions les plus favorables, n'a réussi à me garder plus de trois mois.

Il y a là de quoi remplir quarante volumes et c'est une odyssée vécue, ce n'est pas de la littérature. Cela, peu d'hommes l'ont fait. Et cela vaut d'être conté. Là, on verra *comment il a été possible à un homme de n'adhérer à rien.* Et comme il n'y a là rien de phénoménal, rien de surhumain, je crois que ce qui m'a été possible, à moi, sera possible à tous les esclaves de la terre, le jour où ils en auront assez d'être des moutons.

Non, Magdeleine Paz, je ne suis pas un « désabusé », ou je ne le suis que parce que vous le voulez, parce que je ne veux pas adhérer à votre foi. Mais ne me dites pas que ma foi ne vaut pas la vôtre.

Qu'est-ce qui vous fait croire que votre « vérité » soit la seule acceptable et, surtout, la seule qui conviennent à l'humanité souffrante? Et puis, cette impudeur de me révéler l'existence « *de ceux qui triment, saignent et souffrent* »! Oubliez-vous que j'ai toujours été et que je suis encore un de ceux-là? Est-il permis de me rappeler que « *ce domaine-là est sacré? que le sort des travailleurs s'y joue* »?

Je ne veux pas vous fâcher, mais il est notoire et c'est vous-même qui l'avez fait savoir, que « le sort des travailleurs », pour pouvoir le connaître un peu, vous avez dû aller vous embaucher, comme simple ouvrière, dans une usine à Citroën. Votre mari vous y conduisait en auto, le matin : vous y reprenait à midi, pour vous faire déjeuner dans un aimable restaurant; vous y ramenait à une heure, pour y revenir le soir vous reprendre et vous rendre à votre beau foyer. Au bout d'un mois (ou de trois mois), vous en étiez malade, et vous aviez dû renoncer à partager « le sort des travailleurs ».

Non, amie bonne, ce n'est pas de la même manière que nous avons connu la vie de ceux qui triment. Ce n'est donc pas non plus de la même manière que nous les aimons ou les haïssons.

Et quand j'assiste, ici aux confins de l'Europe bourgeoise, au spectacle de travailleurs qui fuient la Russie des travailleurs et qui sont mitraillés sur la glace du Dniestr, poursuivis jusque devant les piquets roumains, achevés sur place et parfois repris par les « prolétaires » du Guépéou et ramenés de force dans la « patrie des travailleurs », quand j'assiste, dis-je, à ce système d'« organiser » le monde nouveau, permettez-moi d'aimer et de haïr les hommes d'une façon différente de la vôtre.

Laissez-moi également, m'attarder à mes « *déboires personnels* » et continuer à les « *conter* » au monde, combattant seul, sous le drapeau de « *l'homme qui n'adhère plus à rien* ». Ce sont là, dites-vous, des « *vieilles balivernes (car elles sont vieilles, vieilles!*) » ajoutez-vous, en parenthèse.

Oui, « vieilles, vieilles... » et toujours vraies! Par malheur.

Mars 1933 PANAÏT ISTRATI.

Bucarest, Sanatorium Filaret

(Les Nouvelles littéraires, *du 8 avril 1933.)*

Libres opinions

LETTRE À ROMAIN ROLLAND

J'emprunte cette voie pour vous écrire, non seulement parce que l'autre m'est fermée depuis bientôt quatre ans, mais aussi parce que je voudrais être entendu par des témoins. Et je vous écris pour faire appel à votre esprit de justice contre les calomnies dont me couvrent, depuis mon retour de Russie, de prétendus communistes, vos camarades.

Vos camarades! Vous êtes devenu des leurs. Vous recevez leurs journalistes et vous collaborez à leurs organes officiels ou officieux. Or, ces journaux ne cessent de m'appeler « agent de la Sigourantsa » et même « Monsieur l'Inspecteur »[1]. Trouvez-vous cela digne, honnête? Vous solidarisez-vous avec eux? En leur accordant votre silence, comme vous le faites, vous les couvrez de votre autorité.

Je me suis tu assez longtemps pour avoir le droit de protester aujourd'hui. Ces infamies lancées contre moi, seule réponse à mes livres sur la Russie, n'ont jamais trouvé chez vous la condamnation publique que j'attendais de votre conscience. A l'époque, je vous trouvais une excuse : vous ne vous étiez pas encore

1. Allusion aux calomnies débitées par *L'Humanité* et *Monde*.

déclaré ouvertement leur camarade et leur frère. Mais aujourd'hui, c'est un fait accompli, et vous en êtes fier.

Vous pourriez me répondre : « C'est mon affaire! »

Non. Ce serait trop commode. Ce n'est pas que votre affaire. C'est la mienne aussi. Bien mieux, ainsi qu'on le verra par la suite, cette affaire peut devenir pour beaucoup un cas de conscience, une de ces aberrations qu'aucun homme ne pourrait évoquer sans un frisson.

Car, de même que je n'oublie pas ce que je vous dois, de même vous ne devez pas oublier ce que vous me devez. Et quand je dis VOUS et MOI, ce n'est pas de nos deux personnes bien entendu qu'il est question, mais de cette Beauté, gardienne de toutes les valeurs morales, qui fait la grandeur de l'homme et dont une infime parcelle a été réalisée par nos deux esprits, depuis le jour mémorable où, sur votre ordre impérieux et prophétique, j'écrivis ces quelques pages qui sont entrées – ont affirmé avec vous et après vous les critiques de tous pays – dans le patrimoine de la littérature universelle.

N'oubliez pas, Romain Rolland, qu'avant d'être touché par votre conscience, je fus un vaurien qui, souvent, manquait de tout, et parfois même de conscience, ainsi que cela arrive souvent lorsque les hommes refusent à un déshérité le droit à l'honnêteté. J'avais alors quarante ans, et, peut-être un gros poignard à ma ceinture. Vous me l'aviez enlevé, simplement en me caressant le front, et vous m'aviez dit : « Frappe plutôt avec ta parole et tu seras délivré. »

Je vous ai obéi. Je dis bien : OBÉI. Car la Beauté, dès ce temps-là, était compromise à mes yeux. Je ne croyais plus à son pouvoir de justice sur la terre, et je continue à ne pas y croire aujourd'hui. Je jugeais inutile de la servir; la Beauté, sans justice, n'étant que mensonge.

Mais j'ai compris, à votre œuvre et aux lettres que vous m'adressiez, qu'il suffit d'un juste sur la terre pour que la Beauté soit. Le reste est néant, poussière des siècles. Et soudain la soif me prit de ressusciter en moi le juste qui se mourait. Le ressusciter en lui sacrifiant tout, tout : biens matériels, amitiés, amours, santé et même mon idéal social. C'est alors que j'acceptai de tirer de ma boue le grain de sublime qui m'avait été confié et qui appartenait au petit univers de grandeur humaine que rien ne peut avilir.

Pourquoi ai-je fait cela? Mais parce que vous représentiez à mes yeux le modèle du Juste, le Juste qui écrivait « AU-DESSUS DE LA MÊLÉE ». A cette époque-là, retranché dans votre solitude quasi totale, votre voie était la voie de la Beauté même. Celle-ci se sauvait en vous. Vous étiez, en Europe, presque dans le monde, son hôte le plus digne. Et plus les esclaves s'évertuaient à vous étouffer sous leur océan de boue, plus vous vous éleviez.

C'est cela que j'ai aimé en vous, pas autre chose. C'est cela qu'ont aimé les hommes qui vous défendaient alors. Et vous vous dressiez, devant la lâcheté humaine, avec toute la grandeur de celui qui n'abdique pas. Seul, vous teniez tête aux hurlements des marchands de beauté, des marchands de dogmes, des marchands de patriotisme.

Depuis, vous avez abdiqué. Vous avez dit à peu près ceci : « De quelque côté que soient les torts, dans une prochaine mêlée, je me tiendrai aux côtés de la Russie soviétique. »

Ainsi, vous vous êtes écroulé; à cause de ce choix et de ce parti pris plus rien ne reste de vous. Il vous faut le reconnaître et disparaître, ou vous défendre et prouver aux hommes que vous n'êtes pas devenu un partisan.

Si le partisan n'est qu'un produit du moment et n'a rien à perdre, vous, tel que vous étiez jusqu'à hier, vous êtes un produit de l'Eternité. Vous, vous avez tout à perdre.

N'ont pas droit à la trahison ceux qui ont solennellement promis aux amoureux de Beauté et aux assoiffés de Justice de ne jamais les abandonner. Je suis un de ceux à qui vous avez fait cette promesse. Je suis votre meilleure œuvre. Je n'existe que par les valeurs morales que vous avez énoncées et vécues. Si vous abdiquez, si j'abdique à mon tour, si un jour prochain abdiquent tous ceux qui défendent encore aujourd'hui la Beauté sans tache, qui donc restera pour justifier dans le temps l'espoir des vaincus en la justice définitive?

Dussiez-vous vous retrouver plus seul que jamais, votre devoir est de renier ceux qui vous compromettent, de revenir à cette grandeur de conscience qu'on vous a connue, qui vous était familière, qui était force et qui restera le long des siècles, la seule force capable de justifier l'amour insatisfait des hommes pour la vie et leur espoir de la rendre enfin acceptable pour tous. Au milieu de l'universelle décomposition morale à laquelle nous assistons impuissants, ce devoir d'incorruptibilité, ce témoignage vivant, palpable, de l'existence de la pureté absolue, sont plus que jamais nécessaires aux millions de désespérés qui constituent une proie pour tous les démagogues et que bientôt de nouveaux maîtres, aussi abjects que les anciens, conduiront à la plus catastrophique débâcle spirituelle que l'histoire ait jamais connue. A ces innocents égarés, fanatisés par un matérialisme sans issue, vous devez la coupe rafraîchissante que vous aviez toujours tendue aux lèvres brûlées par la déception. Vous me devez, à moi, la satisfaction morale de vous voir désavouer vos indignes camarades qui veulent m'avilir. Je ne suis pas un « agent de la Sigourantza »; vous le savez; aussi ne pouvez-vous tolérer qu'on répète ce mensonge dans votre maison, dans cette *Humanité* où vous êtes aujourd'hui la loi et les prophètes. De même, vos « communistes », truquant les textes de mes écrits, publient partout que je suis passé au « catholicisme ». On va même jusqu'à m'attribuer les gestes qu'on n'a jamais vus chez personne, en Europe, en écrivant à propos de mon voyage en Russie : « Voyageant, à cette époque, avec des délégués des pays d'Occident, il aperçut dans son wagon – horreur! – un délégué marocain. " Je ne veux pas voyager avec ce nègre ", déclara-t-il. L'Haïdouc était déjà devenu civilisé... comme un Américain! »

Vous voyez à quelles inventions s'abaissent ceux qui prétendent ramener la justice sur la terre. Si vous possédez encore le cœur que je vous ai connu, vous n'admettrez pas qu'un homme soit ainsi calomnié.

Je vous fais savoir, si vous l'ignorez, que je lutte contre la maladie et la misère, dans ce Paris où je suis revenu chercher mon salut physique, un salut que je n'attends que de lui : ce Paris qui m'a fait naître, doit me faire renaître. Pour vous, j'attends de votre justice qu'au moins on ne m'y insulte pas[1].

Paris, le 26 août 1933.

PANAÏT ISTRATI.

(Les Nouvelles littéraires
du 2 septembre 1933.)

1. Romain Rolland, prenant connaissance de cette « lettre », a répondu à Panaït Istrati par lettre privée, invoquant que « lorsque j'ai à m'expliquer avec des amis, je ne le fais pas sur les tréteaux ».

Il affirme : « Je ne suis pas membre du parti communiste » et

UN DOCUMENT CAPITAL

Dans les archives de l'Institut d'histoire du Parti communiste roumain se trouve conservé *Le Dossier Panaït Istrati*, rédigé par la *Sigourantsa*, fameuse police politique roumaine. (Fonds n° 95, dossier 5796). Ce « dossier », de plus de cent cinquante-six pages, constitué de notes et d'informations, de télégrammes et de rapports de commissaires et d'agents, concernant la période 1924-1935, nous fournit la preuve que Panaït Istrati a été surveillé dans son pays, au jour le jour, étant considéré comme un « homme extrêmement dangereux pour l'Etat bourgeois roumain ». Des agents policiers le poursuivaient partout, chaque fois qu'il retournait dans son pays; son courrier était violé, et il était l'objet d'écoutes téléphoniques... La surveillance a continué même après la mort de l'écrivain (16 avril 1935); il y a, dans ce « dossier », des notes concernant même les pèlerinages au cimetière : en

ajoute : « En ce qui vous concerne, je vous crois un homme sincère, un passionné, passionnément épris de justice et passionnément injuste, atteint de la maladie d'un *moi*, démesurément grossi, qui a trop tendance à identifier sa cause avec celle du Beau, du Juste, du Vrai, – ce qu'aucun de nous n'a le droit de faire (...) Si l'U.R.S.S. est attaquée, je la défendrai de toutes mes forces. Car elle représente, avec toutes ses erreurs (qui sont humaines, qui étaient fatales), le seul bastion qui défend le monde contre plusieurs siècles de la plus abjecte, de la plus écrasante réaction » (lettre datée du 8 septembre 1933).

somme toute information qui se référait à son nom.

Les textes que nous publions ci-dessous ont paru dans la revue *Manuscriptum* (1976), éditée par le Musée de la littérature roumaine.

LE DOSSIER DE LA SIGOURANTSA SUR PANAÏT ISTRATI

La IVe brigade Le 9 mai 1924
Ag. 10 Pr.

NOTE

Le journal *Dimineata* [*Le Matin*] annonce dans son numéro d'aujourd'hui, la nouvelle ci-jointe, sur le début sensationnel de Panaït Istrati dans le monde des lettres.

Comparé avec Gorki, Panaït Istrati est l'un des militants de l'ancien mouvement socialiste de chez nous. A un moment donné, il devait faire un mariage blanc avec Jeannette Maltus[1] menacée d'être expulsée et qui anciennement avait contracté un mariage blanc avec Stefan Gheorghiu, de Ploiesti, décédé depuis.

Panaït Istrati est de métier peintre en bâtiment et ami d'époque avec Alexandre Constantinescu[2].

(ss) *Indéchiffrable.*

1. Information inexacte. D'origine juive et militante socialiste, Jeannette Maltus s'était mariée légitimement, en 1915, à Braïla.

2. L'un des dirigeants du parti social-démocrate roumain, condamné à mort par contumace. Il était ami avec Panaït Istrati, depuis 1904.

Roumanie
Le ministère de l'Intérieur
La direction de la Police
et de la Sûreté Générale
Les Brigades Centrales

Journal d'archive, notes 4-9, rédigées par la brigade III.
Datées du 7 septembre 1925.
Enreg. nº 460378/ 7 sept. 1925.

SERVICE SPÉCIAL DE LA SÛRETÉ-BRAÏLA

Nous avons l'honneur de vous signaler, que l'écrivain communiste Panaït Istrati, arrivé récemment de Paris, est parti vers votre ville[3], d'où il est originaire. Vous êtes prié de le tenir sous observation et de le signaler aux autorités respectives en cas de déplacements en d'autres directions. Le résultat nous sera communiqué.

Directeur général
Indéchiffrable.

Inspecteur général
Indéchiffrable.

3. Une « note confidentielle », antérieure (nº 5383 / le 3 septembre 1925), de la part du « Service spécial de la Sûreté-Ploiesti. Les informateurs secrets » avait signalé la présence de l'écrivain, là-bas, « pour cueillir des dates sur la vie du défunt Stefan Gheorghiu, militant socialiste, en vue d'une brochure qui sera imprimée par la contribution matérielle des communistes de Bucarest, Braïla et Ploiesti ». Il avait l'intention d'écrire un livre évocatif *L'Agitateur*.

Le ministère de l'Intérieur
La direction de la Police
et de la Sûreté générale
IIe Circonscription
Constantza
No 11461 B.C.M.
IIIe brigade

Enregistrée au ministère de l'Intérieur, direction de la Police et de la Sûreté Générale. Confidentiel. Dossier no 2751.

Monsieur le Directeur général,

Nous avons l'honneur de vous communiquer les suivantes :

Dans la nuit du 11-12 septembre 1925, est arrivé dans la ville de Braïla, le bien connu socialiste Panaït Istrati, actuellement écrivain roumain en France. Il est accompagné par sa femme[4] et hébergé à l'hôtel Bristol, chambre no 20.

Le 12 septembre, il a visité son ami Constantinescu, coiffeur sur la rue Golesti, avec lequel il s'est promené dans la ville. De là, ils sont allés à Baldovinesti, où Panaït Istrati a un vignoble, comme héritage de ses parents[5]. D'ici, ils se sont dirigés à Chiscani où Panaït Istrati a un oncle, qui est rentré avec eux à Braïla et où ils lui ont acheté un complet neuf, des chaussures, une

4. En automne 1925, Panaït Istrati revient en Roumanie, après dix ans d'absence. Dans une lettre à Romain Rolland, il l'annonce : « Je pars en Roumanie, pour identifier la tombe de ma mère, morte en 1919 et pour corriger les épreuves du livre *Oncle Anghel*, traduit par moi-même en roumain. » Il était accompagné par sa femme Anna Munsch, d'origine alsacienne, avec laquelle il s'était marié à la mairie du VIIIe arrondissement.

5. La mère de Panaït Istrati était une pauvre blanchisseuse. Son père, d'origine grecque, était contrebandier; il avait abandonné sa famille, quand Panaït avait neuf mois, retournant en Grèce. Panaït Istrati n'avait rien en héritage.

canne et un chapeau[6]. Le soir, ils ont dîné ensemble, y compris Constantinescu.

Le jour du 13 septembre, à 15 heures, Panaït Istrati, accompagné de sa femme et de ses amis, – Dinou Apostolache, correspondant du journal *Le Bas-Danube* et le coiffeur Constantinescu, – ont visité le Lac-Salé... Ils sont rentrés à Braïla, vers 17 heures et vers 18 h et demie Panaït Istrati et sa femme ont quitté la ville, en direction de Galatz sur le bateau *Le Prince Mircéa.*

De Galatz, il retournera à Ploiesti, puis à Bucarest où il est invité par la Société des Gens de Lettres, à un banquet en son honneur[7].

Durant son séjour à Braïla, il n'a rencontré aucun socialiste ou autre personne. Le jour du 13 septembre, a eu lieu une réunion du syndicat des ouvriers portuaires, où les vieux socialistes l'attendaient. Mais il n'est pas venu à cette réunion[8].

Inspecteur général
délégué
(ss) *Indéchiffrable*

Le chef du bureau
(ss) *Indéchiffrable*

6. Son *seul* oncle, encore en vie, était *Dimi*, originaire de Baldovinesti.

7. Le banquet n'a pas eu lieu, la Société des Gens de Lettres renonçant de le fêter, à cause de la presse réactionnaire qui l'attaquait avec violence, le considérant comme « communiste ».

8. Panaït Istrati avait été, en 1910, le secrétaire de ce syndicat.

Le service spécial de Sûreté-Ploiesti
Les informateurs secrets.
Le 26 septembre 1925, ordre d'être tenu en surveillance.
(ss) Ionescu

Le 17 septembre 1925.
Enregistré au ministère de l'Intérieur, la direction de la Police et de la Sûreté générale.
N° 63710/23 septembre 1925.

CONFIDENTIEL

(NOTE)

Le communiste Panaït Istrati est rentré dans la ville de Ploiesti, le soir du 14 septembre 1925. Il est hébergé chez Costica Ionescu, dit « Le Savant », actuellement patron relieur de livres.

Dès son arrivée, il a rencontré, le soir : Emile Nicolau et le peintre Al. Voda (communistes); N. Stroescu, Al. Dunareanu (sociaux-démocrates) et C. Ionescu, relieur de livres. La rencontre a eu lieu dans la boutique du commerçant Basile Petrescu, rue Romana. Le susdit était accompagné d'une femme, originaire d'Alsace (France), qu'on dit son épouse. Le lendemain, il a été visité par le Dr Elie Horodniceanu (socialiste), I. Maresh, A.I. Burghelea et Marie Niculescu (communistes), au domicile du peintre Al. Voda.

D'après nos renseignements, le voyage de Panaït Istrati en Roumanie a comme but de réaliser une étroite liaison entre les communistes français et roumains. D'ailleurs, le susdit a visité, depuis qu'il se trouve chez nous, les villes de Buzau, Braïla, Galatz, Focsani et Jassy, où il a contacté tous les dirigeants communistes de là-bas. Pour masquer le but de son arrivée à Jassy, il a rencontré plusieurs fois le romancier Mikhaïl Sadoveanu et d'autres écrivains.

A Paris, où il a son domicile et où il retournera après un mois, il a déployé une forte activité dans le groupement communiste de là-bas, étant membre du comité de rédaction du journal socialo-communiste *L'Humanité* [*sic*!]. Dans les pages de ce journal, il a mené une violente campagne, dénigrant la Roumanie.

Panaït Istrati est originaire de la ville de Braïla, où il a été peintre en bâtiment et débardeur dans le port. Entre les années 1914 et 1915, il a vécu en concubinage. [?!] avec Jeannette Maltus, actuellement mariée et résidant à Ploiesti. Il l'avait abandonnée en 1916, quittant tout de suite notre pays, peu avant l'entrée de la Roumanie en guerre.

Dans quelques jours, il doit revenir à Ploiesti, pour recueillir des informations concernant le défunt socialiste révolutionnaire Stefan Gheorghiu, en vue d'un livre dédié au mouvement communiste roumain.

Le chef du service
(ss) A. IONESCU.

La IVe brigade
le 7 octobre 1925
Dossier 9867

Le 24 septembre 1925
No 2751.

NOTE

L'écrivain Panaït Istrati, dont nous connaissons les liaisons avec l'ancien mouvement ouvrier, a refusé de collaborer au journal ouvrier *Deșteptarea* [*Le Réveil*], édité par les Roumains d'Amérique du Nord, leur envoyant une lettre qui se termine ainsi : « S'ils voulaient, les ouvriers pourraient briser en un seul jour les chaînes de leur esclavage et sans avoir pour ça besoin des registres. Car les registres sont bons, seulement pour y inscrire les morts. »

Ces mots sont vivement commentés dans les cercles de nos intellectuels.

Voilà l'homme, qui affirme qu'il se tient en dehors des luttes politiques et qui pourtant, donne de tels conseils aux travailleurs.

A Bucarest, il a l'intention de faire paraître, le 1er octobre, une revue *Facla literarà* [*La Torche littéraire*] avec l'argent de J. Rosenthal[9], l'ex-directeur des quotidiens *Dimineata* [*Le Matin*] et *Adevǎrul* [*La Vérité*][10].

Pris connaissance,
le 8 octobre 1925
(ss) FILIPOÏU

Communiqué B.C.
le 24 IX 1925
(ss) *Indéchiffrable*

9. Ce projet n'a pas été réalisé, ne trouvant pas l'argent nécessaire pour garder la liberté de parole de la revue, qui devait être « courageuse, rassemblant quelques forces libres et bien douées du pays ».

10. Le 3 octobre 1925, Panaït Istrati quitte la Roumanie, écourtant son séjour à cause de la persécution de la Sigourantsa, qui l'avait prévenu qu'on va « prendre des mesures disgracieuses concernant sa liberté ». A ce « sujet », il y a dans le dossier la lettre dont le signataire reprochait au directeur général de la Sigourantsa, le traitement inhumain de la police secrète contre « un écrivain de célébrité mondiale, pourchassé sans cesse par les agents policiers ».

A cause du départ précipité d'Istrati, le festival littéraire projeté à Jassy (le 18 janvier 1926) et où il devait lire des « pages inédites », a été annulé.

N° 64873 J.75688/1926
Le 4 novembre 1926

TÉLÉGRAMME CHIFFRÉ [11]

1. *Aux Inspecteurs généraux de la Sigourantsa; 2. aux préfectures départementales; 3. aux préfectures de Police; 4. aux polices des villes; 5. aux services et brigades de Sûreté; 6. aux commandements de la Gendarmerie rurale; 7. à la préfecture de Police de la capitale, Bucarest.*

Nous sommes informés sur l'intention d'introduire et de diffuser une brochure intitulée *Au pays du dernier des Hohenzollern* et qui contient des mensonges et des calomnies à l'adresse des autorités de notre pays.

Vous êtes priés de prendre des mesures, tout de suite, pour empêcher sa diffusion et pour la confisquer.

Pour le ministère
de l'Intérieur
(ss) ROMULUS VOÏNESCU

11. Un ordre similiaire, signé par le directeur général de la direction de la Police et de la Sûreté générale a été donné au directeur général des P.T.T. et des Douanes (N° 65079, 5-6 septembre 1926).

La IIIe brigade N° 11248/12 novembre 1926

NOTE

La brochure *Au pays du dernier des Hohenzollern*, éditée par le « Comité de défense contre la terreur blanche dans les Balkans », a été introduite dans notre pays.

Cette brochure est préfacée par Panaït Istrati.

Nous sommes intervenus auprès de la Légation de France à Bucarest, pour faire des investigations à Paris et découvrir qui est l'auteur de cette brochure et qui font partie du susdit Comité[12].

(ss) *Indéchiffrable*

12. Brochure contenant 32 pages, ayant comme sous-titre *L'Histoire d'un crime* (l'assassinat du Pavel Tcacenko, par la Sigourantsa, en 1926, pour propagande communiste).

La « préface » de Panaït Istrati est sa *lettre-manifeste*, envoyée au meeting contre la terreur blanche dans les Balkans, tenu le 6 octobre 1926, dans la salle des Sociétés savantes, à Paris.

Dans ce « Comité », figuraient Romain Rolland, Henri Barbusse et Panaït Istrati. (Voir l'article paru dans le journal, *Le Peuple*, du 20 mars 1926.)

Roumanie
Le ministère de l'Inté-
rieur
La direction de la Police
et de la Sûreté générale
Service du secrétariat
Nº 61357 13 XI 1926
(Classé au dossier de la
brochure :
Au pays du dernier des
Hohenzollern)

Dossier spécial
à A.S. nº 11248

Monsieur le Ministre,

Nous avons l'honneur de vous envoyer la brochure ci-jointe et de vous prier, à titre de réciprocité, de bien vouloir demander aux services de Sûreté, de Paris, de faire des investigations en vue d'établir qui est l'auteur de cette brochure, qui diffame les personnalités et les institutions de notre pays, et de connaître la composition du « Comité contre la terreur blanche dans les Balkans ».

Après cela, vous êtes prié de veiller, si n'est pas le cas, à ce que les autorités françaises fassent cesser cette action de diffamation des personnalités et des autorités de notre pays.

Vous remerciant chaleureusement, nous vous prions, Monsieur le Ministre, de nous considérer vos dévoués.

Ministre
(ss) *Indéchiffrable*

Directeur général
(ss) *Indéchiffrable*

Ministère de l'Intérieur
Direction de la Police
et de la Sûreté générale
N° 73511/27 août 1929

Très discret

Le 21 août 1929, l'écrivain Panaït Istrati est rentré dans notre pays, avec le train international n° 24, venant de Paris et accompagné de sa femme. La destination de son voyage : Braïla où il va rester six semaines.

Il possède le passeport n° 930, délivré par notre légation de Paris, le 2 mai 1929.

(ss) DEMETRIAD
N° 2183

La direction de la Police
et de la Sûreté
La IVe brigade

Le 28 août 1929

NOTE

Aujourd'hui, le 28 août, l'écrivain Panaït Istrati a quitté la localité de Timishoara, avec le rapide de 8 h 40, accompagné par le professeur Cioflec.

Son voyage est en stricte liaison avec le procès intenté aux communistes, *à l'occasion des désordres provoqués lors des funérailles du communiste Fonagy, décédé à l'hôpital de Campina et transporté de là avec une voiture à Timishoara.*

De Timishoara, il va partir dans la vallée du Jïu, à Lupeni, pour que les mineurs le renseignent sur les incidents passés, en vue d'une enquête qui sera publiée dans une brochure[13].

Après avoir fini cette enquête, il doit retourner à Bucarest, pour deux jours. De là, il partira à Braïla, son lieu de naissance où il va rester deux semaines. Il quitte le pays le 5 octobre, à destination de Paris.

La direction générale de la Police
N° 2751

Le 29 août 1929

NOTE

L'inspecteur régional de Police-Timishoara fait le rapport suivant :

Monsieur le premier procureur a donné permission à M. Panaït Istrati de contacter et de parler avec les détenus du 7 avril 1929. Il s'est présenté à eux, les renseignant sur sa décision de faire une enquête sur les différends entre les ouvriers et les capitalistes de Roumanie.

Entre autres, le susdit a précisé qu'il s'est rendu compte, dès son arrivée, de la terreur capitaliste,

13. Panaït Istrati était venu pour enquêter sur le massacre des mineurs grévistes à Lupeni (le 6 août 1929), où ont été tués, mineurs et autres, quarante-cinq grévistes incarcérés à Deva. Dans son enquête personnelle, il a été accompagné par le professeur Romulus Cioflec, membre du parti au pouvoir et on lui avait accordé un « libre passer », par le ministre de l'Intérieur – la vallée du Jïu étant sous état de siège.

Comme suite à cette enquête, Panaït Istrati a écrit huit reportages, parus dans le quotidien indépendant *Lupta (La Lutte)*, entre le 24 septembre et le 2 octobre 1929, accusant les autorités locales d'avoir donné l'ordre du massacre et demandant publiquement l'arrestation des coupables. (Ces reportages ont été traduits intégralement en français et publiés dans *Les Cahiers des Amis de Panaït Istrati*, n° 21, novembre 1981, pp. 5-15.)

déchaînée contre les travailleurs roumains. Au plus, il s'est montré convaincu que le pays est gouverné par des bandits et qu'après sa rentrée en France, il écrira des articles démasquant, en face de l'opinion publique de là-bas, la terreur sanglante qui fait rage contre les mineurs roumains.

Il a promis, aux détenus, de les aider de l'extérieur, diffamant notre pays et nos dirigeants. Puis, il a ajouté qu'en France, la police ne terrorise pas les détenus et qu'il dénoncera, avec vigueur, tout ce qui se passe dans les prisons roumaines.

Par les promesses, avancées aux détenus, *ce Monsieur agite en grande mesure l'état d'esprit des mineurs et compromet le prestige du gouvernement et l'administration du pays. Il a même osé diffamer les Roumaines, les accusant d'être dépravées.*

Nous sommes informés, que demain – le 30 août – il veut entrer en contact avec les chefs des travailleurs, ce qui nous fera du mal. Les travailleurs seront encouragés dans leur mécontentement et il nous sera difficile de réprimer les désordres provoqués.

Vous êtes prié de nous indiquer, les mesures que nous devons prendre.

Inspecteur
(ss) CIUBA

Dossier nº 2751
le 8 septembre 1929

Enregistré au ministère
de l'Intérieur,
direction de la Police,
nº 79143/11 sept.

NOTE

Comme suite à notre rapport télégraphique d'hier, (nº 1251), les mesures de surveillance prises pour maintenir l'ordre, sont bien suffisantes. Pas de besoin, pour appliquer l'ordre d'hier nº 43700/929.

M. Panaït Istrati se trouve à Lupeni. Il possède l'autorisation nº 1165/4 août 1929, de la part de Monsieur le ministre Vaïda-Voevod. Il est accompagné par la femme du docteur Almasu et le professor Romulus Cioflec, de Timishoara. Les susdits ont rencontré les veuves des victimes de Lupeni et ont visité l'hôpital.

Ils partiront à Deva, le 8 septembre.

L'effectif de la troupe est de 650 gendarmes du bataillon d'instruction. Petroshani et 80 gendarmes de la légion de Petroshani. Donc, il faut qu'on retire les gardes-frontières de Deva.

Dans toute la région le silence règne. On ressent seulement le besoin d'agents d'information.

Le chef du service
(ss) POPOVICI
le 9 septembre 1929
Nº 1539
4058 Pr M.

Le service spécial
de Sûreté-Petroshani
Le 8 septembre 1929

Enregistré au ministère de l'Intérieur, la direction de la Police et de la Sûreté générale.
Nº 79484/12 septembre 1929.

(...) La nuit du 7 septembre, ils ont été hébergés à l'hôtel. Hier, le 8 septembre, ils ont pris contact avec une partie des mineurs et avec les femmes des victimes du 6 août. Ils ont visité l'hôpital. A cette occasion, ils se sont intéressés aux causes de la grève, comment a-t-elle été réprimée et spécialement sur les conditions de vie des mineurs, face au chômage et à la vie chère. Ils ont photographié des veuves, des mineurs et le lieu où s'était passée la collision avec l'armée.

Les soldats leur ont défendu de pénétrer dans l'usine électrique, pour y prendre des photos. En dépit de toutes leurs interventions, auprès du commandement de la garnison, ils ont été refoulés.

Hier, à 14 heures, ils sont partis par chemin de fer vers Petroshani; mais, en route, ils ont changé de direction, à cause d'un télégramme, prenant la route de Deva.

Le chef du service
(ss) *Indéchiffrable*

Le ministère de l'Intérieur
Nº 59035/18 septembre 1929

TÉLÉGRAMME CHIFFRÉ
à Monsieur l'Inspecteur régional
de la Police de Jassy

Le journal *Universul* [*L'univers*], du 18 septembre, publie un article dans lequel on affirme que Panaït

Istrati a l'intention d'organiser un nouveau parti ouvrier roumain et qu'en vue de ce but, il viendra à Jassy.

Vous êtes prié de poursuivre attentivement cette affaire et de nous communiquer à temps les résultats.

Le directeur général de la Police
(ss) *Indéchiffrable.*

TÉLÉGRAMME EXPRESS DE JASSY

Nous rapportons à votre ordre/n° 59035/929, qu'il se confirme l'arrivée de Panaït Istrati à Jassy.

Il sera hébergé chez Mikhaïl Sadoveanu.

Sur la date de son arrivée, sur son but, de même que sur son éventuelle activité politique ici, vous serez renseigné à temps.

Inspecteur régional
(ss) MACELARU.

Roumanie
Le ministère de l'Intérieur Jassy, le 30 décembre 1929

NOTE INFORMATIVE
La direction générale de la Police-Bucarest

(...) M. Panaït Istrati a renoncé de venir à Jassy. Les personnes respectives n'ont reçu aucune directive, concernant l'organisation d'un parti ouvrier roumain.

Inspecteur général
(ss) C. DIMITRIU

La direction de la Police
et de la Sûreté de l'Etat Le 27 septembre 1929
La Ire brigade

Au sujet de ce que les quotidiens *Epoca* [*L'Epoque*] et *Ordiner* [*L'Ordre*] ont publié en ce qui concerne Panaït Istrati, nous vous communiquons :

La brigade C va s'informer, avec précision, si à l'occasion de la conférence du 6 octobre, il y a des personnes intéressées à provoquer des actes de violence. Nous avons pris des mesures.

NOTE

Il y a partout, sur les murs de la capitale, des affiches qui annoncent que dimanche 6 octobre, à 16 heures, aura lieu dans la salle Tomis, un « Festival culturel » organisé par le journal *Proletarul* [*Le Prolétaire*].

Le « festival » sera présenté par le docteur Ghelerter. M. Panaït Istrati tiendra une conférence : *Entre la beauté de l'Art et la délivrance de l'homme*[14].

14. Panaït Istrati n'a pas pu tenir la conférence annoncée, à cause de l'agitation provoquée par les houligans et la réaction, dans la presse et dans la rue. Une lettre d'Istrati, adressée au professeur Cioflec, nous donne des détails très suggestifs : « Je suis poursuivi, sans répit, par les policiers. Hier soir, un « membre important » du gouvernement m'a annoncé que les étudiants nationalistes cherchent à me tuer. Ils ont barré la rue Dragos Voda et toute la nuit ont fait bombance dans une boutique, à côté de mon domicile, hurlant et me menaçant avec leurs revolvers... »

Une voiture de la police l'a transporté à la gare. Et là-bas, sur le quai assailli par les houligans, il a pu monter dans le train, se défendant revolver au poing.

Ainsi, Panaït Istrati a quitté son pays, le 9 octobre 1929.

Les brigades centrales

La IIIe brigade,
le 12 octobre 1929
N° 65291-S12

TÉLÉGRAMME

Aux polices de frontière : Jimbolia, Halmeï, Episcopia Bihorului, Grigore Ghica-Vodà, Constantza.

Rapportez-nous télégraphiquement si Panaït Istrati a quitté le pays.

Le directeur général de la Police
(ss) M. STAN EMANUEL

Ministère de l'Intérieur
La Police de frontière-Curtici
N° 3242/10 octobre 1929

Enregistré au ministère de l'Intérieur, direction générale de la Police et de la Sûreté.
N° 090840/14 octobre – dossier n° 2751.

Monsieur le Directeur général,

Comme suite à notre rapport télégraphique n° 2182 du 22 août 1929 et conformément à votre ordre télégraphique chiffré n° 60114/1929, nous avons l'honneur de vous rapporter que hier soir, *l'écrivain Panaït Istrati a quitté le pays, par ce point de frontière,* avec l'Orient-Express, destination Paris.

Le chef de la Police-Curtici
(ss) POLICIER N.V. DEMETRIAD.

A Monsieur le Directeur général
de la Police générale de l'Etat.

JUSTICE POUR PANAÏT ISTRATI
Radiographie de la campagne mensongère et calomnieuse d'Henri Barbusse

—

Parmi les objectifs, que l'association « Les Amis de Panaït Istrati » se propose de réaliser, il y a celui de « laver » la mémoire de l'écrivain de toutes les accusations et calomnies mises en circulation après la parution en librairie de *Vers l'autre flamme.* Accusations qui furent à l'origine du silence qui a pesé un demi-siècle durant, sur la vie et l'œuvre de Panaït Istrati.

« Nous considérons que c'est faire œuvre de justice, a affirmé Marcel Mermoz dans les pages des *Cahiers,* et surtout en France où précisément est née la calomnie. (...) Que les fervents amis d'Istrati se rassurent : nous ferons toute clarté sur la machine infernale lancée calomnieusement par Barbusse et consorts. »

Panaït Istrati, lui-même, a repoussé de son vivant l'offensive tenace du mensonge et de la calomnie. Retiré en Roumanie, très malade, et abandonné par ses grands amis français, il n'a pas réussi à faire prévaloir la vérité à l'étranger, la langue roumaine n'ayant pas un statut de « langue universelle ».

« C'est à nous, dit en conclusion le président des Amis de Panaït Istrati, de le faire maintenant et sans faiblesse (...). Nous publierons toutes les pièces du *cas Panaït Istrati*, accumulées depuis plus de quarante ans (...) Il faut, peut-être, honnêtement donner la parole à l'adversaire, à l'insulteur, au calomniateur pour que les jeunes générations puissent le juger. Cela permet d'ouvrir et d'aborder le débat. Aussi seulement on pourra " déculotter " enfin cet hargneux calomniateur... De même qu'Henri Béraud est considéré comme l'un de ceux qui ont poussé le socialiste Roger Salengro au suicide, on peut dire que les calomnies d'Henri Barbusse, répétées inlassablement, ont conduit plus sûrement Panaït Istrati au désespoir et l'ont précipité dans la tombe. »

Marcel Mermoz a honoré sa promesse en publiant, dans *Les Cahiers* de l'association, des pièces révélatrices. Une première contribution, capitale dans ce débat fut la publication[1] – pour la première fois, en Occident, – du « Dossier Panaït Istrati », tenu au jour le jour – depuis 1924, – par la Sigourantsa, fameuse police politique roumaine. C'est un témoignage irréfutable, prouvant que Panaït Istrati fut surveillé par la Sûreté roumaine, même après son retour d'U.R.S.S., surveillance poursuivie après sa mort : ses proches sont mis en « observation » à l'occasion de leurs pèlerinages au cimetière ou lors des commémorations de sa mort. Les nombreux « rapports », « notes », et « télégrammes chiffrés » le dénoncent comme « un agitateur dangereux pour la sûreté de l'Etat bourgeois roumain ».

La publication de ce « Dossier », en France et en Roumanie, est un coup de grâce à la calomnie. Il met en lumière, par contrecoup, l'attitude perverse adoptée par Henri Barbusse à l'égard de Panaït Istrati.

Un autre document démontre le rôle d'instrument

1. *Les Cahiers des Amis de Panaït Istrati*, n° 3, septembre 1976 – inclus dans la présente réédition.

joué par Barbusse dans cette sale affaire. Il s'agit de la série de huit reportages, écrits par Panaït Istrati sur les massacres des mineurs grévistes roumains pendant l'été 1929. Reportages publiés également dans *Les Cahiers des Amis de Panaït Istrati* trimestriels[2].

Il est bien de souligner que la presse socialiste roumaine a évoqué de nos jours les événements tragiques d'il y a un demi-siècle, et en même temps la position de Panaït Istrati. Dans une étude publiée dans le *Magazine historique* (nº 4, avril 1970), on reconnaît la place d'Istrati parmi ceux qui « se sont approchés des travailleurs, attachés à leur souffrance et à la lutte sociale ». Evoquant la répression sanglante de la grève du 6 août 1929, l'auteur fait l'appréciation que « les articles de Panaït Istrati, parus dans cette période, *constituent de vraies pièces accusatrices* dans ce dossier de la domination bourgeoise et des grands propriétaires fonciers (...), de vives preuves d'affectueuse solidarité avec la classe ouvrière dans une période très difficile, de lutte pour la liberté et la justice sociale ».

Un autre document, qui met en relief l'« objectivité » de Barbusse, est l'article du professeur Piet Tommissen : « Une réaction bruxelloise à propos de l'affaire Istrati[3] ». Il évoque la position contestataire du groupe « Les Amis de *Monde* » de Bruxelles, qui demandait dans « un ordre du jour » (Le 4 janvier 1930) toute clarté dans l'affaire Istrati, ceci en raison du manque d'objectivité de la revue *Monde* qui refusait à Panaït Istrati le « droit de réponse » aux accusations. Sinon « un doute pèserait sur l'indépendance

2. *Les Cahiers des Amis de Panaït Istrati*, nº 21, novembre 1981. (Version française par Hélène Guilliermond.)

3. *Ibid.*, nº 4, décembre 1976.

de *Monde* ». Et le professeur Piet Tommissen donne, dans cet article, les détails suivants :

« Dans la séance du groupe bruxellois, l'écrivain belge Pierre Hubermont y prit la défense de Panaït Istrati, même si l'" ordre du jour " fut repoussé par la majorité de la forte délégation stalinienne dans la salle. Un an après, le même Hubermont participait à la IIe Conférence internationale des écrivains révolutionnaires, tenue à Kharkov, entre les 6 et 15 novembre 1931, dans la salle du théâtre Beresil. Hubermont revient à la charge en faveur d'Istrati : " J'en ai parlé à Kharkov, à propos de Panaït Istrati, mis en accusation par les fonctionnaires de la littérature communiste[4], comme je l'avais défendu devant le groupe des ' Amis de *Monde* ', à Bruxelles. Le compte rendu de la conférence n'a pas reproduit mon intervention parce que c'est encore une des caractéristiques de la ' dictature du prolétariat ' de ne pas comprendre toute l'importance qu'il y a à laisser s'exprimer librement l'opinion de chacun. "

« Deux fois, le digne Hubermont a pris position en faveur d'Istrati, sans aucune chance de succès, et sans même trouver un écho de ses interventions. Homme de lettres belge (dont l'œuvre figure dans *L'Histoire de la littérature prolétarienne en France* de Michel Ragon), il avait pris simultanément la défense d'Augustin Habaru, menacé en sa qualité de rédacteur

4. Dans le rapport, présenté par Bella Illes, secrétaire général du bureau de l'Association internationale des écrivains révolutionnaires et prolétariens, Panaït Istrati était accusé d'avoir demandé 50000 dollars « pour créer un journal pro-soviétique en France ». Il ajoutait : « Nous avons rejeté la proposition, parce que nous n'achetons pas des hommes, seulement l'outillage technique. » En final, le rapport concluait que Panaït Istrati avait été « acheté » par la police... française! (Voir le compte rendu sur la Conférence de Kharkov, publié dans la revue *La Roumanie littéraire*, Bucarest, 12 mars 1932.)

en chef de *Monde*. A. Habaru devait d'ailleurs démissionner de ce poste en 1930[5].

LA DOUBLE FACE D'UN « AMI »

Il n'est pas vrai que Barbusse n'eut « aucune considération » pour Istrati, ainsi qu'il l'affirme dans sa lettre aux « Amis bruxellois de *Monde* ». Leurs relations datent de l'automne 1919, quand Panaït Istrati travaillait dans l'administration du journal genevois *La Feuille*, de Jean Debrit, d'orientation pacifiste.

Dans cette gazette, il publie « Lettre ouverte d'un ouvrier à Henri Barbusse » dans laquelle il exprime son « mépris pour les artistes qui restent sourds à la douleur du peuple ». Dans un texte autobiographique de 1925, Istrati revient sur cette « lettre ouverte » et il ajoute : « Dans cet article, je défendais la position des travailleurs. En me répondant, Barbusse les défendait mieux que moi. Après cela, je lui ai écrit deux ou trois lettres personnelles, médiocres et auxquelles j'ai reçu les réponses banales qu'elles méritaient. Barbusse se comportait comme un chirurgien; il ne faisait pas de la médecine de l'âme, ce qui n'est pas ma façon d'être. »

5. Augustin Habaru a été attaqué par Bruno Jasienski, dans la revue soviétique *Vestnik innostranoj litteratury* (*Le Courrier de la littérature étrangère*), qui trouve « *scandaleux* » que *Monde* ait ouvert ses colonnes au « révolutionnaire indépendant » qu'Istrati prétend être. (Voir l'ouvrage : *Le Roman insupportable. L'Internationale littéraire et la France*, par Jean-Pierre Morel, Paris, Editions Gallimard, Bibliothèque des Idées, 1985.)

L'article incriminé est l'interview « Panaït Istrati vous parle de l'U.R.S.S. : son opinion sur la littérature prolétarienne », qui marque la fin de sa collaboration à *Monde*.

Eté 1925. Panaït Istrati passe trois dimanches, invité par Henri Barbusse, dans sa villa somptueuse de Miramar, sur la Côte d'Azur.

L'écrivain français le renseigne sur son projet d'entreprendre « une action au-dessus des partis » et lui annonce qu'il l'avait inscrit parmi ses collaborateurs. C'est le projet de la revue *Monde* et Istrati, enthousiasmé, le croit sincère.

Avril 1928. Henri Barbusse lance sa revue *Monde*. Panaït Istrati figure parmi les collaborateurs de grande renommée. Du 16 juin au 21 juillet 1928, il y publie une série de « Notes et reportages d'un vagabond du monde ». Ce sont des impressions sur son voyage en Grèce (fin décembre 1927-mars 1928) en compagnie de l'écrivain grec Nikos Kazantzakis. Dans ces pages, il sacrifie l'art à la sincérité. « J'ai soif d'être absolument sincère et pas du tout artiste. L'art, tel qu'il est de notre temps, me dégoûte de plus en plus; il n'apporte rien à l'homme misérable. » Cette sincérité lui valut la rage de la presse grecque gouvernementale et son expulsion de Grèce.

Durant son périple en U.R.S.S., Panaït Istrati rencontre Henri Barbusse : dans l'hôpital de Nijni-Novgorod, où il était malade; à Soukhoum, où l'écrivain français lui a paru « très pressé » et dans le bureau de la maison d'éditions Gossizdat, à Moscou, pour toucher de l'argent pour *Monde*. Ils participent à la Création de l'Association internationale des écrivains révolutionnaires et prolétariens; Panaït Istrati est élu au bureau, à côté de A. Lounatcharski, J.R. Bécher, Paul Vaillant-Couturier et d'autres.

Après la parution de *Kyra Kyralina* (mai 1924), Henri Barbusse salue, dans les pages de *L'Humanité*, les livres d'Istrati qui « éclataient » comme un météore au milieu du byzantinisme des écrivains français à la mode (...) Il faisait entrer dans la maison des lettres la lumière du grand jour (...) Le talent violent et empoignant d'Istrati est révolutionnaire (...) il signifie équilibre et humanité! Etre révolutionnaire, c'est être profondément humain, c'est vouloir que chacun ait la place qui lui est due, dût-on pour cela secouer et faire craquer les vieilles institutions malfaisantes, si chères aux intérêts de quelques parasites[6] ».

Et pour dissiper tout doute, il se pose – dans un autre article – la question : « Panaït Istrati est-il vraiment des nôtres? » Et la réponse de Barbusse est nette : « Nous autres, révolutionnaires et communistes, nous l'avons toujours pensé (...) Honneur aux âmes fortes et lumineuses qui en se découvrant et en s'exprimant aident tous ceux de la foule à se retrouver et à s'affirmer eux-mêmes pour les vraies batailles (...) Auteur magnifique des *Haïdoucs*, de *Codine* et de tant d'autres livres qui sont tombés dans la littérature bourgeoise comme des bolides, etc. »

Mais dans cet article, il ne se contente pas d'un simple éloge. Il dénonce avec véhémence les mensonges débités par les journaux allemands, *Vorwaerts* de Berlin et *Kommunistche Fahne*, qui diffamaient P. Istrati, l'accusant d'antisoviétisme. « On lui a fait dire ce qu'il n'a pas dit, proteste Barbusse; on " reproduit " des articles antisoviétiques qui sont soi-disant de lui et qui sont faux d'un bout à l'autre (...) On a, par toutes sortes de moyens et de cuisines, déformé le sens des paroles qu'il avait écrites (...) Voici la recrudescence de cette campagne qui tente d'exploiter contre les trou-

6. « Panaït Istrati, porte-parole du peuple », in *L'Humanité*, 1er juillet 1928.

pes fraternelles, le génial porte-parole des exploités[7] », etc.

Ces mots ont été prononcés en été 1928. Un an après, *Vers l'autre flamme* paraît et l'« ami » et l'« illustre » défenseur d'Istrati se transforme brusquement en « procureur de la nouvelle humanité ». Lui et sa « suite » – tous des acolytes – sont unanimes : ils condamnent, ils clouent au pilori, au mur de l'infamie celui qui, hier encore, était choyé, respecté, adulé. Son péché? Parti enthousiaste pour l'U.R.S.S. – pour y rester et y travailler à l'édification du communisme – il est vite atterré en découvrant, le premier, l'effroyable réalité du « Goulag ». Et il crie LA VÉRITÉ!

Morale : Quand tu appartiens à une secte, c'est facile de tenir le coup : tu n'as qu'à t'aligner pour être défendu. Mais quand tu es libre, indépendant, tu n'appartiens à rien et personne ne te défendra. C'est la position la plus inconfortable qui soit.

UNE SALE AFFAIRE ET LE RÔLE DE BARBUSSE

Vers l'autre flamme résonne comme une terrible pétarade; son ton est virulent : il condamne impitoyablement le régime stalinien. La réaction de la gauche française (mais pas unanime) est immédiate et violente. *L'Humanité*, à son habitude, déverse sur Panaït Istrati un torrent d'injures, incapable d'opposer un

7. « Panaït Istrati est-il vraiment des nôtres? », in *L'Humanité*, 18 mai 1928. Dans le même journal ont paru d'enthousiastes comptes rendus sur *Oncle Anghel* (1er juillet 1925), *Domnitza de Snagov* (22 septembre 1926) et *Codine* (22 mai 1927).

seul argument en réplique. Ce qui pousse Romain Rolland à écrire, dans une lettre adressée à Jean Guéhenno, rédacteur en chef de la revue *Europe* : « La bordée d'ignominies par laquelle *L'Humanité* a accueilli cet article[8] soulève le dégoût et le mépris (...) Et je pense, encore comme vous, au sujet de la ridicule enquête de Barbusse, Barbusse « écrivain du peuple », artiste « prolétarien »... Quelle dérision! » (9 octobre 1929).

Une polémique furieuse, passionnée, s'engage...

Panaït Istrati, même malade, envoie des articles qui paraissent dans la presse française : ses fameux « témoignages sur la Liberté »; « L'homme qui n'adhère à rien » et « Adhérer ou ne pas adhérer », « témoignages sur la Foi » : « Lettre à François Mauriac », « Lettre à Romain Rolland[9] ». Outre cela, il adresse de vertes réponses à Maurice Constantin-Weyer et Lucie Delarue-Mardrus[10], précisant sa non-adhésion à aucun côté de la barricade, refusant toute tentative d'annexion : « Toute " organisation " ne profite et ne profitera jamais qu'aux organisateurs! Voilà ce que je veux " conter " encore, avant de mourir. Tous ceux qui veulent faire de l'homme la bête d'un troupeau sont ses assassins! (...) J'ai toujours été et je reste le soldat passionné, le franc-tireur de la mêlée sociale, aux côtés des vrais révolutionnaires et pour une humanité meilleure! »

Les attaques contre Panaït Istrati commençaient à languir... Les mêmes « clichés », les mêmes acteurs.

8. « L'affaire Roussakov, ou l'U.R.S.S. d'aujourd'hui », in *La Nouvelle Revue française*, 11 octobre 1929.

9. *Les Nouvelles littéraires* du 8 avril et 29 juillet 1933; 22 avril et 2 septembre 1933.

10. *La Voix*, 8 décembre 1929 et *Europe*, 15 février 1930.

Romain Rolland gardait son silence, en public, même s'il avait noté dans son *Journal* : « J'ai refusé à Barbusse de participer à cette exécution publique d'un ancien ami » (juillet 1934 – juin 1935). Donc, il fallait pour l'attaque décisive trouver une personnalité de renom et docile, pour en finir et assommer ce rebelle d'Istrati.

Henri Barbusse fut choisi. Et pas par hasard. Prix Goncourt 1917, l'auteur du célèbre *Feu* bénéficiait déjà d'une renommée mondiale lui permettant de s'accorder le titre d'« écrivain prolétarien », qui devint « une légende établie, largement répandue ». Même si elle était contestée[11]. Et sa position en face de Moscou réclamait quelques « services », pour normaliser leurs relations, qui se trouvaient en « difficulté... idéologique. »

D'abord, la revue *Monde* critiquée par « les camarades » – opération dirigée de Moscou :

« *Monde* aurait dû faire connaître l'histoire du développement de la littérature dans le premier pays prolétarien (...) aurait dû soutenir la littérature prolétarienne russe (...) Or il fait le contraire (...) *Monde* accueille donc aussi bien les représentants de la " contre-révolution de droite " (Pozner, Ehrenbourg), que ceux de la " contre-révolution de gauche " (Istrati, Serge), avec tout de même, une légère préférence pour ceux-ci (...) les derniers numéros de *Monde* rappellent plus un bulletin trotskiste qu'une revue littéraire indépendante. » (Texte extrait de l'ouvrage *Le Roman insupportable. L'Internationale littéraire et la France* par

11. Maurice Parijanine : « Pour la destruction d'une légende. M. Henri Barbusse, profiteur de la Révolution mondiale », in *Les Humbles*, février-mars 1930.

Jean-Pierre Morel qui conclut : « L'activité de *Monde,* depuis seize mois, est donc condamnée sans appel par le bureau international et Barbusse, placé au pied du mur. »)

A cette époque, le dernier livre d'Henri Barbusse : *Jésus,* fut interdit en U.R.S.S.. Les démarches personnelles de l'écrivain firent lever cette interdiction; le livre parut en russe, mais avec une préface dans laquelle on met le lecteur en garde contre les idées pseudo-chrétiennes et antimarxistes du poète. Barbusse accepta bien volontiers[12]. Pour se réhabiliter, il écrit le livre : *Voici ce qu'on a fait de la Géorgie,* où il n'est question que de « défendre la cause », « d'exposer très largement notre point de vue », etc.

Le rôle de Barbusse, dans l' « exécution publique » de Panaït Istrati, a été celui d'accusateur. Ses « armes » : *le mensonge* et *la calomnie,* parce qu'ainsi s'appelle toute accusation qui n'est pas prouvée par un document ou un fait réel, préalablement vérifié. Il a menti avec préméditation, conscient de la pérennité de la calomnie. (« Calomniez, calomniez, il en reste toujours quelque chose! »)

LES DOCUMENTS ONT LA PAROLE...

La grande mystification, le triste travestissement de la Vérité, débute par l'article « Le Haïdouc de la Sigourantsa », publié dans *Monde,* du 22 février 1935. Les journaux *L'Humanité, Commune* de Paul Nizan et l'organe trotskiste *La Vérité* font chorus.

Dans une page spéciale de *Monde,* intitulée « Les

12. *Ibid.*

victoires du capitalisme : le cas Panaït Istrati », Francis Jourdain, Jean-Richard Bloch, Louis Dolivet, V. Barel, Charles Vildrac, J. Ferucci dénoncèrent le « cas Panaït Istrati », mis en discussion par l'écrivain prolétarien Henri Barbusse...

Nos « prolétariens » – petits-bourgeois – se débondèrent pour accabler le « vagabond » sans défense. Des graves accusations, sans produire le moindre document : « transfuge », « traître », « haïdouc en peau de lapin », « conformiste », « Homère, marchand de cacahuètes »... On l'insulta enfin : « anarcho », « rouspéteur », « insoumis », « patriote », « antisémite » et « fasciste ». « Ils t'ont eu, Panaït! Ils t'ont eu! »... « Silence aujourd'hui du conformisme, du nationalisme, de l'antisémitisme et de la réaction. »

Panaït Istrati exprime son amertume dans une lettre à son ami l'écrivain hollandais A. M. de Jong : « Dans mes deux patries d'origine (la Roumanie et la Grèce) je suis un " vendu " aux Soviets et à la franc-maçonnerie. En France, je ne suis plus pour les communistes qu'un " vendu " à la bourgeoisie et un " agent " de la police roumaine. »

La mise en scène de cette campagne calomnieuse était claire : d'abord l' « acte d'accusation », formulé par le « grand écrivain prolétarien »; puis l'avalanche de « lettres », de la part des « camarades » qui s'adressaient à la revue *Monde*, pour « crier » leur révolte d' « outrages dans leur conscience révolutionnaire »...

On répétait les mêmes calomnies, sur un thème dicté d'en haut. Une revue française d'époque a apprécié la mise en scène comme médiocre : « On pouvait attendre autre chose... Le ton en est visiblement vulgaire. Ainsi un débat, qui aurait pu avoir une certaine grandeur, n'a pas dépassé le plan des disputes personnelles et n'est pas d'un très grand intérêt[13].

*

Passons maintenant à la « radiographie » des accusations d'Henri Barbusse :

1. « Si on avait été plus gentil pour lui en U.R.S.S., insinue Barbusse, il aurait eu une autre attitude (...) Pour punir l'Etat ouvrier de n'avoir pas continué, *sine die*, de lui faire une existence de roi, il réédite toute la collection des calomnies qui traînent partout contre le pays socialiste. »

Mensonge! L'argent dépensé par Panaït Istrati, en U.R.S.S., provenait de ses droits d'auteur, tous ses livres étant traduits et édités. Deux lettres, adressées à Romain Rolland, nous apportent la vérité : « De l'argent, j'en avais, comme je n'en ai eu de ma vie : 3000 roubles. Encore n'avais-je touché mes droits d'auteur que sur deux livres et une traduction ukrainienne, auxquels était venue d'ajouter une bagatelle de 1000 roubles que Voufkou avait bien voulu me verser pour mon film *Kyra Kyralina.* » Ceci se passait à la fin de l'an 1927, quand il se préparait pour son départ en Grèce, avec Nikos Kazantzakis. « J'ai tout fait dévorer du passé : livres (très gros tirages), *Kyra* en film, trois scénarios, et ce que j'ai fait paraître à droite et à gauche dans les revues et les journaux d'ici : 12000 roubles environ[14]. »

Cet argent, gagné honnêtement (droits d'auteur) et

13. « La " trahison " de Panaït Istrati », in *La Vie intellectuelle*, Juvisy, 25 février 1935.

14. Lettre datée du 22 mars 1928.

sans aucune pression auprès des maisons d'éditions soviétiques, il l'a dépensé, faisant bourse commune avec Nikos Kazantzakis à travers l'Union soviétique.

2. La deuxième accusation : « En 1929, à l'occasion de la grande grève des mineurs de Lupeni, Panaït Istrati prend part à l'enquête gouvernementale (...) il voyage avec les enquêteurs officiels du gouvernement et approuve les autorités qui avaient ordonné une fusillade contre la foule ouvrière (...) il écrivit que la responsabilité des " incidents " qui s'étaient produits, incombait au syndicat ayant fomenté la grève. »

Version abominablement fausse, *inventée d'un bout à l'autre!* Voyons les faits :

En août 1929, a eu lieu à Lupeni la grande grève des mineurs contre l'exploitation sauvage qui les affamait. Toute la vallée du Jïu se trouvait en grève revendicatrice. Le gouvernement roumain de l'époque a massacre la grande foule des grévistes. Ce ne fut pas une simple « fusillade ». Rien qu'à Lupeni, les bourreaux ont assassiné trente mineurs et en ont estropié plus de cent.

Début septembre 1929, Istrati vint en Roumanie, pour enquêter personnellement sur ce massacre. Il obtint une autorisation officielle pour qu'il puisse pénétrer et circuler dans une zone en état de siège. Son ami, le professeur Romulus Cioflec, membre du parti au pouvoir, l'accompagnait. Ils arrivèrent donc sur place et s'entretinrent avec les mineurs blessés, avec les veuves et les orphelins de ce drame du pain.

Les résultats de son enquête font l'objet de huit articles, parus dans le quotidien de Bucarest *Lupta* (*La Lutte*), du 24 septembre au 2 octobre 1929. Avec émotion, Istrati reconstitue la lutte des mineurs affamés de la vallée du Jïu, il dénonce l'exploitation sans pareille de ces mineurs, leur condition misérable de travail et de vie. Il stigmatise la sanglante répression armée, ordonnée par le gouvernement roumain.

Nous citons : « 1. *On a dit que les mineurs ont tiré sur les soldats, ont jeté des barres de fer et d'autres objets, alors qu'à la vérité aucun soldat n'a été blessé.*

« 2. *On prétend qu'il y a eu un "malheur", alors qu'en réalité il y a eu chasse à l'homme, une poursuite et un massacre d'innocents.*

« 3. *Quarante-cinq hommes ont été arrêtés, parmi lesquels la majorité sont étrangers et non responsables du massacre commis, au lieu que soient arrêtés : LE PRÉFET ROZVANY, LE PREMIER PROCUREUR, LE COMMANDANT DES GARDES FRONTIÈRES, L'ADJUDANT-CHEF MAICAN ET L'INGÉNIEUR PAULESCU.* » (Extrait de l'article « La cause des travailleurs de la vallée du Jïu », qui clôt la série de ses articles.)

Cette série d'articles eut un retentissement formidable sur l'opinion publique roumaine. Le gouvernement fut obligé d'ordonner des sanctions contre les coupables et de donner des réparations aux mineurs blessés, aux veuves et aux orphelins. L'ami d'Istrati, le professeur Cioflec horrifié par ce qu'il avait vu, démissionna de son parti. Donc, loin « d'approuver les autorités qui avaient ordonné le massacre », Istrati, au contraire, avait dénoncé ces crimes du gouvernement roumain. Toute la presse roumaine de l'époque avait répercuté l'enquête personnelle d'Istrati.

Istrati assiste aussi au procès de Timishoara, où cinquante-neuf communistes risquaient des peines de cinq à quinze ans de prison. Il déploie une intense activité en faveur des inculpés.

Voilà la vérité. La malhonnêteté d'Henri Barbusse le discrédite à jamais en face de la postérité.

3. Toujours d'après Henri Barbusse : « Panaït Istrati a participé, en 1932, en qualité de journaliste, au Congrès des syndicats unitaires des travailleurs, et il fut l'un des premiers et des plus véhéments à préconiser la mise en illégalité de ces syndicats et l'emprisonnement d'un grand nombre de leurs militants. »

Dans un article « L'objectivité de la presse " indépendante " communiste », paru le 21 mars 1935, dans la revue *La Croisade du roumanisme,* Panaït Istrati a repoussé toutes ces inventions de Barbusse. En 1932, il participe à une tournée, organisée par le « Kulturbund », avec la conférence *Les Arts et l'Humanité d'aujourd'hui,* en Autriche et en Allemagne (du 3 au 17 février). En route vers la Roumanie, il s'arrête un temps à Paris et en Hollande (rencontre avec l'écrivain A.M. de Jong qui l'accompagne). Fatigué et malade, il est hospitalisé au sanatorium Filaret (à Bucarest) et de là, il se retire pour soigner sa santé au monastère Neamtz (juillet 1932 – février 1933).

Voici les faits, connus par tout le monde en Roumanie. Istrati malade, dans la gêne, obligé d'écrire pour assurer son pain et celui de sa famille, se débat désespérément. La presse roumaine en parle; elle est pleine d'échos sur la visite de l'écrivain A.M. de Jong et la maladie de l'écrivain roumain. Dans l'article, cité ci-dessus, Panaït écrit ceci : « S'il existe un communiste honnête dans mon pays, je l'invite à faire publiquement la preuve de tous ces crimes politiques, attribués à moi par leur infâme littérateur de Paris et de les publier ici ou n'importe où (...) Si je ne meurs, je promets de venir à Paris et obliger M. Barbusse, devant la justice française, de faire la preuve de tout ce qu'il prétend que j'ai commis en Roumanie. »

L'opinion publique internationale ne sait pas que,

dans la Roumanie entièrement fascisée à l'époque, Panaït Istrati a été le *seul journaliste* à prendre position en faveur du communiste M. G. Bujor, condamné à perpétuité dans les prisons de la bourgeoisie roumaine. Dans un article, publié par le quotidien *La Lutte*, Istrati écrivait entre autres : « Bujor n'a qu'une seule faute, celle d'avoir dédié sa vie au combat pour la délivrance de la classe ouvrière. Je suis convaincu de son honnêteté, de sa pureté d'âme. On doit cesser de le priver de liberté, de son droit de se trouver dans les premiers rangs des lutteurs de la classe ouvrière. Un « Comité pour la libération de Bujor » va se former, sous la présidence de R. Rolland, pour qu'il appelle l'opinion publique internationale en faveur de M. Gh. Bujor. (...) Nombreux sont, en Europe, tous ceux qui luttent et écrivent pour la guérison d'une humanité malade et en faveur de la justice sur cette terre[15]. »

Toujours, dans son combat passionné, en faveur de M. Gh. Bujor, il écrit à Romain Rolland : « ... le révolutionnaire roumain Bujor (...) se meurt depuis neuf ans dans le terrible cachot H. de Doftana (...) On l'a condamné à vingt ans de réclusion (...). L'amnistie du gouvernement Maniu a libéré tous les malfaiteurs, évitant de s'appliquer au bon Bujor. Eh bien, dans une série d'articles, par lesquels je combats les crimes du gouvernement actuel, je dénonce cette lâcheté et je demande, au nom des amis écrivains occidentaux, dont vous : amnistie pour Bujor! Depuis des années, j'avais l'intention de ramasser quelques signatures et, avec leur aide, d'alerter la presse en faveur de cet oublié du monde. (...) Toute la presse, ici, me dénonce

15. Article paru dans le journal *Lupta (La Lutte)*, Bucarest, le 27 septembre 1929.

comme " agent de Moscou " et demande qu'on me chasse, qu'on me gifle publiquement[16]. »

Voilà les faits, tels quels. A toi de juger ami lecteur!

4. Et le dernier « coup » d'Henri Barbusse : « Panaït Istrati est lié officiellement à un groupe armé de la Garde de Fer (...), appartient au groupe Stelescu et est un des trois membres de sa direction. Le journal de ce groupe, qui est intitulé *La Croisade du roumanisme*, avait consacré plusieurs numéros à Panaït Istrati et celui-ci y a publié de nombreux articles. (...) Panaït Istrati s'attache à montrer que le nationalisme antisémite, fauteur de pogromes, et le terrorisme contre le mouvement ouvrier servent en réalité les grands intérêts de l'humanité. Panaït Istrati, chien enragé de la meute qui traque les révolutionnaires, Panaït Istrati acheté par l'ennemi pour trahir ses ex-frères de misère et ses ex-camarades du front social. »

A ces accusations, inouïes, se joignent celles de « camarades ». « Tu n'es pas un loup, Istrati, tu nous as trompés en essayant de nous faire croire que tu étais un loup. Les loups, dit-on, ne se laissent pas attacher, et tu portes au cou les traces d'un collier (...) ILS T'ONT EU! »

Ah! comme on voudrait aujourd'hui que le bon Francis Jourdain n'ait jamais signé ces lignes!

« Panaït Istrati l'enfant chéri de la Sigourantsa roumaine », « Panaït Istrati ou le cadavre vivant », « antisémite, enragé », attaqué par la presse juive, etc. Pendant ce temps-là, Istrati agonise. Il mourra deux mois après, le 16 avril 1935! Joli travail!

16. Lettre du 29 septembre 1929.

Dans une lettre adressée à Charles Chautems (Suisse), il le renseigne sur la revue *La Croisade du roumanisme* et sur son prétendu antisémitisme : « Je suis resté l'homme que vous connaissez, exactement le même. Mes ennemis le savent, car, dans cette revue à laquelle je collabore en gardant ma parfaite indépendance et à condition de me permettre de tout dire et de désapprouver ce qui ne me convient pas – et qu'il [Barbusse] déclare fasciste et antisémite –, ils lisent chaque semaine mes paroles et celles de mes compagnons de route, et toutes ces paroles disent noir sur blanc : *Nous sommes un mouvement national de revendications économiques, d'éducation civique et de lutte sociale. Nous sommes contre le capitalisme, l'oppression et la violence. Notre chemin politique est celui de nous tenir à une égale distance du fascisme, du communisme et de l'antisémitisme.* »

Quant aux Juifs, Istrati précise qu'il « ne faut pas confondre le Juif opprimé avec la juiverie bourgeoise (...) intéressée, pseudo-humanitariste, pseudo-démocrate (...) qui ne manque pas de me dénoncer comme fasciste, antisémite, agent de la Sigourantsa[17] ».

Ce qui pousse Charles Chautems à conclure, dans son article « Panaït Istrati, " l'homme qui n'adhère à rien ", aurait-il adhéré au fascisme? » : « Quant à son prétendu antisémitisme, il consiste en une lutte acharnée contre une certaine bourgeoisie juive, profiteuse et dominatrice comme d'autres bourgeoisies (...), lutte qui disons-le n'a absolument rien à voir avec l'antisémitisme (...) Il nous semble qu'il serait pour le moins scandaleux de lui prêter une attitude, qui n'a jamais été la sienne[18]. » Deux autres articles d'Istrati : « Qui

17. Publiée dans « Textes inédits », in *Revue des Belles-Lettres*, n° 3, Neuchâtel, février 1937.
18. *L'Essor*, n° 12, Genève, 15 juin 1935.

propage l'antisémitisme » et « Une lettre qui demande des commentaires » clôturent sa position concernant ce sujet[19].

Isaac Horowitz, journaliste résidant aux U.S.A., vient en 1930 pour le connaître et l'embrasser à Braïla. Ils passent des jours et des nuits de tendre et fidèle amitié. Après la mort d'Istrati, Horowitz publie en 1940 un livre de souvenirs *Jours et nuits avec Panaït Istrati,* écrit en yiddish. Dans ce livre, Isaac Horowitz défend Istrati, rejetant l'accusation de « fasciste », « antisémite ». Il raconte que Panaït Istrati lui avait envoyé tous ses articles, en roumain, avec la mention : « Voilà, c'est tout ce que j'ai écrit ! Lis et juge ! » Et la réponse d'Horowitz : « J'ai lu et j'ai vu que Panaït était la victime d'une affreuse calomnie[20]. »

David Seidmann, professeur à l'Université de Tel-Aviv et auteur du livre *L'Existence juive dans l'œuvre de Panaït Istrati*[21], ajoute : « Horowitz a pris position contre tous les détracteurs d'Istrati. Il est le premier qui a proclamé, non une fois, que toutes les accusations de l'époque ne correspondaient pas à la réalité. »

Un autre Juif, l'écrivain-journaliste Josué Jehouda, a écrit *La Famille Perlmutter,* en collaboration avec Istrati. Après la mort d'Istrati, il a écrit une étude approfondie sur leur amitié et pensée, témoignage émouvant sur la fraternisation et identité d'opinion. (Quelques fragments ont été publiés dans le *Bulletin de l'Association des Amis de Panaït Istrati,* nº 4, pp. 11-16.)

19. *La Croisade du roumanisme,* du 14 et du 21 mars 1935.
20. Isaac Horowitz : *Teg und Necht mit Panaït Istrati,* New York, éd. Chico-House, 1940.
21. Paris, Librairie, A.G. Nizet, 1984.

Herman Binder, le tendre cabaretier d'Alexandrie, qui, malade en 1930, attendait la visite de son vieux copain, « Panaïtaki », ne le verra pas. Son attente désespérée fut vaine parce que les autorités égyptiennes ont empêché Istrati de débarquer à Alexandrie, le considérant « agitateur communiste », parce que les douaniers avaient découvert dans ses valises *Soviets 1929* de Victor Serge, paru dans la trilogie *Vers l'autre flamme.* On pourait encore citer les noms d'autres amis juifs d'Istrati, qui lui ont réchauffé le cœur dans la solitude de ses dernières années de vie.

Tandis que *L'Humanité, Monde,* et *Commune* trompaient leurs lecteurs avec des calomnies qui salissaient Panaït Istrati, les étudiants nationalistes roumains collaient sur les murs de Bucarest des affiches avec le slogan : *A bas le Juif Pinchas Istrati!* En Hongrie fasciste, dès que *Vers l'autre flamme* fut sorti des presses, le parquet intenta un procès au traducteur Geza Supka, l'accusant de « propagande d'idées bolcheviques »!

Combien étrange est parfois cette lutte idéologique, quel que soit le contexte où l'on se situe, des deux côtés de la barricade.

5. Nous arrivons enfin à cette autre calomnie d'Henri Barbusse : « Il retourna en Roumanie (...) où il y fut très bien reçu. »

Tellement « très bien reçu », qu'en mai 1933 Panaït Istrati fut attaqué par les bandes fascistes de la Garde de Fer, pendant qu'il signait des dédicaces dans une librairie centrale de Bucarest, à l'occasion de la « Semaine du Livre ». (Voir les comptes rendus dans la presse française.)

Les mêmes bandes fascistes l'ont empêché de tenir une conférence à Bucarest en 1929 et à Jassy, en 1931.

La presse bourgeoise et fasciste l'attaquait constamment en le calomniant, l'accusant d'« agitation communiste ». Ses proches, encore vivants, peuvent témoigner du climat d'hostilité dans lequel le tenaient les « bien-pensants ». Strictement surveillé par la police, comme en témoigne le dossier de la police secrète roumaine, la fameuse Sigourantsa.

Istrati était espionné sans trêve, son courrier violé, ses amis tracassés. Son œuvre traduite en roumain était imprimée avec difficulté, les éditeurs manifestant une certaine résistance. Constamment dans la gêne, à la suite de la faillite de son éditeur français, on peut juger si l'expression de Barbusse « il y fut bien reçu » a quelque apparence de vérité. Mentionnons que, simultanément (est-ce une coïncidence?), la campagne de *Monde* correspondait aux attaques de la revue bourgeoise de droite, *Gandirea* (*La Pensée*), de Bucarest qui affirmait : « Dans notre pays il n'a jamais souffert pour ses idées », « crédit illimité! », « triomphe », etc.

Coïncidence, hasard, ou identité d'opinions, de procédés parce que, peut-être, les extrêmes se touchaient? De bords opposés, ils avaient, pour des raisons différentes, un même homme à abattre, ce galeux d'Istrati.

SOLIDARITÉ AVEC PANAÏT ISTRATI

La campagne calomnieuse de Barbusse contre Panaït Istrati n'a pas été considérée, en France, comme un simple règlement de compte entre partisans. On a cherché à découvrir ce qui se trouvait dans l'ombre et qui dirigeait ces attaques. Une certaine solidarité s'est exprimée parfois en faveur de la position de l'écrivain roumain. Un vrai et passionné débat public s'engage dans les rangs de l'élite intellectuelle française.

Voici quelques-uns de ces jugements et opinions :

ROMAIN ROLLAND s'est abstenu de se mêler, publiquement à la querelle. Il a gardé le silence dans le « cas Panaït Istrati » jusqu'à la mort de son ami. Il ne répond, ni aux lettres qu'Istrati lui adresse, ni à celle, publiée dans *Les Nouvelles littéraires* et qui figure dans notre édition. Pourtant dans son *Journal* (1934-1935) il se prononce « contre l'exécution publique d'un ami ».

En outre, dans l'interview, accordée en 1938 à Marcel Tetu, à Vézelay, il prend la défense d'Istrati : « (...) il n'a trahi personne. On a eu tort de vouloir le ranger sous une étiquette. On le condamnait ainsi à ne le voir que sous un seul de ses aspects (...) Je sais qu'il n'a pas compris les attaques dont il fut seul victime, et que ce chagrin endeuilla profondément ses derniers jours (...) il a manqué d'amis fidèles, capables par leur affection de lui donner le réconfort dont il avait besoin[22]. »

C'est vrai : il a manqué de grands amis fidèles, c'est pourquoi, dans les mots de Romain Rolland, on devine l'amertume des remords...

JOSEPH JOLINON a considéré Istrati un « insubordonné à tout (...) anormal, en dehors des classes et des catégories (...) Je crois qu'on le comprit mal. Il ne suffit pas d'en avoir lu le développement dans *Monde* et *Commune* pour pressentir, à quel point, entre Istrati et quiconque, régnait en permanence un profond malentendu de pensée. Il faut l'avoir connu et entendu. Son

22. *Europe*, janvier-février 1955.

jugement et ses idées échappaient jalousement aux idées communes. Je trouve qu'en le traitant de Haïdouc en peau de lapin, on a commis une injustice. Il était ce qu'il était, Haïdouc à sa façon nécessairement particulière et phtisique visionnaire[23] ».

PHILÉAS LEBESGUE a connu les articles d'Istrati, parus dans *La Croisade du roumanisme*. Son témoignage en est d'autant plus important : « Les dernières manifestations de son activité sociale ont laissé pour témoignage un certain nombre d'articles de polémique et de " lettres " écrits en langue roumaine, qui sont bien faits pour trancher le litige. Là réside la justification de sa conduite devant la postérité. Car une gloire comme la sienne ne peut rester sous les coups des calomnies partisanes. Elle doit éclater dans toute sa pureté (...) Rien de partial chez Istrati. Le fait seul compte pour lui, il a la religion de la vérité (...) il fut et restera grand. C'est pourquoi le nom de ses détracteurs sera depuis longtemps oublié, quand le sien rayonnera toujours[24]. »

JACQUES MESNIL : « Son amour de la vérité ne tarda pas à le desservir auprès de ceux qui étaient ses plus fervents admirateurs (...) Le collectivisme redevient à ses yeux une duperie : " Toute organisation ne profite qu'aux organisateurs. " Il s'aliéna ainsi, dans cette lutte, les sympathies du parti ouvrier, sans conquérir, par ses idées, celles de la bourgeoisie et la méfiance générale se fit autour de lui. Mais rien ne peut l'arrêter dans sa tâche généreuse. Parler cruelle-

23. Joseph Jolinon : « Panaït Istrati », in *Lyon républicain*, 20 mai 1935.
24. « Présentation », in *Panaït Istrati, l'Homme qui n'a adhéré à rien*, éd. Artistocratie, 1941.

ment, sans pitié, dans ce siècle où le mensonge social règne dans toutes les classes et s'empare journellement des plus beaux berceaux. L'admiration des hommes libres, qui comme lui aspirent à une humanité meilleure, qui comme lui n'adhèrent pas à cette vieille machine usée et rafistolée qu'est la société actuelle, lui reste[25]. »

JOSEPH KESSEL : « Son horreur de l'injustice, sa compassion pour le famélique, le faible, l'humilié, semblaient lui venir comme trait de feu et cris qui prenaient aux entrailles. Ses amis socialistes se réjouirent d'avoir fait une telle recrue. A tort. Les formules d'une doctrine, le mécanisme d'un parti, n'étaient pour le rebelle d'instinct que d'autres grillages de prison (...). Il avait trop vu de contrées, trop de gens, pour ignorer partout, et dans tous milieux, qu'il y avait des justes et des injustes et que l'on trouvait toujours une ombre chez le meilleur et une lumière chez le pire... Discussions... Débats... Affrontements... Istrati s'en alla une fois de plus. Pour cette révolte-là, je l'ai aimé autant que pour l'autre[26]. »

CHARLES CHAUTEMS : « Pourquoi Istrati a tant d'ennemis à droite et à gauche ? C'est qu'il n'est pas un homme de parti, au service d'une justice particulière, mais de la seule justice au-dessus des barrières sociales et politiques[27]. »

MONIQUE JUTRIN-KLENER : « C'est la revue *Monde*,

25. « Grandeur de Panaït Istrati », in *La Guiterne*, 20 octobre 1933.
26. Joseph Kessel : *Des hommes*, Paris, Gallimard, 1972, pp. 58-71.
27. « A propos de Panaït Istrati », in *Bulletin mensuel*, La Chaux-de-Fonds, novembre 1933.

dirigée par Barbusse, qui a pris l'initiative de cette campagne de calomnies. Tombée en disgrâce aux yeux de Moscou, la revue était menacée de disparition prochaine. Peut-être Barbusse espérait-il se racheter, en flétrissant l'auteur de *Vers l'autre flamme*[28]. »

JEAN TEXCIER : « Istrati est traîné dans la boue (...) Il s'y attendait et c'est volontairement qu'il s'est exposé à la fureur des partisans[29]. »

JACQUES-HENRI LÉVESQUE : « Parmi toutes les lâchetés, les abandons, les compromissions, les soumissions avec tous les bons motifs que l'on peut en donner, tous les artifices et les arguments des " nécessités tactiques ", auxquels nous ont habitués trop de nos contemporains, Panaït Istrati nous fait entendre " autre chose " : la voix d'un homme qui, par son expérience individuelle, au-delà des théories, des dogmes et des organisations (...) est libre, il est tout naturel (ce qui est si rare aujourd'hui) de dire la vérité et (ce qui pour nous donne toute sa valeur à ses déclarations) de mettre en accord ses actes avec ses paroles[30]. »

ION CAPATANA. Roumain, établi en France où il est mort, il a été l'intrépide défenseur d'Istrati dans ce pays, entre 1932-1935. Bien connu des milieux libertaires, il éditait et imprimait la revue *Artistocratie*. Il a écrit, imprimé lui-même et diffusé deux livres sur le « cas Panaït Istrati ». C'est à lui que nous devons une

28. « L'homme qui n'adhère à rien », in *Panaït Istrati, un chardon déraciné*, Editions Maspero, 1970, pp. 107-110.
29. « Panaït Istrati », in *Revue anarchiste*, février 1930.
30. « Panaït Istrati, l'homme qui n'adhère à rien », in *Orbes*, n° 1, 2e série, printemps 1933.

bonne partie des articles qu'Istrati avait écrits en roumain. Ses deux ouvrages seront toujours nécessaires aux biographes d'Istrati (*Panaït Istrati, l'homme qui n'a adhéré à rien* et *Ma croisade ou notre croisade*). C'est à eux qu'il a songé en publiant ses deux livres : « Afin d'aider les biographes de demain quand ils voudront présenter une époque où la vérité et la sincérité étaient considérées comme un crime de ploutocratie. J'espère qu'ils n'auront pas honte de mentionner, dans leurs études, que personne parmi les éditeurs, les lecteurs et les amis du grand " écrivain français contemporain ", d'origine roumaine, n'ait voulu pendant des années défendre sa mémoire. »

Dans son étude, Ion Capatana confirme ce que nous savions déjà que « Panaït Istrati n'a jamais été fasciste ou antisémite, qu'il a été un homme libre. Cela, dit-il, vous allez le voir vous-même, en lisant ses articles à trois époques différentes : 1924, date à laquelle les communistes le revendiquent comme leur bien; 1933, date à laquelle il n'était plus considéré comme communiste; 1935, date à laquelle on l'a accablé de toutes les accusations imaginables et inimaginables (...) Les œuvres d'un Henry D. Thoreau, Jean-Jacques Rousseau, Shelley, Tchernychevski ont pu être empêchées de paraître ou ignorées par le public de l'époque; les générations qui suivirent leur ont rendu justice. Et c'est ce qui va se passer pour Istrati. Les générations de demain corrigeront l'erreur volontaire des générations d'aujourd'hui[31] ».

Cette « erreur volontaire » c'est JEAN VAGNE qui l'explique et la corrige publiquement de nos jours : « Qu'un bourgeois à la Gide fasse fine bouche, c'est

31. *Ma croisade ou notre croisade*, éd. Artistocratie, 1941.

déjà très vilain. Mais qu'un ex-miséreux, l'un de ceux pour qui l'on a fait sur mesure ce paradis, le déclare bâti à l'envers, c'était tout à fait intolérable. Au trou l'Istrati! Ce qui fut fait (...) La " gauche " le vomit. Et c'est ainsi que l'on fait d'un auteur un silence[32]. »

ROGER-NOËL MAYER : « Il n'avait pas le droit, ce Roumain, de toucher à la légende naissante du stalinisme, d'être le premier à révéler le vrai visage du dictateur. C'était pourtant de la contestation comme je l'aime : avant-gardiste, isolée, périlleuse pour qui la tente; les communistes français répandirent les pires horreurs sur son compte. C'est là leur immuable méthode : ils communisent ou anathémisent selon les circonstances, la couleur de leur intérêt du moment. (...) Panaït Istrati a été toute sa vie un homme libre. Honte à ceux qui voudraient tenter de salir sa mémoire. On ne peut pas assassiner un mort innocent[33]. »

EN ROUMANIE, les accusations de Barbusse ont fait, de nos jours, l'objet d'une analyse objective, dont les conclusions se trouvent dans le chapitre « Est-ce que Panaït Istrati est devenu fasciste? », de l'ouvrage *Panaït Istrati, un chevalier errant moderne,* éditions Minerva, Bucarest, 1973.

L'auteur de cette monographie (Al. Opréa) corrige les « erreurs » volontaires d'Henri Barbusse, soulignant qu'il « fait confiance aux informations qu'il a reçues de la part des autres, ce qui ne diminue pas sa responsabilité en ce qui concerne son comportement

32. Jean Vagne : « Amitié à Panaït Istrati », in *La Quinzaine littéraire,* 1er-15 mai 1971.

33. Roger-Noël Mayer : « Un homme libre », in *Le Figaro littéraire,* 10-16 février 1969, et : « L'Espagne au cœur », in *Les Cahiers de la Tour de Feu,* nº 128, décembre 1975.

acharné et incorrect dans cette polémique. Il simplifie l'attitude d'Istrati, la réduisant à un strict marchandage d'avantages pécuniaires escomptés et non obtenus; il dénature les articles d'Istrati sur le massacre de Lupeni; c'est une accusation gratuite que Panaït Istrati était un agent provocateur, dénonçant ses anciens camarades qui vivaient illégalement dans la ville de Braïla; on rencontre partout la même méthode subjective qui remplace l'analyse à fond par des étiquetages furibonds sans s'abstenir de déformer les faits, pour mieux démontrer que Panït Istrati était devenu un traître, un instrument de la réaction ».

Quant à *La Croisade du roumanisme*, l'auteur reconnaît que cette revue a eu dès son premier numéro une attitude de non-adhésion politique : « Ni à droite, ni à gauche, ni au centre », qu'elle a combattu la Garde de Fer, publiant des documents. Une place importante est réservée, dans cette monographie, au dossier de la police secrète roumaine (la Sigourantsa).

C'est une autre vérité, reconnue enfin de nos jours. Dans cette revue, Panaït Istrati a publié douze articles, entre le 25 décembre 1934 et le 14 mars 1935 (un mois avant sa mort). Dans ces articles, il a pris une position égale face au fascisme et au stalinisme. Et il a pris la défense des travailleurs et paysans roumains, exploités et affamés par la dictature, ses articles étant massacrés par la censure. Les pages de cette revue ont été sa *seule* voix, qui lui a permis de résister bravement à l'aveuglement et à la violence déchaînés contre lui de tous les côtés de la barricade politique. Sa liberté de pensée et d'action n'a pas été aliénée, la rédaction lui accordant totale possibilité de s'exprimer sans contrainte.

Il est resté, jusqu'à sa mort, l'homme qui n'adhère à rien. « *Cela signifie* – écrivait-il dans l'un des derniers articles – *que je ne crois plus à aucune idée, à aucun parti, à aucun homme. Je suis l'opposant éternel.* »

PANAÏT ISTRATI SORT DU « PURGATOIRE »...

Après la mort de Panaït Istrati, en avril 1935, son œuvre tombe dans l'oubli, boycottée par ses détracteurs staliniens, interdite en France pendant la Seconde Guerre mondiale, elle figure dans la fameuse « Liste Otto », de triste mémoire. Ses livres deviennent introuvables même chez les bouquinistes. Pour les nouvelles générations de lecteurs, Istrati est un inconnu.

Mais, jamais la Vérité n'a pu être étouffée, anéantie!

En 1968, un groupe d'istratiens fidèles crée l'association « Les Amis de Panaït Istrati », ayant pour but « de susciter un renouveau d'intérêt pour l'œuvre istratienne (...), de faire rééditer ses livres et aussi de publier sa correspondance et ses nombreux inédits ». Un *Cahier* trimestriel paraît et fait son devoir.

Margareta Istrati – après de longs débats – réussit à débloquer l'œuvre de son mari. Aidée par Joseph Kessel, elle cherche un éditeur. Arrivée chez Gallimard, elle rencontre Roger Grenier, qui aimait Istrati dès sa jeunesse. Celui-ci se charge d'apporter toute l'œuvre istratienne à la lumière... Tâche accomplie entre 1968-1970, quand sortent successivement en librairie les quatre tomes : *Œuvres complètes de Panaït Istrati* (reliés et imprimés dans des conditions graphiques exceptionnelles). Depuis l'été 1984, cette œuvre se trouve dans la collection Folio.

Le même renouveau d'intérêt a eu lieu en Roumanie. Dès 1957, on réédite : *Kyra Kyralina et autres récits*

(Oncle Anghel, Mes départs, Le Pêcheur d'éponges, Bakâr, Entre l'amitié et un bureau de tabac) et *Les Chardons du Baragan,* versions roumaines de l'auteur. Ce travail est repris en 1982 quand, en trois ans, est rééditée *toute l'œuvre romanesque* de l'écrivain (traduite par lui-même) – trois tomes massifs d'environ 2 400 pages, en un tirage total de 240 000 exemplaires, épuisés en quelques mois. On doit retenir aussi la reconstitution autobiographique *Comment je suis devenu écrivain,* montage de textes « par lui-même », réalisé par Alexandre Talex.

A partir de ces dates, des commentaires de presse et des monographies jalonnent, en France, le retour de Panaït Istrati dans l'actualité littéraire contemporaine. Aux Editions Maspero, paraît la première monographie française : *Panaït Istrati, un chardon déraciné,* par Monique Jutrin-Klener (1970) et une évocation de sa vie : *Panaït Istrati, vagabond de génie,* par Edouard Raydon, aux Editions municipales (1968). A cela s'ajoute le bon travail de l'association, qui organise deux colloques internationaux dans le monde universitaire à Nice (1978) et Paris (1980) qui suscitent l'intérêt de la recherche littéraire (thèses de doctorat). Un renouveau d'intérêt se manifeste en divers pays de l'Europe (R.F.A., Suisse, Italie, Bulgarie, Pays-Bas, Tchécoslovaquie, Espagne, Autriche, Yougoslavie) et dans le monde (Japon, Chine, Amérique latine, Cuba).

Les nouvelles éditions de l'œuvre istratienne connaissent un étonnant succès de librairie; la critique littéraire française et étrangère l'accueille avec enthousiasme : « Après une longue éclipse, son nom brille à nouveau », « Enfin, Panaït Istrati sort du désert », « L'Etoile fantasque de Panaït Istrati »... Tels sont quelques titres de la presse française saluant le « retour de Panaït Istrati ».

André Stil, dans *L'Humanité* (23 janvier 1969), fait l'éloge de l' « homme-écho », dans lequel « a résonné l'époque » et souligne que « pour qui relit de nos jours cette œuvre, avec ou sans surprise, il apparaît, à coup sûr, qu'elle a encore quelque chose à nous dire ».

Saluons cet article réparateur!

Mais soyons conscients que cette justice rendue tardivement à Istrati n'effacera pas les termes abjects qu'a employé un rédacteur anonyme, de cette même *Humanité*, du 17 avril 1935, pour annoncer la mort de Panaït : « On apprit hier la mort de Panaït Istrati. Cet ex-écrivain révolutionnaire est mort en Roumanie dans la peau d'un fasciste (...) Retourné dans son pays il devint l'hôte des moines. Il se fit bas devant les fascistes. Il n'écrivait plus. On le disait trop malade. (...) Istrati reprit la plume; ce fut pour dénoncer les délégués (d'une commission d'enquête), parmi lesquels se trouvait Francis Jourdain, naguère son ami, aux rigueurs de la Sigourantsa et pour tracer l'éloge du fascisme de Carol. » On trouve là, un catalogue complet des insinuations calomnieuses (sauf, ce qui est étonnant, l'antisémitisme) qui ont persévéré si longtemps, dans une certaine gauche française.

Les générations contemporaines devaient corriger les erreurs du passé. Et pour que lumière soit faite, l'association « Les Amis de Panaït Istrati » prend la décision de déterrer *Vers l'autre flamme*, non réédité depuis 1929. Surtout que cet ouvrage, en apportant la preuve de l'existence du « Goulag », confirmait la destruction de son idéal communiste, de sa raison d'espérer et de vivre. Nous nous rappelons ses paroles, parues dans une revue d'époque (Bucarest, le 26 mai 1933) :

« Justice pour tous les millions d'humains qui gémissent sous le joug des Soviets, non seulement pour Victor Serge. L'affaire Roussakov est l'un des milliers d'abcès dont se meurt la Révolution (...) Seule la classe ouvrière de l'Internationale l'ignore. Elle seule est trompée, amadouée et ameutée (...) Ma foi de toujours est bien simple et se résume en quelques mots : je suis, j'ai toujours été, contre l'exploitation de l'homme par l'homme, contre l'injustice, contre la tyrannie (...) Je reste l'ami de l'homme écrasé et l'adversaire irréductible de toutes les tyrannies. »

Ce cri de douleur et d'appel contre la destruction de l'homme, non par la faute d'une classe exploiteuse, mais par un Etat qui se prétend prolétarien, a résonné à maintes reprises, courageux et solitaire, dans les années 1930-1935.

Et nous avons repris *Vers l'autre flamme*, édité par Rieder, il y a plus d'un demi-siècle... La petite équipe de Valence, qui a commencé cette folle entreprise, n'avait que son enthousiasme pour pallier son inexpérience, en matière d'impression. Ce travail bénévole a duré plus d'une année. Que de problèmes il nous a fallu régler! Au texte istratien proprement dit, nous avons ajouté des « documents annexes », qui se rapportent au périple soviétique de Panaït Istrati et qui aident le lecteur à mieux comprendre. Une bibliographie sur le fameux « cas Panaït Istrati » aidait la recherche littéraire pour s'en renseigner.

Le succès de cette première réédition (reprise par Christian Bourgois, en 1980, dans sa collection 10/18) a dépassé nos souhaits. Les « prises de positions » de la presse française nous ont confirmé que cette première réédition était nécessaire et qu'elle venait à son heure. Panaït Istrati avait vu juste et, aujourd'hui, ce *seul* document de l'époque confond ses calomniateurs. Istrati a vu clair!

Et la première « voix », qui lui rend justice, est *L'Humanité* qui le 21 avril 1978 fait son autocritique, intitulée « Sur le nouveau Gorki balkanique », signé par Claude Prévost et qui dès le début déclare : « Que nous le voulions ou non, Panaït Istrati fait partie de notre histoire et de son aspect le plus douloureux. » Sans commentaire!

« Istrati séjourne en U.R.S.S., continue l'article. Il se heurte à une réalité qui le choque brutalement. Mais dans sa réaction il y a deux choses : le désenchantement amer, qui marque toujours la fin des utopies abstraites, mais aussi la dénonciation lucide de pratiques incompatibles avec le socialisme, tel qu'il veut être et que rien ne peut justifier, ni la " sauvagerie des mœurs ", ni la " dureté du temps ". (...) Dès lors, Istrati est traité comme un " renégat ", conformément à ce curieux abus de vocabulaire ecclésiastique qui infeste (pour longtemps!) le langage des communistes. Il est attaqué, notamment par Barbusse, avec une violence dans l'injure qui, aujourd'hui, étonne. A cela s'ajoute la calomnie : retourné dans la Roumanie, alors fasciste, Istrati est du même coup catalogué comme fasciste, alors qu'il vit mal [N.d.l.R. : en Roumanie], en butte aux tracasseries, aux persécutions et à l'espionnage policier. »

A la fin de l'article, Claude Prévost rend justice à Panaït Istrati – qui a défendu la conscience humaine outragée, la vie de milliers d'idéalistes trahis dans leur foi – en écrivant comme conclusion : « Il faudra bien reconnaître, à Panaït Istrati, le rôle glorieux (mais ingrat!) du pionnier, lorsqu'il écrivait à la fin de 1928 (*et au secrétaire du Guépéou*) : " Je n'ai pas besoin de vous dire que je n'ai pas vu que cela en parcourant l'Union. J'ai vu aussi et surtout l'œuvre socialiste qui m'a à chaque pas fait crier de joie. Mais si vous voulez que j'en parle avec force, il faut me permettre de dire aussi le mal, de le dire avec mesure, avec pitié, avec ménagement, mais, de le dire. " »

Le Parti communiste roumain a reconnu, lui aussi, à l'occasion de son XIe Congrès (1979), que Panaït Istrati est l'un des « grands originaux de la littérature roumaine », dont l'œuvre a enrichi et diversifié la culture universelle.

La postérité rend enfin justice à Panaït Istrati. La campagne calomnieuse d'Henri Barbusse, définitivement balayée, est à ranger au musée des infamies.

Panaït Istrati a gagné l'épreuve du temps...

MARCEL MERMOZ
ALEXANDRE TALEX

BIBLIOGRAPHIE

concernant le voyage de Panaït Istrati en Union soviétique

I. LIVRES ET ARTICLES DE PANAÏT ISTRATI

Vers l'autre flamme. Après seize mois dans l'U.R.S.S., Paris, Editions Rieder, collection Témoignage, 1929. (Réédition : Christian Bourgois, collection 10/18, 1980.)

Pour avoir aimé la terre, Paris, Editions Denoël et Steele, 1930. (Réédition : *Œuvres IV,* Paris, Editions Gallimard, 1970 et collection Folio, nº 1594, 1984.)

« Préface pour Victor Serge », in Victor Serge : *Les Hommes dans la prison,* Paris, Editions Rieder, 1930, pp. 9-21. (Réédition : *Les Révolutionnaires,* Paris, Editions du Seuil, 1967, pp. 11-16.)

« Préface à Adrien Zograffi ou les aveux d'un écrivain de notre temps », in *La Maison Thüringer,* Paris, Editions Rieder, 1933. (Réédition : *Œuvres IV,* Paris, Editions Gallimard, 1970 et collection Folio, nº 1593, 1984.)

Ma croisade ou notre croisade, Soutraine (Oise), Artistocratie, 1941. Traduite en espagnol : *Mi cruzada o la nuestra,* Buenos Aires, Editorial Armonia, préface d'Eugène Relgis. (Œuvre posthume contenant tous ses articles publiés dans la revue *La Croisade du roumanisme.*)

« Confiance », in *Europe,* juin 1930. (Réédition : *Œuvres IV,* Paris, Editions Gallimard, 1970 et collection Folio, nº 1594.)

Frédéric Lefèvre : « Une heure avec Panaït Istrati : Retour de Russie », in *Les Nouvelles littéraires,* 23 février 1929.

A. Habaru : « Panaït Istrati nous parle de l'U.R.S.S. : son opinion sur la littérature prolétarienne », in *Monde,* 2 mars 1929.

« L'affaire Roussakov ou l'U.R.S.S. d'aujourd'hui », in *La Nouvelle Revue française,* 1er octobre 1929.

« Lettre ouverte à Constantin-Weyer », in *La Voix,* 8 décembre 1929.

« Témoignage sur la Liberté : L'homme qui n'adhère à rien », in *Les Nouvelles littéraires*, 8 avril 1933.
« Adhérer ou ne pas adhérer », in *Les Nouvelles littéraires*, 29 juillet 1933.
« Libres opinions : Lettre à Romain Rolland », in *Les Nouvelles littéraires*, 28 décembre 1933.
« Sur l'Europe d'aujourd'hui », in *Présence*, Lausanne-Genève, 26 mars 1934.
« Une lettre de Panaït Istrati », in *Journal d'Alsace et de Lorraine*, 3 juin 1930.
« Une lettre de Panaït Istrati », in *Notre Temps*, 4 décembre 1933.
« Panaït Istrati nous écrit », in *Rex*, Louvain, 3 juin 1933.
« Lettre ouverte à Francis Jourdain », in *Monde*, 1er février 1935.
« Entre le fascisme et le communisme. Testament politique d'un écrivain de notre temps », in *Cahiers Panaït Istrati*, nº 1, décembre 1985, pp. 46-51.

II. SUR LE « CAS PANAÏT ISTRATI »
études et articles polémiques

Bendz, Ernst : *Visages d'écrivains*, Paris, les Presses de la Cité, 1948, pp. 89-111.
Cahiers Romain Rolland : *L'Indépendance de l'esprit* (correspondance entre Romain Rolland et Jean Guéhenno), Paris, Editions Albin Michel, 1975, pp. 71-72, 82-83, 256-257, 262-263.
Horowitz, Isaac : *Jours et nuits avec Panaït Istrati*, New York, Editions Chico-House, 1940.
Janiaud-Lust, Colette : *Nikos Kazantzakis, sa vie, son œuvre*, Paris, Editions Maspero, collection La Découverte, 1970, pp. 279-297.
Jutrin-Klener, Monique : *Panaït Istrati, un chardon déraciné*, Paris, Editions Maspero, 1970.
Kazantzakis, Eleni N. : *Le Dissident*, Paris, Editions Plon, 1968 (sur Panaït Istrati : pp. 177, 180-185, 188-191, 193-207, 215, 228-229, 272-273, 278-283, 285-286, 312-313, 328, 358, 369).
« Introduction », in Nikos Kazantzakis : *Toda-Raba*, Paris, Editions Plon, 1962 (sur Istrati : pp. IX-XX).
Raydon, Edouard : *P.I., vagabond de génie*, Editions municipales, 1968.

Samios, Eleni : *La verdadera tragedia de Panaït Istrati,* Santiago de Chile, Ediciones Ercilla, 1938.
Serge, Victor : *Mémoires d'un révolutionnaire,* Paris, Editions du Seuil, 1951 (sur Panaït Istrati : pp. 275, 300-302).

« A propos de Romain Rolland », in *L'En-dehors,* 15 février 1934. Ayguesparse, A.C. : « L'homme qui n'adhère à rien », in *Le Rouge et le Noir,* Bruxelles, 14 avril 1933.
Balat, Jean : « Figures de notre temps : Panaït Istrati », in *Fructidor,* avril 1930.
Barel, V. : « Pour clore le débat autour de Panaït Istrati », in *Monde,* 22 mars 1935.
Berl, Emmanuel : « Mises au point », in *Monde,* 5 juillet 1930.
Bloch, Jean-Richard : « Homère, marchand de cacahuètes », in *Monde,* 15 février 1935.
Capatana, Ion : *Panaït Istrati, l'homme qui n'a adhéré à rien,* Soutraine (Oise), Artistocratie, 1941. « Témoignage sur Panaït Istrati », in *Les Cahiers des Amis de Panaït Istrati,* n° 4, décembre 1976.
Carre, Georges : « La vie et la mort du vieux Roussakov », in *La Victoire,* 6 mars 1934.
Chatillon, Auguste : « Panaït Istrati ou le communiste désabusé », in *L'Egypte française,* Le Caire, 1er mars 1930.
Chautems, Charles : « Panaït Istrati, " l'homme qui n'adhère à rien ", aurait-il adhéré au fascisme? », in *L'Essor,* Genève, 15 juin 1935. « A propos de Panaït Istrati », in *Bulletin mensuel,* La Chaux-de-Fonds, 1er novembre 1934. « Textes inédits », in *Revue des Belles-Lettres,* Neuchâtel, février 1937. « Entre Panaït Istrati et Romain Rolland », in *Bulletin de la Guilde du Livre,* Lausanne, octobre 1938.
Cohen, Guy : « Le cadavre vivant », in *Journal juif* et *L'Univers israélite,* 1er mars 1935.
Constantin-Weyer, Maurice : « Réponse à Panaït Istrati », in *La Voix,* 15 décembre 1929. « La vérité humaine », in *Les Nouvelles littéraires,* 25 avril 1931.
Dadoun, Roger : « L'écriture du paroxysme », in *L'Arc,* n° 86-87, 1983, pp. 36-49. « Une éthique de la non-adhérence », in *Cahiers Panaït Istrati,* n° 1, décembre 1985, pp. 69-73.
Delacour, André : « L'une ou l'autre flamme », in *L'Européen,* 24 février 1934.
Desthieux, Jean : « Le souvenir de Panaït Istrati », in *Heures perdues,* janvier 1940. « Sur la fin de Panaït Istrati », in *Bulletin de la Guilde du Livre,* octobre 1940.

Dolivet, Louis : « Le loup devenu mouton ou Panaït Istrati fasciste », in *Monde*, 1er février 1935.
Dubois, Marcel : « Le Pen-Club et les libertés hongroises », in *Europe*, 15 août 1932.
« Entretiens avec Romain Rolland », in *L'Humanité*, 26 mai 1933.
Gallo : « Un désabusé », in *La Nation belge*, Bruxelles, 17 avril 1933.
Geblesco, Elisabeth : « Parcours de révolte », in *Cahiers Panaït Istrati*, nº 1, décembre 1985, pp. 91-97.
Gerhardt, G. : « *Les Hommes dans la prison* par V. Serge », in *L'Humanité*, 26 juin 1930.
Golfetto, Christian : « Un vaincu s'adresse aux vaincus », in *L'Arc*, nº 86-87, 1983, pp. 150-156.
Gorkin, Julian : *Le Révolutionnaire professionnel*, Barcelone, Ayma Sociedad anonima editoria, 1975 (sur Panaït Istrati : pp. 283-287).
Goulemot, Jean-Marie : « Stratégie du mensonge », in *L'Arc*, nº 86-87, 1983, pp. 139-149.
Hameline, Jacques : « La tendre tristesse de Panaït Istrati », in *Notre Temps*, 24 octobre 1933.
Hanau, Marthe : « Les ennemis de la liberté », in *Force*, 14 avril 1933.
Hérenne : « Les surprises d'un paysan du Danube », in *La Liberté*, 6 septembre 1933.
Dr Herscovici : « Défense de Panaït Istrati », in *L'Idée libre*, mars 1961.
Horowitz, Isaac : *Teg und Necht*, New York, Editions Chico-House, 1940.
Jaume Vidal, Alcover : « Postface » à *Kyra Kyralina*, Barcelone, Editorial Nova, 1972.
Jourdain, Francis : « Réponse à Panaït Istrati », in *Monde*, 1er février 1935. « D'un Haïdouc », in *Europe*, janvier-février 1956.
Jouve, Marguerite : « Sur un réfractaire », in *Le Rempart*, 27 avril 1935.
Jutrin-Klener, Monique : « L'évolution politique de Panaït Istrati », in *Bulletin de l'association des Amis de Panaït Istrati*, nº 2, 1967. « Témoignage de Margaret Buber-Neumann », in *Les Cahiers des Amis de Panaït Istrati*, nº 5, janvier 1977.
Kemp, Robert : « Divers », in *La Liberté*, 17 mars 1930.
Larreta, Carlos Gutierez : « Panaït Istrati y Henri Barbusse », in *La Prensa*, Buenos Aires, 5 juillet 1931.

« La " trahison " de Panaït Istrati », in *La Vie intellectuelle,* 25 février 1935.
« La trahison de Panaït Istrati », in *Le Rouge et le Noir,* Bruxelles, 11 septembre 1935.
Laubreux, Alain : « Panaït Istrati, acrobate », in *La Dépêche,* 14 avril 1933.
Lebesgue, Philéas : « Présentation », in *Panaït Istrati, l'homme qui n'a adhéré à rien,* Soutraine (Oise), Artistocratie, 1941.
Leclercq, Jean : « Panaït Istrati est innocent », in *Les Cahiers des Amis de Panaït Istrati,* nº 4, décembre 1976.
Lelis, Manuel : « Panaït Istrati : *Vers l'autre flamme* », in *Revue nouvelle,* 1er avril 1935.
Lévesque, Jacques-Henri : « Panaït Istrati, l'homme qui n'adhère à rien », in *Orbes,* printemps 1933.
Loiselet, Pierre : « Panaït Istrati et Romain Rolland », in *Le Quotidien,* 3 septembre 1933.
Mayer, Roger-Noël : « L'Espagne au cœur (Pablo Neruda) », in *Les Cahiers de la Tour de Feu,* nº 28, décembre 1975 (sur Panaït Istrati : pp. 43, 111, 191).
Mermoz, Marcel : « Un document capital : le dossier Panaït Istrati à la Sigourantsa », in *Les Cahiers des Amis de Panaït Istrati,* nº 3, septembre 1976. « Réhabilité », in *ibid.,* nº 5, janvier 1977.
Mesnil, Jacques : « L'affaire Victor Serge et l'interview de Romain Rolland », in *La Révolution prolétarienne,* 25 juin 1933. « Pour Victor Serge », in *Les Nouvelles littéraires,* 22 juillet 1933.
Meylan, Pierre : « Panaït Istrati contre Romain Rolland », in *Gazette de Lausanne,* 26 juillet 1961.
Miomandre, Francis de : « Adhésion et liberté », in *Les Nouvelles littéraires,* 15 février 1948.
M.I.S. : « Fascisme ou anarchie », in *Le Huron,* février 1935.
Montseny, Federica : « Une voix d'Espagne. Panaït Istrati et Romain Rolland », in *L'En-dehors,* Orléans, 15 janvier 1934.
Morel, Jean-Pierre : *Le Roman insupportable. L'Internationale littéraire et la France (1920-1932),* Paris, Editions Gallimard, Bibliothèque des Idées, 1985, pp. 85, 104, 146, 153-154, 158-160, 163-166, 188, 198-199, 209-211, 217-218, 235, 262-268, 279, 287-289, 307-308, 438-439, 449, 451.
N.G. : « Panaït Istrati fasciste? », in *Le Rouge et le Noir,* Bruxelles, 20 février 1935.
Nicolesco, Jeanna : « Panaït Istrati ou l'impossible pureté », in *Preuves,* avril 1952.

Orion (Eugène Marsan) : « Faillite de la liberté », in *L'Action française,* 23 décembre 1933.

« Panaït Istrati et sa nouvelle foi », in *Le Rouge et le Noir,* Bruxelles, 3 mai 1933.

« Panaït Istrati écrit à Romain Rolland », in *Journal de Genève,* 5 septembre 1933.

Parain, B. : « A propos de l'affaire Roussakov », in *La Nouvelle Revue française,* 1er novembre 1929.

Parijanine, Maurice : « Pour la destruction d'une légende. M. Henri Barbusse, profiteur de la Révolution communiste », in *Les Humbles,* février-mars 1930.

Pary, Juliette : « Panaït Istrati », in *Terre retrouvée,* mai 1935.

Paz, Magdeleine : « Réponse à l'" homme qui n'adhère à rien " », in *Monde,* 2 avril 1933. « L'affaire Victor Serge », in *Les Cahiers des Droits de l'Homme,* 10 juin 1933.

Pierray, Claude : « Une rectification », in *Le Cri du jour,* 15 juillet 1933.

Plantier, Thérèse : « Panaït Istrati, écrivain ou homme », in *Cahiers Panaït Istrati,* nº 1, décembre 1985, pp. 98-109.

Pozner, Wladimir : « Un traître », in *Commune,* mars 1935.

Radelet, Robert : « Témoignage sur l'honnêteté », in *Rex,* Louvain, 20 mai 1933.

Reichman, Edgar : « Un lent apprentissage de la liberté », in *Preuves,* septembre 1965.

Robertfrance, Jacques : « Panaït Istrati et l'affaire Roussakov », in *Europe,* 15 décembre 1929.

Rolland, Romain : « Panaït Istrati vu par deux lettres », *Le Bulletin de la Guilde du Livre,* Lausanne, mars 1939.

Roya, Maurice : « Les écrivains et la politique », in *La Volonté,* 17 mars 1933.

Rubinstein, Arthur : « Istrati dans les encyclopédies soviétiques », in *L'Arc,* nº 86-87, 1983, pp. 134-138.

Sacchi, Sergio : « Panaït Istrati " on the road " », in *Cahiers Panaït Istrati,* nº 1, décembre 1985, pp. 121-123.

Safir, Sarah : « Pas d'accord! », in *Les Cahiers des Amis de Panaït Istrati,* nº 5, janvier 1977.

Sébastien-Gentile, Albert : « Ceux qui n'adhèrent à rien », in *La Réforme,* 5 octobre 1932.

Seidmann, David : *L'Existence juive dans l'œuvre de Panaït Istrati,* Paris, Librairie A.G. Nizet, 1984 (compte rendu in *Bulletin critique du livre français,* mai 1985). « Isaac Horowitz : *Jours et nuits avec Panaït Istrati* », *in L'Arc,* nº 86-87, 1983, pp. 94-104.

Sicard, Maurice-Yvon : « Une lettre de Romain Rolland », in *Le Huron,* 8 juin 1933.
Souvarine, Boris : « Panaït Istrati et le communisme », in *Débats,* nº 9, Paris, février 1984. (Réédition : in *Souvenirs,* Paris, Editions Gérard Lebovici, 1985, pp. 53-98.)
Spiess, Camille : « Lettre ouverte à Panaït Istrati », in *L'Esprit français,* 10 octobre 1933.
Stiehler, Heinrich : « Récit et Révolution. Istrati et W. Benjamin », in *L'Arc,* nº 86-87, 1983, pp. 94-104. « A la recherche de la communauté perdue », in *Cahiers Panaït Istrati,* nº 1, décembre 1985, pp. 85-89.
Stil, André : « L'homme-écho », in *L'Humanité,* 23 janvier 1969.
Tetu, Marcel : « Entretiens avec Romain Rolland », in *Europe,* novembre-décembre 1955 (interview prise à Vézelay le 10 octobre 1938 et publiée *post mortem*).
T.F. : « Comment Panaït Istrati jugeait la " patrie du prolétariat " », in *Rivarol,* 17 octobre 1968.
Tommissen, Piet : « Une controverse historique (une réaction bruxelloise à propos de l'affaire Istrati) », in *Les Cahiers des Amis de Panaït Istrati,* nº 4, décembre 1976.
« Une réponse de maître Ferucci », in *Monde,* 8 février 1935.
Vaillant-Couturier, Paul : « Le Xe anniversaire. La fête profonde », in *L'Humanité,* 24 octobre 1927. « Panaït Istrati et Francis Jourdain à Moscou », in *L'Humanité,* 31 octobre 1927.
Vercors : « L'eau et le feu », in *Lettre internationale,* nº 2, automne 1984. « Lettres » (« Commentaire » de Gérard Lemaire et « Réponse » de Vercors), in *ibid.*, nº 3, 1984.
Verdène, Georges : « Les désillusions et les mésaventures de Panaït Istrati », in *La Tribune de Genève,* 4 avril 1930.
Videlier, Philippe : « Istrati, Sandino, Barbusse », in *Lettre internationale,* nº 4, 1985.
Vildrac, Charles : « La lettre de Panaït Istrati », in *Monde,* 8 février 1935.
Violette, Maurice : « Un témoignage », in *Action républicaine,* 26 février 1930.
Voline, Boris : « Istrati aux deux visages », in *Litteratournaïa Gazeta,* Moscou, 29 avril 1929.
Werth, Léon : « La Révolution russe et Panaït Istrati », in *Vient de paraître,* juin 1930.
Wilmes, Jean : « Liberté, liberté chérie ! », in *Le Journal,* 9 mars 1934.
Wullens, Maurice : « Pour Victor Serge », in *Les Humbles,* juin 1933. « Et Panaït Istrati », in *Les Humbles,* mars 1935.

DU MÊME AUTEUR

Aux Éditions Gallimard

LA FAMILLE PERLMUTTER, *roman,* en collaboration avec Josué Jehouda.

MES DÉPARTS, *souvenirs.*

ŒUVRES

I. Les récits d'Adrien Zograffi — Kyra Kyralina — Oncle Anghel — Présentation des Haïdoucs — Domnitza de Snagov.

II. La jeunesse d'Adrien Zograffi — Codine — Mikhaïl — Mes départs — Le pêcheur d'éponges.

III. Vie d'Adrien Zograffi — La maison Thüringer — Le bureau de placement — Méditerranée (Lever de soleil) — Méditerranée (Coucher de soleil).

IV. Les chardons du Baragan — Tsatsa-Minnka — Nerrantsoula — La famille Perlmutter — Pour avoir aimé la terre.

LE PÈLERIN DU CŒUR, *souvenirs.*

Impression Brodard et Taupin
à La Flèche (Sarthe),
le 12 mars 1987.
Dépôt légal : mars 1987.
Numéro d'imprimeur : 1292-5.
ISBN 2-07-032412-5 / Imprimé en France
40285